# 三国志読本

北方三国志別巻

北方謙三 監修

時代小説文庫

JN275550

角川春樹事務所

◆目次

# はじめに――「北方三国志」世界への手引き

「三国志《さんごくし》」は、およそ二千年前に実在した男たちの物語である。

舞台は、前漢後漢《ぜんかんごかん》合わせて四百年余の歴史を持つ漢王朝《かんおうちょう》が滅亡した群雄割拠《ぐんゆうかっきょ》の乱世《らんせ》から、魏《ぎ》・呉《ご》・蜀《しょく》の三国鼎立《ていりつ》、そして魏《ぎ》を廃した晋《しん》が天下を平定するまでのほぼ百年間であるが、その物語は今なお人々を魅了してやまない。

いわゆる『三国志』は多くのエディションから成るが、その大本は晋《しん》（西晋《せいしん》）が勝者としての正当性を示すために史官陳寿《ちんじゅ》に編纂《へんさん》させた正史《せいし》『三国志《さんごくし》』全六十五巻を言う。しかし、極めてオフィシャルな形で三国時代を綴った『正史』に対して、民間では様々な伝承や講談、種本などが語り継がれていった。それらをまとめ、非運の義兄弟、劉備《りゅうび》、関羽《かんう》、張飛《ちょうひ》の三人を主軸《しゅじく》に据《す》えて一大エンターテインメントに仕上げたのが羅貫中《らかんちゅう》の『三《さん》国志演義《ごくしえんぎ》（三国演義《さんごくえんぎ》）』である。これは本国中国だけでなく、日本でも江戸期から現在に至るまで広く愛読され、また数々の作家が創意工夫した作品を発表している。

本書がメインに取り上げる北方謙三の『三国志』（以下、「北方三国志」）全十三巻も、そのひとつである。このシリーズの魅力は、ハードボイルドの分野で長く活躍してきた北方が「三国志」を題材に、入魂《にゅうこん》の想いで熱き男たちを描いた大河《たいが》小説であることだろう。

本書は、一般的な意味での「三国志」解説本ではなく、「北方三国志」をより一層楽しむための手引きとして企画されたもので、各引用の頁と巻数は、文庫版に対応している。

第一章では、作者北方自身が「三国志」執筆についてあますところなく語っている。取材のエピソード、思い入れのある登場人物など、「三国志」ファン、北方ファンにとって興味深い。

第二章は、小説の舞台背景を知るために、史実はどうだったのかを検証した（なお、そのため、折込地図に掲載された地名や小説のストーリーなどと一部異なるところがある）。各州の地勢《ちせい》的位置、当時の武器防具や酒食《しゅしょく》まで言及している。

第三・四章は、「北方三国志」の魅力をキーワードで分析したほか、参照に便利なように登場人物の紹介、年表を用意した。

第五章の「三国志通信」は、単行本の付録として制作されたものである。読者の要望が高く再録した。今回、掲載にあたり写真を差し替えるなど一部訂正している。なお「通信」中の記事は、「北方三国志」のストーリーをベースにしているが、一部『三国志演義《さんごくしえんぎ》』のエピソードなども取り入れている。

本書を片手に、「北方三国志」の世界をより深く楽しんでいただきたい。

# 第一章

# 北方謙三インタビュー
## ――三国志に想うこと

# 勝負は人間描写

――「北方三国志」は、一九九六年十一月より一九九八年十月にかけて全十三巻が単行本として刊行されました。今回、文庫化完了に伴い「北方三国志」のお話を聞かせていただきたいと思います。原稿用紙にして、七千三百枚以上という膨大《ぼうだい》な物語です。執筆《しっぴつ》にあたって相当なプレッシャーがあったのでは、と思うのですが？

膨大さについてのプレッシャーというのは、ありませんでした。それより、締め切りのプレッシャー。二カ月に一冊ずつの書き下ろしだったんですよ。書き下ろしなんていったら、締め切りがないのと同じでしょう。それが二カ月に一冊、必ず書き上げなければいかん。これはねえ、執筆の途中で構想しようにもしようがない。しばらくは、他の連載も抱えていましたからね。

膨大な物語といったところで、「三国志」の場合は基本的に史実というのがあります。史実が、芯《しん》になる。ストーリーに困るというよりも、勝負は人間描写だろう、と思っていました。「正史三国志」を読み解いてからは、それほど圧倒されて大変だと思うことはなかったですね。なんとかなる、と思っていましたよ。

——ただ、「三国志」にはいろんな群雄《ぐんゆう》が割拠《かっきょ》し、多くの戦《いくさ》が行われ、非常に複雑な展開が続きます。その点で、資料を調べるのだけでも大変だったのではないでしょうか？

結局、「正史」ですよ。「正史」が、ほとんど「列伝《れつでん》」になっているわけです。「曹操伝《そうそうでん》」というのがだいたい基本になっていて、その他にもいろいろな「列伝」がある。しかし、「列伝」になっているといっても、適当に書いてあるんだ。これは次の時代の政府が国家プロジェクトとして作った歴史書ですが、その政府に雇われた人たちが書いているわけだから多少外圧がかかっているわけです。そうすると、その外圧がどういうところにかかっているか、を読み解くという問題が出てきます。

「諸葛亮伝《しょかつりょうでん》」を読んでみると、諸葛亮《しょかつりょう》がどうしたということが書いてあるんだけれども、それだけしか書いていない。「諸葛亮伝《しょかつりょうでん》」に書いていないことが、他の「列伝」に書かれていたりする。「正史三国志」を編纂《へんさん》した人というのは、心情的には蜀《しょく》にシンパシーを持って書いている部分があるんですよ。ところが、それを露骨《ろこつ》に書くわけにはいかないので、いろんなところに鏤《ちりば》めて書いてある。その状態をどうやって拾《ひろ》い上《あ》げていくか、ということがひとつですね。

それからもうひとつはね、タイムテーブルを揃えるという作業がありました。「列伝」は、一人ひとりについて書いてあるので、このときにこいつは何をやっていた、あいつは何をやっていた、ということを全部揃えなければいけない。そういう作業が、結構大変でした。

——執筆《しっぴつ》なさる前の、構想期間や準備期間はどのくらいあったのですか?

全然ないですよ。すぐに書かなければならなかった。中国にも取材に行ったけれども、正直言って取材は役に立たなかった。白帝城《はくていじょう》がどんなところにあるか、とか地理的な条件というのはわかるんだけれども。

——どのあたりを回られたんですか?

「三国志」の舞台となっているところは、ほとんど回りました。だけれども、現在と違うのは、まず一番大きなことは川の流れが違っている。例えば、上海《シャンハイ》なんていう街は、あのころは全然ないわけです。何百キロも奥地に入ったところが、海岸線だった。そういうふうに地形も変わってしまっている。川の流れが変わってしまっている。街の様子が変わってしまっている。

「三国志」のいわゆる史跡というものは、だいたいが人形がいて、劉備《りゅうび》が真ん中にいて、両隣に関羽《かんう》と張飛《ちょうひ》がいて、というようなものばかりですよ。成都《せいと》に行ってもそうです。地形として参考になったのは、白帝城《はくていじょう》。それから、五丈原《ごじょうげん》あたりだな。「こんなものかな」という感じの地形ですよ。それから、蜀《しょく》の桟道《さんどう》。こういう地形のところに桟道を作ったんだな、ということがわかったぐらいです。あとはもう全然、役に立たない。

──今でも、桟道はある程度は登ることができるのですか？

桟道というのは、崖《がけ》に横穴を開けて、そこに梁《はり》を通して支えを作って、それを道にしたものなんですけれどもね。跡が残っているだけですよ。少し桟道が残っている部分もあるけれども、それは観光的に作ったものがほとんどです。ただ、そこを通行するには、桟道がなければ通行できない。そういう地形である、ということはわかりました。

桟道　北方氏撮影

──以前、パリから北京《ペキン》まで車で走破されたそうですが、馬超《ばちょう》の登場シーン（第六巻冒頭）にそんな雰囲気がよく描かれています。

「三国志」の舞台とそれほど大きな関係があるとは思えないんだけれども、馬超《ばちょう》がいた西域《せいいき》というあのあたりは、車で走りました。しかも、道ではないところを走った。まさに当時の軍隊が移動したに違いないような地形が残っている。

例えば、砂漠の中に川がある。雨が一滴も降らないようなところに川がある。なぜ川が流れているのか、というのが全然わからない場所ですよ。おそらくその川の流れは、「三国志」のころからあまり変わっていないと思う。

というのは、例えば天山《てんざん》山系と崑崙《こんろん》山系というのがありますね。そこに大量の雪が降って、雪解けの水が流れて土を抉《えぐ》って、何百メートルもの壁になっているわけです。そうするとこれはもう、何千年経とうが変わりようがない川なんです。もう雪解けの水は、そこに流れこむしかない。壁を削って行きながら、だんだん砂漠の真ん中に土を運んで、やがて無くなる。細くなっていって、ね。秋には、完全に干上がっているという状態。冬になればまた雪が降って、春になると流れてくる。それが何百年何千年も繰り返されて、地形に皺《しわ》が入ったように割れている。そういう光景を、見ました。砂嵐の凄さとかも経験しました。

下の白い粒のようなものがＲＶ車
北方氏撮影

馬超《ばちょう》がいた場所については、今も変わっていないだろうと思います。電気も来ていないですからね。あのあたりに住んでいる遊牧民と話してみると、自分たちが中華人民共和国の国民であるという認識は持っていない。そういう未開放地区というのは、少なくありません。敦煌《とんこう》までは、維吾爾《ウイグル》族が多い。敦煌《とんこう》から西へ行くともうほとんど維吾爾《ウイグル》の土地で、敦煌《とんこう》から東へ来ると漢民族が圧倒的という状態です。だから、馬超《ばちよう》なんていうのは、僕は漢民族ではない、という書き方をしました。呂布《りよふ》とか馬超《ばちよう》とかそういう人間は、漢民族ではなかった、と。

――「北方三国志」における馬超《ばちよう》は、とにかく自分たちが自由に生きられればいい、というふうに書かれていますね。

馬超《ばちよう》は、史実を調べてみると、成都《せいと》に入って劉備《りゅうび》に従うまでは非常に活躍しているんですよ。曹操《そうそう》と対峙《たいじ》して活躍して謀略《ぼうりやく》で負けているんだけれども、軍事的には勝った形になったのも随分あります。

ところが、それから先の史実があまり書き残されていない。史実がない。「列伝《れつでん》」の中から消えてしまっている人間というのは、僕にとっては非常に魅力的でした。書き残されていなければ、その先は僕のものなわけですよ。死んでしまった、と書いてあれば、どうにもならないけれども。馬超《ばちよう》は死んだらしい、と書いてあるだけだから。実は死んでいない、ということにするのは、小説家はできるんです。

馬超《ばちよう》は、三国とは違う特殊なところから出てきて、かなり力を持ち、歴史を動かすような部分にある程度立ち至りながらも、結局は消えていった人間だった。僕は、最後まで生き残らせて、三国時代が何だったかというものを馬超《ばちょう》にしっかり見極めさせようという気持ちが強かった。だから、馬超《ばちょう》は最初からそういう人間として、僕の中で設定してありました。

――馬超《ばちょう》は曹操《そうそう》に泡《あわ》を食わせ、呂布《りょふ》の再来のごとく描かれています。そういう思いをこめて書かれている印象がありましたが。

呂布《りょふ》、それから張飛《ちょうひ》。これは、苦労しました。まだ呂布《りょふ》の場合は、見事に死んでくれるという歴史的な場面があったのだけれども、張飛《ちょうひ》は死なない。もう死んでくれない。張飛《ちょうひ》を殺すのには、散々苦労しましたよ。十巻まで付き合っていると、もう殺せない。だから、趙雲《ちょううん》が死ぬときは、殺すエネルギーがなくなった（笑）。

――第三巻で呂布《りょふ》が死ぬんですが、「殺さないで欲しい」という手紙が読者から殺到したそうですね。

ありましたね。「三国志」という小説にされているのと、「正史」とは違うんです。「三国演義」という中で、呂布《りょふ》の描かれ方というのは、父親を二人殺した極悪人《ごくあくにん》というふうに書いてある。極悪非道《ごくあくひどう》で乱暴で、どうにもならなくて滅びた、と書いてあるわけでしょう？

ところが、その呂布《りょふ》にして「呂布伝《りょふでん》」というのを持ち上げてみると、最後の最後まで呂《りょ》布《ふ》に付き従っていた男たちというのがいるわけです。張遼《ちょうりょう》などもそうです。「演義」というのは、かなり誇張して書いてあるから、親を二人殺した、と。親といっても、一応、親子の契《ちぎ》りを結んだというだけの相手を二人殺したということです。「演義」の背景には儒《じゅ》教《きょう》思想的なものがあり、呂布《りょふ》が悪人とされているけれども、本当に悪人なのかどうなのか全部調べてみると、董卓《とうたく》を殺したのは呂布《りょふ》、とある。呂布《りょふ》が董卓《とうたく》を殺さなかったら、歴史が変わったかもしれないですよ。もっともっとひどい歴史になったかもしれない。そこで、呂布《りょふ》という人間を見直してみよう、と思った。

「演義」というのは、ちょっと怪しいところがある。怪しいところだらけなんだ。「正史」と「呂布伝《りょふでん》」を読むと、呂布《りょふ》はいろいろ軍事的には才能があった、華やかな男であった、家族愛が非常に強かった、というようなことが書いてある。そこからいろいろ分析して考えていき、僕は呂布《りょふ》をマザーコンプレックスにした。

あの母に育てられて、母性の大きさとか優しさとか厳しさとか、そういうものを理解できた。しかし、父性というのは理解できない。どうしても理解できない。母親みたいな奥さんを、「老いて醜くなった」などと董卓《とうたく》に言われてカッとしたりする。父性というのは全く理解できない。だから、父親を殺すことは何でもないんですよ。母を殺せるのか、と言われたら、呂布《りょふ》の手は動かない。そういう人格に書いたんです。

これは、ある意味では人としては悲しいものなんですよ。父性が理解できない、というのはね。欠落した部分を持っていて、その欠落した部分をマザコンで埋めていた。軍事的に優れていたけれども、やはりその方面でも欠落していたのが思想。政治的な思想というものを持っていなかった。だから、いつもかなり際《きわ》どいところに立っていながら、歴史を大きく動かしたのは董卓《とうたく》を殺したときだけ、なんだ。

## 劉備が泣くのが許せなかった

――「三国志」との出逢いは、いつごろなんでしょうか？

僕はね、中学生のころに初めて読んだと思います。許せなかったね。面白かったんだけれども、許せなくて。大学生ぐらいになってまた読んで、やっぱり許せないわけです。劉備《りゅうび》が泣くのが許せない（笑）。泣いて、気絶するというのが、許せない。箸《はし》を落としたとかなんとかいうくらいならね、ま、いいんだけれども。よよと泣き崩れて気絶した、とか。ある意味では中国の特徴的な誇張表現なんだろう、とも思うけれども。

なぜ許せなかったかというとね、全体的に面白いわけですよ、あの話は。だから、一つひとつの書き方が許せないわけね。張飛《ちょうひ》だって、許せないわけですよ。何回も酒飲んで失敗して、自分の主人の奥方が捕虜《ほりょ》になり、守れと言われた城は失い、それでも来て泣いて謝《あやま》ると劉備《りゅうび》が泣くことはないと抱き締める……そんなのは許せないわけね（笑）。これはもう、討《う》ち首《くび》なんてもんじゃないでしょう。そんな大失敗を犯したら。

――実際のところ、劉備《りゅうび》はどういう人だったのでしょうか？

　現実に劉備《りゅうび》という人を「正史」で分析すると、狡《ずる》いんですよ。凄く狡く立《た》ち廻《まわ》っている。ただの莚売《むしろう》りがね、中山靖王《ちゅうざんせいおう》の末裔《まつえい》だとか言って。中山靖王《ちゅうざんせいおう》の末裔なんて、劉《りゅう》と付ければ、みんなそうなんですよ（笑）。何千人何万人、なんてものではないんだ。それが、盗賊のようなことをやって仲間を増やしていって、傭兵《ようへい》的な動きでうまい具合に勝ち組に付いたりしながら、少しずつ少しずつ力を蓄《たくわ》えていって、それで運よく荊州《けいしゅう》を手に入れる。

　これは、赤壁《せきへき》の戦いが大きかったでしょうね。赤壁《せきへき》の戦いで、周瑜《しゅうゆ》が曹操《そうそう》に勝った。

「三国演義」では、諸葛亮孔明《しょかつりょうこうめい》の軍略によって勝ったみたいな書き方なんだけれど、まるで関係ないです。実際、調べてみると。

「三国演義」を読んだ朱徳《しゅとく》というバカな政治家がいた。これは、中国共産党の大物ですよ。この閣僚《かくりょう》クラスの大物が議会で、「あのとき、なぜ追撃戦《ついげきせん》をやらなかったのか」と言った。「関羽《かんう》はなぜ曹操《そうそう》を逃したのか」と。そういう話をしたら、「それは小説の話だろう」と言われた（笑）。「歴史の話とは全然違うだろう」という話になった。朱徳《しゅとく》という首相クラスまでいった人がさんざん馬鹿にされた、ということがありました。
際《きわ》どかったけれども、劉備《りゅうび》は赤壁《せきへき》で勝ち運に乗ったわけです。運がよかったとも言える。勝ち運に乗ったがために、荊州《けいしゅう》のかなりの部分を手に入れて、それで兵力を養っていく。そのときに、益州《えきしゅう》を狙った。それからは、徳なんてものではないですよ。もう奪い尽くす、とにかく奪い尽くす。そういうことをやっています。
僕の小説にはあまり書かなかったけれども、現実には、結構豊かな国だった益州《えきしゅう》に劉備《りゅうび》の軍が入って、大きく疲弊《ひへい》した。例えば、五、六万の軍が入るというだけで、これは三十万とか四十万の人間を養わなければいけない。一人の兵だけでなく、家族とかもね、そういうのが全部付いてくるわけですよ。兵は、兵だけで存在しているわけではないから。

――では、ご自身で「三国志」を書こうというときには……。

僕は、他の作家の「三国志」は一切読まないようにしました。それから、「演義」も読まないようにした。「正史」だけを見つめる、というふうにした。「正史」から汲《く》み出される物語を、自分の物語としていこうという発想でした。

――第一巻の冒頭、馬を運ぶ劉備《りゅうび》と関羽《かんう》、張飛《ちょうひ》が出逢いますが、有名な桃園《とうえん》の契《ちぎ》りはありませんでしたね。

結局、あれは「演義」ですよね。吉川英治《よしかわえいじ》さんの本もそうなんだけれど、いわゆる桃園《とうえん》の契《ちぎ》りという有名なシーンがある。涿県《たくけん》の城のところで義勇軍を募《つの》る札があったときに、劉備《りゅうび》が「ああ」と溜《た》め息《いき》をつく。「なんで溜め息をつくんだ」と言う関羽《かんう》がいて、張飛《ちょうひ》がいて、肉屋と喧嘩《けんか》したり、とかいろいろやって、三人がなんとなく話をしたら「えっ、中《ちゅう》山靖王《ざんせいおう》の末裔《まつえい》ですか」と言った瞬間に、命を賭けた兄弟になってしまうんだ。桃園《とうえん》に行って、「生まれた日は違っても、死ぬ日は同じだ」という契りを結んでしまう。今日逢った奴がそんなことやるかよ、と（笑）。

桃園《とうえん》の契りというのは、あれは舞台とかでやればそれはそれでいいのかもしれないけれど、小説のリアリズムから言ったら、だいぶリアリティーが無い、と言わざるを得ない。そういうリアリティーのない部分をどんどんリアリティーのある場面にしていく。

そうすると、例えば劉備《りゅうび》が何かをやっている。関羽《かんう》と張飛《ちょうひ》が、それを見ている。信用できるか、できないのか、をじっと見ている。信用できると、好きになれるか、なれないか。

一緒にいたとしたら、しばらくしたら好きになれるか、そういうことを全部書いた上で、やがて、徐々に兄弟という感覚が涌《わ》き出してくる。それが、男の兄弟の有りようだろうと思ったんです。そういう形で書いていかないと、この小説はリアリティーを失うなと思ったので、最初の桃園《とうえん》の契《ちぎ》りは、なし。なしですよ。

――「三国志」ファンにとって、あれはかなりショックがあったと思います。

最初にショックを与えないとね。不安も与えたと思うけれども。

やはり日本人の小説読みは、過去にあったものを現代小説の中に求めるべきではなくて、現代小説はそれをどれほどリアリティーをもって書いたのか、という発想で読むべきだろう、と僕は思います。それは読者の勝手だから、「桃園《とうえん》の契りがない」と言って怒られれば、「すいません」と言うしかない。すいませんけれども、「正史三国志」には、それはありません、と。

「正史三国志」には、劉備《りゅうび》と張飛《ちょうひ》と関羽《かんう》の三人が出逢ったことは書いてあります。その契りを結んだということは、書いてある。最初、張飛《ちょうひ》なんかはぐれた山賊《さんぞく》みたいなことをやったりとかね。そういうことをやっている事実が描いてあるわけです。ところが、「正史」にはどこをどう見ても、たった一日で義兄弟《ぎきょうだい》の契りを結んだ、という事実が感じられる表記は一切ない、と言うしかない。

——桃園《とうえん》の契《ちぎ》りがない代りに、「北方三国志」では冒頭で劉備《りゅうび》が義《ぎ》について語ります。「男には、命を捨てても守らなければならないものがある。それが信義《しんぎ》だ」と。ここで、「北方三国志」のメインテーマが男の義である、と宣言されているように受け取れたんですが。

結局、義はね、行為《こうい》でしか語れないんですよ。

僕はね、義というようなものより、人が何によって生きていくのか。人は、例えば金によって生きるのか、友情によって生きるのか、女に対する愛によって生きるのか、それとも野望によって生きるのか。いろんなものを書いたつもりなんですよ。いろんなものを書いたつもりだけれども、自分としては、義に生きたい。なぜそういう思いがあるかというと、なかなか義に生きられないからなんですよ（笑）。

これはねえ、不思議なことに小説家というのはね、自分ができないことを書くんです。ものの見事に死んでやるぞと、思っても、実際には死ねないわけじゃないですか。そうすると小説の主人公が、ものの見事に死んでくれるんです。

——登場人物がすべて潔《いさぎよ》い男たちです。気持ちのいい男たちばかりです。それはなぜでしょうか？

僕は、そういう男たちが好きだし、そうでない男たちは嫌いなんです。でも、裏切る奴だって書いている。

僕は、三国時代の中での本当の英雄というのは、曹操《そうそう》だったとしか思えないんだ。「正史三国志」を読んだって。曹操《そうそう》は歴史を作り、流れを作り、ただ運がなかった。

本当に運がなかった、というのが赤壁《せきへき》でしょう。あれで勝っていれば、圧倒的に曹操《そうそう》の国ができ上がっていた。曹操《そうそう》が、王として立った。帝《みかど》として立った。そういう国ができ上がって、三国時代の三国というのはなかった。いわゆる漢王室が腐敗《ふはい》し混乱したものを、バッと制圧して新しい国を作ったのが、曹操《そうそう》ということになったと思う。

それくらい優れた人物だった、と思います。やはりどこか運がなかった、というのがあるんでしょうね。よく負けてるんですよ、曹操《そうそう》は。しょっちゅう負けているんだけれども、負けても果敢《かかん》に行くんだ。ただ、あのときの赤壁《せきへき》の負け方だけは、ちょっと信じられないくらいの惨敗《ざんぱい》ですからね。あれで立ち直れなくなってしまった、というところがあるでしょう。

## 闘わずして負けた諸君に、訣別を告げる

——曹操《そうそう》の負けっぷりのよさは、逆に惚《ほ》れぼれするほどです。反董卓《はんとうたく》の連合軍《れんごうぐん》が動こうとせず、麾下《きか》五千兵だけで洛陽《らくよう》から脱する董卓《とうたく》を追いかけて負けたときも、「私は闘って負けた」という科白《せりふ》が印象的でした（第一巻二三八頁・頁は文庫版のもの。以下同）。

「闘わずして負けた諸君に、訣別《けつべつ》を告《つ》げる」とね。俺も、そんなこと言ったことあるなあ、学生のときにね。機動隊《きどうたい》が来て逃げた奴に向かって、「俺は逮捕《たいほ》されたけれど、闘って敗れたんだ。おまえは、ただ逃げた。そういう臆病者《おくびょうもの》とは訣別する」なんて言った覚えがあるよ。

――実は、その時代のお話も伺いたかったのです。現在の日本で、男たちが命を賭けて肉弾戦《にくだんせん》をする、実際に戦わなければならない、ということはまずありません。学生運動があった時代、肌で感じて、それを生きた経験が「北方三国志」の戦闘描写に生かされているのだと思うのですが。

今の時代、もうないのかなぁ。ないんだろうなぁ。

僕はね、一九七〇年を中心にして六〇年代の後半から六年間、七二年ぐらいまで大学にいたんですよ。学生が棒を持って内ゲバで殺し合うまでを全部見たんです。そうするとね、五十人で五百人を破ることとなんて簡単にできる、ということを目《ま》の当《あ》たりにした。

これはね、ブントというセクトが中大（中央大学。作者は中大出身）の閥《ばつ》だったんだけれども、中大ブント六千人なんて言われてね。ひと声かけたら六千人集まる、というくらい一時は隆盛《りゅうせい》になった。これが、関東派だったんです。関西派に、関西大学とか京大とか同志社とかいわゆる関西ブントというのがいて、これは元々はひとつだった。だから、ひとつになろうとして統一ブントというのを作って。ちょうど僕らはその時代に大学に入ったんだけれども、その前を辿《たど》ると六〇年安保の年、全学連《ぜんがくれん》がそのまま残ったのが関西ブントなんです。関東ブントは、バラバラになったのがひとつに集まろうというんで、中大を中心にしてひとつに集まったという状態。

それで昔の六〇年安保のときの全学連《ぜんがくれん》の再現をしようというんで、関西と関東が合同して統一ブントというのがあった。それがまた、喧嘩《けんか》し始めたんだ。七〇年の前に。喧嘩して、関西派が過激に走り始めた。元々過激だったのだけれども、次々にブントを切っていって、少数派になった。

どこかで三派連合の集会をやっているときに、関西派五十人がブントの戦闘部隊五百人のところに殴《なぐ》りこんできたんだ。関東派のブントも集まっていたのが戦闘部隊だから、臨戦態勢をバッと取って、用意してあった石をボコボコ投げた。

すると、でかい石がある男の顔にまともに当たるのを見た。男は、バタンと倒れた。「絶対死ぬな」と思った。そうしたら、顔面を血まみれにした奴がぬわっと立ち上がって、棒を持ってまたズカズカと迫ってくる。それを見たら、来られた奴が、もう逃げちゃったよ。

関西派は、そういう奴ばかりが五十人いたんだ。追い回されるだけ追い回されて、中核《ちゅうかく》派《は》とか革《かく》マルなんて啞然《あぜん》として小さく固まってじっと見ているだけだった。

五十人が五百人相手に圧倒的に勝ってしまう場面を、見てしまった。まず、人間の気力ね。気力とか、戦闘の意思。それが燃《も》え盛《さか》っていたら、相当強い、というのを、実感しました。

――まさに「三国志」ですね。

それからね。お茶の水周辺でよくやりましたけれど、機動隊《きどうたい》とやるときに背後を襲うにはどうすればいいか、とかね（笑）。

だいたい、機動隊の戦法《せんぽう》というのは分析《ぶんせき》していた。機動隊というのは、ある程度攻めこんだらそこでひとつピケ、ラインを作るんです。すると、学生が押し返そうとするわけ。それで、ラインが破れる、必ず。必ず破れて、「おお、破れたぞ」と突っこんでいったら、途中でそのラインがポコッと閉まる。残った奴らが、みんなパクられる。だったら、機動隊がラインを作ったときに、わっと攻めないで背後から攻めたらどうか、とかね。

――誘い込んだ敵を陣の中に閉じこめる、というのは、まるで曹操《そうそう》が仕掛《しか》けた八門金鎖《はちもんきんさ》の陣《じん》（第五巻一五三頁）ですね。敵を横から突く、という戦術は張飛《ちょうひ》の騎馬隊《きばたい》が得意としていましたね。

そういうことを、しょっちゅう考えていた。ところが、言うこと聞いてくれない。実際のブントの指導部とか全学連《ぜんがくれん》の指導部とかは、上からの指令が絶対だから。「ここで全面的に対決しろ」、となったら対決するわけよ。

結局、あの当時の学生運動というのは、勝つということを全く考えていなかった。自分たちの自己主張だけを考えていた。安保闘争をやったところで、「七〇年安保闘争は絶対負ける」という前提の下に、七〇年以後どれだけ影響力を維持できるか、という発想だから最初から負け犬の発想なんだ。

俺たちの脳天気《のうてんき》な一派は、セクトの色を全部ヘルメットにぶっかけて、バラの花付けてさ、「なんかやっちまおうぜ」と。それは、イデオロギーは全く関係なし。そういう二十人ぐらいで背後を襲ったときに、勝ったんだ。二十人だけで襲ったのが、勝ったね。機動《きどう》隊《たい》が迫って来て、突き抜けた学生をパッと遮断《しゃだん》した瞬間に、横から二十人が攻めた。そうしたら大混乱して、機動隊が本当に破れた。七十人ぐらいの機動隊を取り囲んで、そこに無数の量の投石が行くわけ。もう四方八方から。凄かった。それを見ながら、「あの状況は、俺たちが作ったんだ」と思ったよ。

――「北方三国志」における戦闘描写は、まるでラグビーの試合を見るように鮮やかです。学生時代には、ラグビーとかをされていたんですか？

いや、僕は柔道をやっていました。ラグビーは、たまに駆り出されるくらい。試合を見るのは、好きでしたね。それから、アメラグ。アメフトと言うのかな、今。昔はアメラグと言ったんだ。あのフォーメーションが凄いんだよ。あのフォーメーション通りに戦《いくさ》ができたら、かなり凄いぞ、と。旗を何メーター進めるために、誰がどういうふうに動いて、どういうふうに攻めて行くか、というようなことを一回本でやったことがあるんですよ。それは、戦の参考になりました。

戦の資料というのは、実はあまりないんです。どことどこで戦があって、どっちが勝った、というような簡単なものはあります。ところが、実際にどうなるか、戦術的《せんじゅつてき》なものを完全に分析した資料というものは無い。僕は南北朝《なんぼくちょう》を書いたので、資料が無い。戦国時代《せんごくじだい》だったらいろいろ伝承《でんしょう》が伝わっているし、いろんな本も出ているけれど、南北朝《なんぼくちょう》って何にも無いんですよ。

と思っていたら、これがあった。これは、自衛隊《じえいたい》にある。自衛隊の戦史研究室《せんしけんきゅうしつ》というところに。わかる限りのことを分析してある。例えば、地形。地形から兵力、陣《じん》の取り方、行軍《こうぐん》の仕方、攻撃の時期とか機会、陽動《ようどう》の仕方、そういうものすべてを実に克明《こくめい》な図解まで入れて、軍事的な分析だけをしている。それが各師団《しだん》にある。それは、非常に参考になりました。

日本の戦というのは、ある時期からは中国の兵法《ひょうほう》なんです。例えば、風林火山《ふうりんかざん》なんていうのはね、「孫子《そんし》」なんかでしょう。「孫子《そんし》」というのをきちんと一冊にまとめたのは、曹《そう》操《そう》なんだから。そういうものを読んで、日本の戦国時代《せんごくじだい》の武将は戦闘していたんです。

## 張飛はただの暴れん坊だったのか

――張飛《ちょうひ》が作る野戦《やせん》料理が妙に印象的でした（第八巻一四一頁）。第十一巻ではスケール・アップして、張飛仕込《ちょうひじこ》みの野戦料理を馬忠《ばちゅう》が一万兵に作らせるシーンが再び登場していますが。

料理のシーンは、実体験ではないのですが、いつか食ってみたいと思っているものを書くわけですよ。張飛《ちょうひ》の野戦料理なんてね。豚を一頭持ってきて腹を割《さ》いて、内臓を出して代りにいろんなものを詰めて。

ああいう料理は、自分でも時々やります。釣りをしたときにやることがあるんですよ。沖で鮎魚女《あいなめ》かなんかが釣れたときにね、困るんだ。刺《さ》し身《み》にして食ってもいいんだけど、面倒臭いと。

これからちょっと宴会やるんだぜ、というようなときには、浜で焚火《たきび》をする。鱗《うろこ》と腑《はらわた》だけ取り除いて、中に玉葱《たまねぎ》を入れて、それから大蒜《にんにく》をいっぱい入れる。これは、張飛《ちょうひ》の野戦料理のように縫《ぬ》えないからアルミホイルで包む。胡椒《こしょう》とか塩と一緒に、隠し味に少し醤油《しょうゆ》を入れたりとか。それを砂の中に埋めて、焚火をする。そうして、焚火が終わったころに掘り出すと、美味《うま》みが全く逃げていない。塩釜《しおがま》とかも、あれは元々は砂に埋めていたんじやないかな。木の葉か何かに包んで。

でも、これね、大変なんだ。砂が物凄く熱くなっている（笑い）。

しかし、それを開けて、ふうっと立ち昇ってきた匂いというのは何ともいえないんだ。

そういうものはね、ちょっと小説の中に書きたい。

――乗馬とかは、されるんですか？

僕がやった乗馬というのは、手綱《たづな》を握り締めない。親指を手綱にかける。握り締めていると、親指がひっかかって落馬してしまうんだ。

僕が乗った馬は、ポロ競技に使っている馬でした。ハミと言うんですけど、ハミが効く。要するに、車で言えばハンドルのレスポンスがいいっていうのかな。タッと曲がってくれる。そういう馬が多かった。

――劉備《りゅうび》が中山国安喜県《ちゅうざんこくあんきけん》で県尉《けんい》（警察署長）をしているときに、巡回にきた督郵《とくゆう》から賄賂《わいろ》に「馬を寄越せ」と要求されます。そこで、劉備《りゅうび》が怒る（第一巻七六頁）。意外な劉備《りゅうび》像でした。

劉備《りゅうび》というのは、基本的に僕の小説の中では、非常に怒りっぽい男として書いているんですよ。怒りっぽいけれど、それをいつも張飛《ちょうひ》が身代りになる。督郵《とくゆう》をぶん殴《なぐ》ったのも本当は張飛《ちょうひ》が殴《なぐ》っているんです、「演義」では。

しかし、張飛《ちょうひ》がそんなことばかりしていたら、いくらなんでももたない。臣《しん》として、もたない状態の暴れ方しかしていないんです、張飛《ちょうひ》は。

でも、本当にそうだったのか？

例えば、劉備《りゅうび》という人間は、ある激しさがなければ人の上には立てない。そうするとその激しさが、時には督郵《とくゆう》に対する怒りみたいな形で表れてくる。怒りが表れてきたときに、劉備《りゅうび》は徳の人という売り込み戦術《せんじゅつ》のような発想があるわけだから、小兄貴《こあにき》の関羽《かんう》にはできないので、弟分である張飛《ちょうひ》に「大兄貴《おおあにき》が変なことをしてしまったら、おまえが代りにやったことにしろ」と。劉備《りゅうび》が督郵《とくゆう》をぶん殴ったら、さらにその後で、張飛《ちょうひ》が行ってぶん殴って、外に行って「俺がやったんだ」という感じでぶら下げたりする。そういう役割を、張《ちょう》飛《ひ》が担《にな》っていたと思います。

あの三人というのは、いつも三人で一人という関係性。これは、心情的に三人で一人というのもあるけれども、そうではなくて役割の関係性から言って三人で一人、それで人を惹《ひ》きつけて来た、というふうに解釈して小説を構成しました。

そうすると一人が欠けただけでも、どこかバランスが崩れる。関羽《かんう》が死んで、張飛《ちょうひ》がおかしな死に方をしてしまう。劉備《りゅうび》が突っ走ってしまう。結局、三人とも死んでしまう。これは一人が欠けただけでも、人間の腕を失ったのと同じような状態になってしまうということです。

――「北方三国志」には、ものすごくいい女性が登場します。呂布《りょふ》の妻、瑶《よう》にしても、馬超《ばちょう》と結びつく袁綝《えんりん》、そして、張飛《ちょうひ》の妻、董香《とうこう》……。

ああいう女がいたらいいなあ、と。董香《とうこう》なんてね、まあ美人ではないんだよ。陰毛《いんもう》が腿《もも》の先まで生《は》えているんだから。

まあ美人ではないんだけれども、張飛《ちょうひ》があれほど惚《ほ》れた。死ぬ間際《まぎわ》に間に合った張飛《ちょうひ》に、「あなたは泣いてはいけません。蜀《しょく》の将軍なんですから」と董香《とうこう》が言う。そして、目を瞑《つむ》る前に謝《あやま》るんだ。「あなたを甘やかしてあげられるのは私だけだったのに、それができなくなってごめんなさいね」と。そういうお涙頂戴《ちょうだい》というのはね、わりといい女に見えるんだよ。そういうのを書くのは、得意なんだ（笑）。

それと、漁師の娘と偽《いつわ》って、孫策《そんさく》を殺した野性的な女。ああいうのが、本当は俺はいいんですよ。それから、曹丕《そうひ》の女の犯し方、宦官《かんがん》に押さえつけさせてね。

曹丕《そうひ》は、サディスティックに書いた。そして、曹丕《そうひ》が非常に合う司馬懿《しばい》という人間をマゾヒズムに書いた。これはね、マゾに書いて、結構ウケたんじゃないかなあ。

――その他、多彩な脇役たちが登場します。

簡擁《かんよう》。なかなか、いい味出してるでしょう。伊籍《いせき》とかね。ああいうやつらをわりときちんと書くことによって、劉備《りゅうび》の下でも、関羽《かんう》、張飛《ちょうひ》がいて、趙雲《ちょううん》がいて、という形で軍事集団だけではなく、きちんとした行政的な理想だとか、法的なものだとか、そういうものもきちんとできるんだよ、と書き表す。

簡擁《かんよう》、伊籍《いせき》というのは、わりと気に入って書いたんですよ。簡擁《かんよう》はちょっと人間的で惚《ほう》けていてね、酸《す》いも甘《あま》いも嚙《か》み分《わ》けたというところがあって人の心の機微《きび》がわかる、と。伊籍《いせき》は、「演義」なんかではあまり大きく扱われていないけれども、なかなかいい役だと思って書きましたよ。

――成玄固《せいげんこ》と洪紀《こうき》が、烏丸《うがん》の地域で何万頭もの馬を牧畜《ぼくちく》します。あれは、ご自身の夢みたいな部分もあったんですか？

馬を作りたい、と思ったことはないです。けれども、あの当時の軍事物資と言ったら、まず馬なんです。そうすると、馬を作っている人間と曹操《そうそう》がいたし、馬を作っている人間と劉備《りゅうび》がいた。南船北馬《なんせんほくば》だから、南の呉《ご》は水軍なんですよ。

そうすると、蜀《しょく》と魏《ぎ》は馬が必要になってくる。馬は、どこにあったかというと、北の方の馬がいい馬だった。つまり、烏丸《うがん》のあたりで繁殖《はんしょく》させていたという歴史的な事実があるわけです。

そこで、成玄固《せいげんこ》を創って、烏丸《うがん》出身にして、成玄固《せいげんこ》と呂布《りよふ》が出逢って、最後に呂布《りよふ》が成《せい》玄固《げんこ》に赤兎《せきと》を委《ゆだ》ねる。

あれを書いているときに、読んでいる女の子から「呂布《りよふ》が死んだら、赤兎《せきと》は海に飛びこんで死ぬなんてことはないでしょうね」と聞かれた。「いや、赤兎《せきと》は死なないから心配しないでくれ」と（笑）。それぐらい赤兎《せきと》と呂布《りよふ》の結びつきが、読者にリアリティーを与えた。成玄固《せいげんこ》が、海の中に入って行った赤兎《せきと》を必死になって止めようとする。そこで成玄固《せいげんこ》が、「ああそうか、呂布《りよふ》様が亡くなられたのか」というような部分。それは、わりとよく書けていたと思います。

呂布《りよふ》はね、僕はうまく書けたと思ってるんですよ。今までのイメージを完全に、しかもいい意味で覆《くつがえ》して魅力的な人間に書き得たな、というのは思っています。それはね、最初だったからですよ。これが呂布《りよふ》がずーっと長生きしていろんなことをやっているとね、あんな簡単にあっさりと、しかも華々しく印象的に殺せなかった、と思います。張飛《ちようひ》のときは、困った。本当に。


——第九巻で関羽《かんう》が、第十巻で張飛《ちようひ》、第十一巻で劉備《りゆうび》が死んでゆきます。読んでいる方も辛かったです。

読んでる方も辛いけど、書いてる方も辛いよ(笑)。

三国時代というのは、しばらく続くとしても諸葛亮《しょかつりょう》が死んだら終わりなんです。基本的には、もう曹操《そうそう》が死んだときに、魅力的な人間がいなくなってしまう。

――その曹操《そうそう》ですが、荀彧《じゅんいく》との関係がとても深いと思います。信頼し合っているけれども根底では違う、という人間関係でしたね。

人が信頼し合うことと人が志《こころざし》を持つこと、それから思想を持つこと。これは違うわけです。同じ思想を持てるわけはないし、信頼し合っていない人間が同じ思想を持つことだってあるわけですから。信頼し合っているにも関わらず、同じ思想を持ち得なかった。同じ帝史観《みかどしかん》を持ち得なかった二人です。だから最終的には、どちらかが潰《つぶ》れなければならない。それまでは、自分の目的を果たすためにお互いがお互いを利用する、という関係だったんですよ。これは、それほど史実と違わないと思います。

史実では、ある日、荀彧《じゅんいく》へ曹操《そうそう》から料理が送られてきて、蓋《ふた》を開けてみたら中は空だった。もう自分が必要ないんだ、と悟って荀彧《じゅんいく》が毒を呷《あお》って死んだというふうになっていますからね。

——曹操《そうそう》と荀彧《じゅんいく》と言えば、青州黄巾軍講和《せいしゅうこうきんぐんこうわ》のシーンには、唸《うな》らされました。

　三国時代はちょうど宗教というものが国を乱したときでしょう。黄巾《こうきん》の乱といって、太《たい》平道《へいどう》が国を乱したときだった。宗教というものが人間の心の中に根ざしてきて、ひとつの集団になり、その集団が政治的な力を持ってしまうという状況だった。そのときに浮屠《ふと》(仏教)が出てきて、それから五斗米道《ごとべいどう》があった。

　五斗米道《ごとべいどう》の張衛《ちょうえい》は少ししか出てこないんですよ、「正史」にも「演義」にも。しかし僕は、張衛《ちょうえい》という人間を通して、ある目的で集まってだんだん人数が増えて集団になると、それを利用しようとする人間は必ず出てくる。そういう人物を描きたかった。

　だから、張衛《ちょうえい》というのは、五斗米道《ごとべいどう》に帰依《きえ》しているわけでも何でもないんです。五斗米道《ごとべいどう》に集まっている信者というのは、張魯《ちょうろ》という教祖が口の中に米粒をひと粒飲ましてやると死ぬことも恐がらない。日本で言うと、ちょうど一向宗《いっこうしゅう》、いわゆる浄土真宗《じょうどしんしゅう》ですね。一《いっ》向一揆《こういっき》の宗徒みたいな部分と、完全に重ね合わさるような形で読めるんですよ。

これは、一向宗《いっこうしゅう》というのが、いろんなところで多くの力を持ったけれども、例えば、越《えち》前越中《ぜんえっちゅう》あのあたりが一向宗の物凄く強いところだった。そのときは、あそこの一角が独立国になったんです。富樫政親《とがしまさちか》という守護《しゅご》がいたんだけれど、それに追い出されて、一向宗の独立国として存在した期間が何年かあります。それがやがて柴田勝家《しばたかついえ》にやられて、半分くらいは先に上杉謙信《うえすぎけんしん》にやられていたんだけれど、その後、前田利家《まえだとしいえ》が制圧という形になって、一向宗というのは、だんだん普通の浄土宗《じょうどしゅう》と変わらない宗教になっていった。

そういうふうに宗教というものがどういう力を持っているのか、ということを、もしかすると書けるかもしれない。それを五斗米道《ごとべいどう》で書く、と。執筆したところ、オウムがあったし。そういうものも書けるかもしれない、と思った。

それからもうひとつは、曹操《そうそう》の宗教観が、その辺に祭ってある淫祀邪教《いんしじゃきょう》という偶像崇拝《ぐうぞうすうはい》みたいなものを絶対的に嫌っていた。しかし曹操《そうそう》は、青州《せいしゅう》の黄巾軍《こうきんぐん》百万と三万の軍勢で対《たい》峙《じ》したときに、どうしたか。これは膠着《こうちゃく》状態になったときに、荀彧《じゅんいく》がほとんど死を賭けた交渉をして、宗教というのは何なのか、を説いて、青州《せいしゅう》の黄巾軍《こうきんぐん》を説得した。「曹操《そうそう》の軍に毎年兵を補給する、その代りに平和だけを保証してくれ」と言わせた。曹操《そうそう》は、宗教を保証するというのはもうできないと、言ってるわけだから。

そのあたりの曹操《そうそう》と宗教団体の駆け引きは、見ていると凄いですよ。「正史」を調べてみると、やはり曹操《そうそう》が一番先に目が行っているのは、宗教に目が行っている。五斗米道《ごとべいどう》というのがある。それから浮屠《ふと》というものがどういうものか、という研究をして、では浮屠《ふと》は認めよう、と。これは、曹操《そうそう》が浮屠《ふと》を認めたからなんです。そういう先見性みたいなものというのは、曹操《そうそう》は、いろんなところで持っていたと思う。信仰は持っていなくても、信仰を持った人間の集団の力は認めていて、それをうまい具合に政治《せいじ》の中に生かしていこう、という発想を持っていたと思います。

これは小乗仏教《しょうじょうぶっきょう》なんだろうけれども、仏教というのが中国に広まった。

## 国家観や青春時代の思いが注ぎこまれた

──宗教論と同じように、劉備《りゅうび》や曹操《そうそう》の口からそれぞれの帝論《みかどろん》が語られていますが。

結局のところ、帝論《みかどろん》で書いたと言えるような小説なんですよ、僕の「三国志」というのは。

基本的には、日本人のDNAというものの中に天皇史観《てんのうしかん》、天皇というものが埋めこまれている。無意識のうちに、組みこまれている天皇史観《てんのうしかん》というのがある。天皇というのがどういう役割を果たしてきたか、ということを日本の歴史の中で調べてみると、実にこれは複雑な役割を果たしてきている。秩序《ちつじょ》が乱れるときの中心、その秩序を収束《しゅうそく》するときの中心なんですよ。

そう考えると、天皇の血というのは絶えてはいけないんですよ。実は絶えているところがいっぱいあるんだけれども、万世一系《ばんせいいっけい》と言われてるわけですよね。その万世一系史観《ばんせいいっけいしかん》というものが日本の国にはある。

ところが、日本でそういう万世一系史観《ばんせいいっけいしかん》に基づいて、不幸が起きた、戦争が起きた、もしくはそれを否定する勢力が出てきた、とかいうようなことを書くというのは、非常に難しいんです。天皇制が何か政治的な役割を果たし、その結果、何か不幸が起きた、というようなことはね、ほとんど書けないんです。これは、天皇という血をずっと残してきた日本だからこそなんですね。

しかし、日本で小説を書いているとそれが非常に制約となる。特に南北朝《なんぼくちょう》なんか書いてるとね。ある程度は、書きますよ。だけど、露骨《ろこつ》に書いちゃいけない、という事実は厳然としてある。それは南北朝《なんぼくちょう》を書いて、だって脅かしに来るんだもの。脅かしに来たわけではないなあ。来た人は、ちゃんとしていましたよ。ちゃんと歴史の話をしました。それで、少し歴史観が違うだけですね、と。

南北朝《なんぼくちょう》時代に天皇が二人いた一天両帝《いってんりょうてい》であったというのは事実だし、それから今の天皇は、北朝方であるというのも事実であると。ただそれを明治天皇《めいじてんのう》が、なぜか気まぐれに南朝が正当であると言ったがために、それから全然ねじ曲がってしまったわけですよね。ねじ曲がったものは、ねじ曲がったまま持ってくるのも、日本の皇国史観《こうこくしかん》。ずっと培《つちか》われてきた皇国史観《こうこくしかん》があったからだ、というふうに納得はしてくれたんですけれどね。

でも、そういう天皇史観というのが日本にあるけれども、露骨《ろこつ》に小説という形では書けない。これが、いいか悪いかは別なんですよ。書けないことは、いいことではないんだけれども。

もうひとつは、天皇制を否定する勢力というのが日本に出てきたことは、何度もあるんです。一番顕著《けんちょ》なのが、足利義満《あしかがよしみつ》が王になろうとしたときがある。これは、王になる寸前まで行って、ある日突然、なにか病気にかかってころっと死んでしまう。それから、織田《おだ》信長《のぶなが》も寸前まで行った。全国を統一したら王になったであろう、という状態のところまで行った。けれども、本能寺《ほんのうじ》で変な死に方をしてしまった。やはりね、天皇制を覆そうとした人間というのは、変な死に方をしているんですよ。

だけれども、反天皇史観みたいなもの、天皇がずっといると国の意匠《いしょう》が新しくならない、覇者《はしゃ》が天皇になって全く新しい発想で国を作っていけば、その国の血は若くなるだろう。そういう国家観があっても、不思議ではない。これが義満《よしみつ》の国家観であり、信長《のぶなが》の国家観であったと思うんです。それも書きたい、というのもありました。

それを、どこで書くか。「三国志」で書こう、と。蜀《しょく》という国は、蜀漢《しょくかん》と言っているぐらいで、前漢後漢《ぜんかんごかん》合わせて四百年続いている。四百年続いていると、かなり長い。それが、五百年続いていると高貴と言ってもいいような血だ。千年続くと、更に純粋な高貴となる。千五百年続くと、ほとんど侵し難い血になる。侵し難い血というものが、国家には必要である。それをいつも中心に置いておこう、と。

その血は政治をやるわけでも何でもないけれども、秩序《ちつじょ》の中心として存在している。政治というのは、その時代の覇者《はしゃ》が行えばいい。だけれども、あくまでも帝《みかど》というのがいる。これは、日本の天皇史観と同じです。日本と同じものが、蜀《しょく》にそのままあった。

だからね、日本人というのは、蜀《しょく》に凄くシンパシーを持つんだろうと思います。例えば、出師《すいし》の表《ひょう》というのがある。諸葛亮《しょかつりょう》が軍を出すときに、名文を発表するわけですよ。あれについても、やはり天皇史観だよね。つまり、万世一系史《ばんせいいっけいし》観《かん》を守っていくぞ、という宣言です。

それとは別に、魏《ぎ》という国は、曹操《そうそう》が王になろうとしたわけだから信長《のぶなが》的な発想ですよ。これは魏《ぎ》と蜀《しょく》が戦うわけだから、日本にかつて存在（今も存在しているかもしれない、でもかつてはもっと明確な形で軍事勢力として存在）していた反天皇史観と天皇史観のぶつかり合いというのを、魏《ぎ》と蜀《しょく》の戦いにかけたわけです。それを書いてみたいな、という思いが、南北朝《なんぼくちょう》の時代小説を書いている人間としてはありました。

それから呉《ご》という国があって、これがまたとんでもない国で、一国共産主義みたいなもんでしょう。自分のところだけを守っていこう、というような国なんだから。スターリニストなんですよ、孫権《そんけん》は。

我々が大学のときに、スターリニストをよくぶん殴《なぐ》っていたのね。だって、要は民青《みんせい》（日本民主青年同盟）という人ですよ。「おまえ、民青《みんせい》だな。この野郎、ボカッ」とかね。殴ってしまう、殴られてしまう存在として民青《みんせい》というのは、いた。

反代々木系は、皆トロツキストですよ。これは国際共産主義者という大まかな話なんだけれども、拡張主義者です。スターリニストというのは、まず一国の独立を、というい わゆる内政主義。とりあえず内政をまとめて国をきちんとして、それによって勢力を続けていこう。この発想は、孫権《そんけん》なんです。

ところが、国際共産主義運動みたいなもの、膨張《ぼうちょう》主義をとった人間は、呉《ご》にもいたんです。これが、周瑜《しゅうゆ》。そうすると呉《ご》を書くことによって、トロツキストの有りようとスターリニストの有りようも書くことができた。自分の青春時代に身近で接してきた政治勢力の有りようみたいなものが、書くことができたんです。それも面白かった。

——ご自身の人生のあらゆる要素がこめられていたわけですね。

あらゆる要素を含んでいた、と言えるでしょうね。つまり僕が国というものを考えたり、政治というものを考えたりすることが……。

僕は、自分に国家観はあると思っているけれど、政治思想があるとは思っていません。学生運動は確かにやっていたけれど、当時の学生運動は本当にひどいもんだったからね。マルクスなんて読んだ奴いないんだ、本当に。俺は、『共産党宣言《きょうさんとうせんげん》』を読んだ。『資本論《しほんろん》』に挑戦しようと思って挫折《ざせつ》した、というクチ。だから、まだ質はいい方だったんですよ。だって、マルクス、レーニンというのが、同じ人物だと思ってる奴がいた（笑）。マルクスが名前で、レーニンが姓だ、と。マルクス・レーニン主義って言うからさ。しかも、中隊くらいを指揮しているリーダーが、そう思っている。そう思っていないにしたところで、「マルクスって何人か知っているのか?」と言ったら、「ロシア人に決まっているだろう」と(笑)。部分部分で、専門的なことを言うんだ。よく考えてみると、黒田寛一《くろだかんいち》とかなんとかさぁ、彼らの親分がいるわけよ。それがマルクスの解説書みたいなのを出している。それを読んでいるんだ。

とりあえず自分に政治思想はない、と思う。つまりね。あの当時、マルクスを読んで革命《かくめい》を起こさなければいけないのかもしれないが、というような気分にも多少はなるんだけれど、なにしろ革命を起こすための階級意識《かいきゅういしき》がない。全然ないわけですよ(笑)。階級闘争《かいきゅうとうそう》なんだから、革命というのは。階級意識がないのに、どうやって革命を起こすんだ、と。基本的には、頭の中だけの政治思想があり得るんだな、というようなことを考えていただけの話ですよ。だから、あの当時、学生運動をやっていたから「三国志」にイデオロギー的なことをこめるというのはないし、僕の国家観というものは、少しずつ少しずつ考えていたものだと思います。

ソ連を見てきた、ソ連の崩壊も見てきた。それから、アメリカを見てきた。いろんなものを見て、それで日本の歴史を勉強した。そこで、国家観というのが出てくるんです。国家観の小説が書きたかった、と。

これは、あくまで小説を書いた後に私的な話としてすることであって、読者に向けて言うことではないような気がしますね。読者に向けては、物語を提示するだけ。読者がそこから何を受け取ってくれようと、それは勝手。読者の自由であって、作家は、それをどういうふうに受け取ってくれ、と言うべきではないとも思います。基本的には、自分の持っている国家観だとか青春時代に抱いたものだとか、いうようなものを全部注ぎこんだ小説にしようとは思いましたね。

――帝論《みかどろん》と同じように、曹操《そうそう》を治療する華陀《かた》、爰京《えんきょう》が打つ鍼《はり》の描写が頻繁《ひんぱん》に出てくるのですけれども、そのあたりは特に興味を持っていらっしゃったんですか？

華陀《かた》が出てきて、頭を開いて診《み》るなんて言ってね、曹操《そうそう》に殺された。曹操《そうそう》が、治療してくれる奴がいなくなって、困ったわけです。ここまでは、事実なんですよ。「治療してくれる奴がいなくなって困っただろうなぁ」と思うことによって、「では、治療してくれるやつを創ろう」という発想なわけ。それで、爰京《えんきょう》というのを創った。爰京《えんきょう》が鍼《はり》を打ったりするということについては、僕の鍼師《はりし》からいろんなことを聞きました。鍼を打つのはどこがいいか悪いか、ということも教えてくれるわけです。例えば、筋肉に打つのは全然怖くない。神経側に打つのが一番怖いけれど、それがうまくいったら凄く症状が改善されることがある、とかね。

そうしたら、その鍼師がね、爰京《えんきょう》は自分だと信じこんで（笑）。一生懸命入れこむから、材料としては説得力があるわけです。それで、爰京《えんきょう》の出番が増えてしまった。

三国時代に使われた鍼《はり》の絵とか、ちゃんと資料が残っているんですよ。その時代から中国では鍼を打っていた。ブットイ鍼を、打ってたりするんだ。そういうものをきちんと発掘してくれたりしました。あの当時の治療方法というのは、だいたいわかりましたね。

曹操《そうそう》は頭痛持ちだったから、鍼を打って貰っていた、というふうにした。だからそれを、阿芙蓉《あふよう》（阿片《あへん》）とかで直した、と書いても、あまりリアリティーがないでしょう。だいたい、清の阿片戦争《あへんせんそう》を想起《そうき》させるぐらいで。

華陀《かた》は、麻沸散《まふっさん》というのを作った。これは、完全に麻酔《ますい》です。それで頭の中を開いて診《み》ていた。

不思議なことに地球上ではね、同じようなものがインカに残っている。しかしながら、インカには文字がなかった。だから、伝承されていないんです。インカの文化文明で伝承されてるものというのは、薬草学。これは、伝承されています。建築学、これは物の例、実際の例、建築物、遺跡みたいなもので、残っている。それで相当な凄い文明があったというのがわかっているんだけれども。

薬草学は、いまだにずっと続いています。インカのコカですよ。コカって、不思議なものでね。コカの葉を噛《か》む、という習慣は、インディオはみんな持っているんです。スペイン人がインディオをプーノと呼ばれる何もないところに追い出して、そこで栽培《さいばい》しろとかなんとかやった。インディオは辛いものを我慢するときに、みんなコカの葉を噛みながら我慢していた。いまだに、結婚するときの結納《ゆいのう》ではコカの葉を噛《か》むのが続いている。

僕は、ペルー旅行をしているときに車を運転していて、お巡《まわ》りさんに行く道を聞いたら、地図で示して教えてくれて、「ところで、おまえはコカを持っているか？」と言うわけ。「持っていません」と答えたら、「じゃあ、俺のをやるから持っていけ」と。持っていけ、と言われたって困るんだ。お巡りさんだって、自分から渡しておいて、「持ってるな、おまえ」というようなことをやる奴がいるじゃないの、日本にもね。そういうことではないのかなぁ、と、いろいろ思ったんだけれども、ちゃんと好意でくれたみたいだった。

それで、車を運転していったら、途中で道が崩れていた。さて、どうするか。「もしかしたら、これかなあ」と、コカを噛んでみた。そうしたらね、小石の一粒一粒がはっきり見えてくるんだ。それから、恐怖感がなくなる。これは行けるなと思ったら、行けちゃったの（笑）。

結局ね、インカでも頭の手術なんかをしたんだ、よくね。あれは、コカの葉を噛んで切る。頭蓋《ずがい》を開ける。脳にはいつも圧力がかかっている。それがふわっと開放されて、コカの葉と一体となる。物凄く気持ちよくなる。それで意識がなくなるような気持ちよさの中で、今度は医者がコカの葉を噛む。そうすると、血管の細いの一本一本がはっきり見えて、それで手術したと言うんだ。


――中国に限らず世界各国、行かれたことが「三国志」の執筆には役立っているんですね。

しかし、中国というのは不思議な国で、文明とか発達する段階に科学技術みたいなもの、医術みたいなもの、そういうものが、あるときポーンと上がったんですよ。そして、そのまま水平飛行で近代まで来たというところあるんです。食べ物だって、今と同じようなものを食べていた。四川《しせん》、特に益州《えきしゅう》なんかは、あの当時から天気はあまりよくなかったから、辛いものばかり食っていた。それで汗を出す。

――中国の古代文化についても、相当研究されたのですね。

「三国志」の中にも書いてあるけれども、中国と言えば、南船北馬《なんせんほくば》。南が船で、北が馬の文化。北と南でまるで違うんですよ、中国というのは。言葉も違うし、文明の有りようもまるで違う。

なぜ違うかというと、これはね、文明というのは川なんです。中国には大きな川が二つあって、これは南北に流れてるわけではない。東西に流れている。そうすると、東西はあまり変わらない。揚子江《ようすこう》を遡《さかのぼ》って行く、長江《ちょうこう》を遡って行く、行けども行けどもそれほど変わらない。流域文化が発展しているから、繋《つな》がっているわけです。黄河《こうが》の場合も、そう。しかし、黄河《こうが》と揚子江《ようすこう》は、まるで違う。これは、繋がっていないから。そういう流域文化みたいなものが、明確に出ている。

## 劉備は儲け役、曹操は正直者？

――では、ここで一人ずつ人物についての思い入れをお聞きしたいと思います。まずは、劉備《りゅうび》からお聞かせください。

劉備《りゅうび》については、ある程度都合よく書いたところがあります。例えば、徐州《じょしゅう》を放棄するとか。

「演義」の方の原典では、「まだ自分にはそんな資格がない。陶謙《とうけん》様がいらっしゃられるのにそんなことはできない」と。一応、陶謙《とうけん》に押し付けられた形だけれども、呂布《りょふ》が来たらすぐ譲ってしまう。

僕の作品の中では、劉備《りゅうび》はまだ一国をきちんと維持していくだけの兵力を持っていなかった。そういう自覚があったから、引いた。というふうに書いてあります。

結局のところ、劉備《りゅうび》という人間は、日本の皇国史観《こうこくしかん》を象徴するような人間として書いたんですよ。そのために、人間を汚れて見せる野心は書き難いところがありました。自分の野望のために戦うのではない、という形で書いたので儲《もう》け役《やく》だっただろうとは思います。

それに比べると、曹操《そうそう》というのはずっと正直です。自分が国を統一すべきだ、と思い続けているし、帝《みかど》なんてのは廃してしまえばいい、自分が帝になればいい、というふうに思っている。それから人というものに対しては、義《ぎ》で付き合うのではなくて、その人間の実力で評価する。どんな場合でも、実力で評価する。そういう人間だったわけです。

そういう人間が唯一心を許したのは、許褚《きょちょ》です。虎痴《こち》という名前で呼ばれていたんだけど、曹操《そうそう》が「虎痴《こち》と呼んでいいのは、自分だけだ」と言う。そして、みんなが丞相《じょうしょう》と呼んだとしても「おまえだけは殿《との》と呼べ」と。義に基づいた主従関係というのは、おそらくは許褚《きょちょ》だけでしょう。曹操《そうそう》にあったのは。

そこが、劉備《りゅうび》との違いです。劉備《りゅうび》のところの主従関係というのは、おそらく義というものが一番表面に掲げられた情念、情念というか思想だっただろうと思います。その分、非常に形式的になりがちだし、それを本当は荒っぽくない張飛《ちょうひ》が、しかし荒っぽい真似をし、失敗をし、劉備《りゅうび》の義を際立《きわだ》たせる、ということをやったのだろうと思うんです。

——張飛《ちょうひ》が、実は繊細な男だった。単なる荒っぽい男ではない、という肉付けは新鮮でした。

中国というのは極端だから、荒っぽい奴はどこまでも荒っぽいんだ。どこまでもどこまでも荒っぽくて、死ぬまで荒っぽい。

張飛《ちょうひ》は、死ぬ前に軍服かなんかを作ろうとしたら、できないって言った奴をボコボコにして、酒食らって寝ていたら首をかかれて死んじゃった、というのが「演義」なんだ。そこまで荒っぽいのか、本当に荒っぽいのか。

結局のところ、劉備《りゅうび》という人間が莚織《むしろお》りから出発して、少しずつ少しずつ傭兵《ようへい》として力を増やしていって、長い間かけて養っていった。勝ったときもあれば、負けたときもある。それから、いろんな人間に切り返されて抹殺《まっさつ》されそうになったこともありながら、しかし、ある意味では運にも恵まれて益州《えきしゅう》を手にするまでに至った。そこまでに、相当な時間がかかっているわけですよ。

そういうときに、荒っぽいだけの人間が劉備《りゅうび》の側に「死ぬときは同じだ」と誓いを立てたから、いられるのか、と。そうではなくて、劉備《りゅうび》の思想みたいなもの、国家観みたいなものに賭けた。張飛《ちょうひ》が国家観を持ち得た人間なのかどうかはわからないけれど、国家観を持った人間に賭けるということはできるわけですよね。人間の理想の有りようというのは、自分が理想を持つということもあるけれど、ある理想を持った人間に賭ける、そういう理想の持ちようもあるんだと思います。

――関羽《かんう》は、いかがでしょう。

関羽《かんう》は、可哀想はかわいそうなんですよ。というのは、荊州《けいしゅう》を任されたでしょう。益州《えきしゅう》では、諸葛亮《しょかつりょう》が必要だった。そうすると、荊州《けいしゅう》を任せられる人間としては関羽《かんう》しかいない。現実問題として、関羽《かんう》も呉《ご》の裏切りがなければ、相当なところまで行ったんですよ。北を攻めていって、荊州《けいしゅう》を全部制圧するところまで行ったはずです。そういう勢いもあった。

現実に、史実を見てもそうなんですよ。

ところが、呉《ご》が裏切った。呉《ご》というのは、周瑜《しゅうゆ》が死んだ後、そういうことばかりやっているんだ。

関羽《かんう》は、荊州《けいしゅう》を任されてから死ぬまで、その間ずっと劉備《りゅうび》に会っていないんです。ずっと劉備《りゅうび》と離れたままなんです。そのあたりの寂しさ、みたいなものは、僕はあったと思う。だけれども、関羽雲長《かんううんちょう》というのを書いているときには、どうも既成の関羽《かんう》像からなかなか逃れられなくて、最後まで逃れきれなかった。誰もが抱いている関羽《かんう》に近いものを書いてしまったんではないかな、と思っています。

例えば、関羽《かんう》は一時見こまれて曹操《そうそう》のところにいた。それは、劉備《りゅうび》の奥方が人質になったから行ったわけだけれども。そのときの恩があったので、赤壁《せきへき》のときに逃げる曹操《そうそう》を見逃したというふうに「演義」ではなっている。

あの場所を全部、地理的に調べてみるとね。烏林《うりん》というところに魏《ぎ》の大軍はいた。そこに、周瑜《しゅうゆ》が火攻めをかけた。バッと火がついて、曹操《そうそう》は逃げた。直線で逃げているんだ。関羽《かんう》は対岸にいて、諸葛亮《しょかつりょう》が「先回りして待ち伏せしてれば、必ず曹操《そうそう》が来る」と言う。どうやって行ったんだ?! 飛んで行ったのか?! という感じですよ。あの朱徳《しゅとく》が馬鹿にされたのも、それなんだ。地理的に見て、追撃戦《ついげきせん》はほとんど不可能だったんです。赤壁《せきへき》の戦いでは呉《ご》の軍隊だって、何十万ていう曹操《そうそう》の軍隊相手に三万ぐらいしかいなかった。

だから、関羽《かんう》という人間は、曹操《そうそう》を見逃してしまった人間であったりするというふうな、どこか人情家みたいなもので書かれていたりするんだけれど、そういうものの大きな部分というのは、僕はあまり変えられなかったと思うんです。原典にあるようなもの、それから「関羽伝《かんうでん》」にあるようなものを、僕の小説で大きく変貌させるというようなことは、関羽《かんう》についてはあまりできなかった、という気がします。

――弟分である張飛《ちょうひ》が、奥さんの董香《とうこう》にしても、結婚生活にしても、幸せに描かれていますね。それだけに、関羽《かんう》の悲壮感が浮き上がってくるような気がします。

でもね、中国へ行って、関羽《かんう》のことを調べてみると、みんな商売の神様になってるんだよ。関帝廟《かんていびょう》があったら、商売する奴がみんなそこでお札貰って店に貼っておく、というような。なぜ関羽《かんう》が、商売の神様になっているのか、よくわからないけれど……。いろんな説がありますよ、なぜ関羽《かんう》が商売の神様になっているのか。でもシラケるよね、商売の神様と言われたら。

最初に、董卓《とうたく》が天下を取った。董卓《とうたく》を、「これじゃいかん」と言って将軍たちが集まった。ところが、華雄《かゆう》という荒っぽい将軍がいて、誰が攻めてもそいつに追い返されてしまう。そのとき、公孫瓚《こうそんさん》の下にいた劉備軍《りゅうびぐん》が二百人ぐらいで発言権もなかったんだけれど、関羽《かんう》が自分が行って斬ってくる、と言った。みんなは斬ってこれないだろうと思ったら、華雄《かゆう》の首をぽんと放り投げて、という場面がある（第一巻一九九頁）。

原典だと、酒を注《つ》がれた関羽《かんう》が、「このまま置いといてくれ」と。むこうはお酒熱くして飲むんですよ、冬なんかは。すると、冷える前に帰ってくる（笑）。華雄《かゆう》の首を持って帰ってきて、それで飲んだ。原典では、そうなっている。

――趙雲《ちょううん》が、不思議な描かれ方をしています。

趙雲《ちょううん》は結局、生き延びてしまって老いてしまった。座ったまま、死ぬんだ。俺はあまり、好意を持っていなかった。というのも、中国に取材に行って「三国志」の登場人物で誰が好きか、と女の子に聞くとみんな趙雲《ちょううん》って言うんだよ（笑）。

何をもって言ってるのかと思ったら、劉備《りゅうび》の息子を助け出して腕の中に抱いて、逃げてくるという場面があるんですよ。それが女心をくすぐるらしくて、中国の女どもはね、「私は趙雲《ちょううん》が好き」って言う。

その場面で、母親は死んでしまうんだ。息子だけを抱いてきて、劉備《りゅうび》に渡したら、命を賭けて行った、というのがわかって、劉備《りゅうび》がまたその子供を投げ出す、とかなんとかいう凄いシーンがあるんだけれど（笑）。

あそこで、劉禅《りゅうぜん》が死んでいれば、劉備《りゅうび》が死んだ後はおそらく蜀《しょく》は諸葛亮《しょかつりょう》に譲られていたでしょう。

しかし、劉禅《りゅうぜん》は、もしかしたら利口な人かもしれない。一切争わないで、かつての蜀《しょく》の帝《みかど》としてその後の王朝で、贅沢三昧《ぜいたくざんまい》ではないだろうけれども、安楽に暮らして、みんなに指さされて笑われたら笑い返して、一生を全《まっと》うしていますからね。

歴史的に見ると、蜀《しょく》という国は、益州《えきしゅう》に劉備《りゅうび》が入った段階で疲弊《ひへい》したんです。それが、一番大きかった。自分たちで五斗米道《ごとべいどう》まで滅ぼして、それで西域《せいいき》まで奪ってしまえば、相当な勢力になれたはずなんだけど。

要するに、劉備軍《りゅうびぐん》というものを受け入れるために、益州《えきしゅう》は疲弊に疲弊を重ねたんです。僕はそれはあまり書かなかったけれども、陳礼《ちんれい》が突っ込んでいって大負けして、国力回復のために疲弊し、そのために諸葛亮《しょかつりょう》の南征があった。そういう解釈をしたんだけれど、現実に歴史を調べてみると、劉備《りゅうび》が入った段階で、益州《えきしゅう》は物凄く疲弊していましたね。

## 諸葛亮は日本では誤解され過ぎ

――諸葛亮《しょかつりょう》は、どうでしょうか？　一般的には、スーパー軍師《ぐんし》というイメージができあがってしまっていますが……。

例えば漫画にもあるし、それから原典、「演義」でもそう書かれているんだけれども、諸葛亮《しょかつりょう》はいつも車に乗って、羽扇《うせん》で何かやってるんだ。あの時代に、戦《いくさ》の中で車を動かすのは不可能ですよ。あの地形の中で。戦場の中まで、車持って行って、それに乗って羽扇《うせん》でやっていたのか、と言いたくなるぐらいの地形ですよ。

中国では騎馬隊は発達したけれど、ヨーロッパみたいに戦車隊は発達しなかったんです。戦車も一応作ったんだけれども、それはその都市部の戦争だけでね。原野戦《げんやせん》では、全然戦車なんか役に立たないから、戦車隊というのは現実問題として存在しなかった。いたことはいたんだけど、存在しなかったのも同じなんですよ。騎馬隊が、主力だったんです。

——実際には、孔明《こうめい》はそれほど勝っていないですよね？

孔明《こうめい》は、全部負けているんだ。全部負けているけれども、これは持ってる兵力……、兵力は何かというと国力です。国力から言ったら、十分の一に満たないくらいの国力で、あそこまでやった、というのがあるわけですよ。やはり孔明《こうめい》というのは、あるカリスマがあったのでしょう。

「諸葛亮伝《しょかつりょうでん》」というものをよく調べてみると、これは民政の人なんですよ、明らかに。民政をやれば、相当優れた国家を作っていた、と思うような人なんです。それが軍事的なものに行かざるを得なかったという不幸、というのは、僕は書けたつもりなんです。もう一人、諸葛亮《しょかつりょう》がいてね。これは軍事的に非常に優れた諸葛亮《しょかつりょう》がいて戦《いくさ》を担当していれば……。

——あるいは、龐統《ほうとう》が生き残っていて……。

そうそう。でも、龐統《ほうとう》というのは、あまりに呆気《あっけ》なく死ぬんだよな（笑）。原典でも呆気《あっけ》なく死ぬし、「列伝《れつでん》」を読んでも呆気《あっけ》なく死ぬ。結局、何も優れたことはしていないわけですよ。

諸葛亮《しょかつりょう》と龐統《ほうとう》の二人は、臥竜《がりょう》と鳳雛《ほうすう》と喩《たと》えられ、在野《ざいや》に優れた人間がいると言われたけれども、龐統《ほうとう》はちゃんと戦《いくさ》をしたことはないんじゃないかな。だから、鳳雛《ほうすう》というのは、どこでどういう力を発揮したのか、というのが、想像する暇《いとま》を与えず、死んでしまった人格でした。その人物を想像する暇というのが、あるはずなんですよ、小説家がね。ところが、雒城《らくじょう》へ近付き過ぎて矢を受けて死んだ。死んでしまったらね、「こっちだって立場ねぇや」という感じだから、「最初からたいした人物だ」と、なかなか書けない。

法正《ほうせい》だって、死なせちゃうでしょう。

諸葛亮《しょかつりょう》もそういうふうに、失敗はいっぱいしている。ところが、大成功なんていうのは、あまりしていない。諸葛亮《しょかつりょう》は、勝ってはいないけれども、大きく負けてもいない。これはある意味では、勝ったと言ってもいいぐらいです。国力の差から言ったらね。

だから、劉備《りゅうび》が死んでからどうするか、という問題のときに、益州《えきしゅう》をカチッと守れば、あれは天然の要塞《ようさい》みたいなものだから、そこを十年守れば相当強い国にできた、と思うんだけれども。それでもやはり出師《すいし》の表《ひょう》というのを出して漢王室《かんおうしつ》を再興《さいこう》するため戦わなければならない、と、悲劇的な理想を、持ってしまった。

というよりも、死ぬ人間から渡された理想というのは、猶予《ゆうよ》もなく、実践《じっせん》しないと自分がいつ死ぬかわからない。そういう気持ちはあったでしょう、諸葛亮《しょかつりょう》はね。それがなければ、出師《すいし》の表《ひょう》はやっていなかったと思う。

だから、俺は諸葛亮《しょかつりょう》の馬に乗る姿だとか、実戦になったときに怯《おび》える姿だとか、そういうものを書いたつもりなんです。

——人の弱さというのが、しっかり書かれていました。

そういう弱さも持ってただろう、と思うんですよ。

諸葛亮《しょかつりょう》は、曹操《そうそう》の下にいたら、荀彧《じゅんいく》に取って代ったでしょうね。曹操《そうそう》が帝《みかど》になり、諸葛《しょかつ》亮《りょう》が宰相《さいしょう》になる、そういう形になったんじゃないか、という気はする。

でも、諸葛亮《しょかつりょう》は日本では誤解され過ぎです。何か神の如き軍略《ぐんりゃく》があるような……。そういう軍略があれば、絶対に勝ってるはずなんだよ(笑)。漢中争奪戦《かんちゅうそうだつせん》とか。魏《ぎ》とは五回ぐらい戦うでしょう。あれ、勝ってるはずなのに、勝っていないんだ。よく見ると、負けている。

実は日本人は、七度捕らえて七度放つなんて話が凄く好きで、そういう好きなことをやってくれる諸葛亮《しょかつりょう》は優れた軍師《ぐんし》である、というふうに見てるんだろうと思うけれども。

やはり諸葛亮《しょかつりょう》は、内政ですね。内政は、非常に優れていた。軍事的には優れてはいたけれど、究極の勝利を獲得するまでには至っていない。究極の勝利を掴《つか》むほどの国力がなかった。運がなかった。それから、軍事的才能がなかった。そこまで行く軍事的才能が、なかった。五十人で五百人をやっつけることだって、可能といえば可能なんだから。そういう点では、その才能はなかった、というふうに思わざるを得ない。

――では、その五十人で五百人を破りそうな馬超《ばちょう》はどうでしょうか？

北方氏撮影

馬超《ばちょう》は、精神主義者なんだ、基本的には。精神主義者で、権威にがっつかない。

馬超《ばちょう》を書くとき、非常に面白かったのは、内面的なものを書こうとしたこと。権威への欲望というものは、やはり内面から出てくる。馬超《ばちょう》は木と向かい合って、木と語り合ったりする、ということができる。そうすると、これはね。かつて僕が書いていた剣豪小説でも、そのまま書けるようなものなんです。

あの当時の中国の剣で木が斬れたのかどうなのか、というのはよくわからないんですよ。でも、鉄ができているから、鉄の鍛え方によっては相当な剣が作られていたのではないか。

でも、日本刀みたいに切れる刀を佩《は》いていた、ということはあまりないんだ。西暦で二百年ぐらいだから、卑弥呼《ひみこ》の時代。日本では、まだ青銅《せいどう》の兵器なんか使っているころでしょう。日本刀みたいに、切れ味のいい剣を持っていたかどうか、というのはわからないんだけれども。とりあえず、いいもの持っていたということにして、剣だから佩いているわけですよ。

中国では片手で斬るというのが普通なんだけれども、馬超《ばちょう》は両手で斬る。これは、昔の日本刀の扱いと同じです。両手で、木を斬った。人を斬ったり、岩を斬ったりする、という。そういうふうなことでありながら、孤独癖があった。それから、戦《いくさ》というものを根本的には、好まないところがあった。だけれども、曹操《そうそう》が天敵のときには一人で人の上に立って指揮をして、曹操《そうそう》が寸《すん》でのところまで追い詰める。

僕は、馬超《ばちょう》という人間が、いろんな戦いをしながら、結局、益州《えきしゅう》に行って蜀《しょく》へ入ってからそれほど活躍をしなかった、というところが非常に関心があった。もしかすると、戦場に背を向けたのではないか、と思えるような消え方なんです。

それは僕は、何かひとつ馬超《ばちょう》という人間が自分の理想とする世界みたいなものが、それほど広い国家とかいうものではなくて、小さな社会だとか、家庭だとか、そういうものであって、人間の幸福というのはそこにあるわけで、それを人に迷惑をかけず、山の中で守れたらそれでいいんではないか。そういうものを持っていた人間として、ひとつの仕組みとして書きたかったんです。

あの当時、国家の権力争いだけが男のやることではなかった。一族だけあるいは家族だけをきちんと守れるのも男の仕事なんだろう、と。でありながら、戦場を遠くから見ていて、人の争いの虚《むな》しさとか、激しさとか、そういうものを全部体験してきた人間として、遠く戦場を離れて山中にあって、やがて一生を全《まっと》うしていく。息子も、生まれた。というような人格として書けてよかったと思っています。

だから、馬超《ばちょう》は最後に死ななかった、とみんな驚いていましたよ。（ミステリー作家の）西村京太郎さんなんかに、「馬超《ばちょう》が死なないじゃないか、死なないじゃないか」と延々と言われてね。京太郎さんは、僕の「三国志」が好きでね。ある時期から「送れ」って言われて、ずっと送っていたんだ。でも京太郎さんは、馬超《ばちょう》はあまり好きじゃなかったみたいだな。「なんで死なないんだ」と。

## 曹操が備えていた覇者の条件

――それでは、曹操《そうそう》はいかがでしょう？　先ほど、三国時代の真の英雄は曹操《そうそう》である、とおっしゃられましたが。

曹操《そうそう》は、軍というものに対しては非常に厳しい考えを持っていたんだ。あの当時は、軍人だけでは駄目なんですよ。軍人だけだったら夏侯惇《かこうとん》とか、夏侯淵《かこうえん》とか、他にもいっぱい魏《ぎ》には軍人と呼んでいいような人がいた。覇者《はしゃ》になるには、やっぱり教養が必要なんだ。そういう点で、劉備《りゅうび》は劣っているんです。凄く劣っている。

例えば、詩がきちんと読めないと駄目というところがある。曹操《そうそう》は、詩人としてだって名前が残っていますし、その息子の曹丕《そうひ》は歴史上詩人として名前が残っている。曹植《そうしょく》は、曹丕《そうひ》に苛《いじ》められたから寂しい詩をいっぱい作っている。

そういう詩の才能のようなものが備わっていないと、王者ではない、と言われてしまう。そういう点から言うと、曹操《そうそう》は、きちんといろんな要素を備えていた人でした。だから、人を使うということが非常にうまかった。

僕はやはり、曹操《そうそう》が洛陽《らくよう》を脱出する董卓《とうたく》の追撃戦《ついげきせん》をやってズタボロに負けて帰ってきて、袁紹《えんしょう》を中心とする将軍たちと訣別《けつべつ》する、というところとか、そういう負けね。曹操《そうそう》の負けというのは、史実を調べてみると印象的ですね。それが、あれだけ粘り強く青州黄巾軍《せいしゅうこうきんぐん》と交渉に交渉を重ね、戦《いくさ》に戦を重ね、膠着《こうちゃく》をずっと耐え抜いて、青州黄巾軍《せいしゅうこうきんぐん》を味方につけて……。

これは凄いですよ。青州黄巾軍《せいしゅうこうきんぐん》は、それからずっと青州軍《せいしゅうぐん》という名前で、魏《ぎ》の曹操《そうそう》の下のひとつの軍隊として存在していた。最後にみんなが齢をとってしまって、太鼓とか笛を鳴らして見送るシーンなどは、「正史」でもちゃんと書いてあるんですよ。そういうことができたということが、曹操《そうそう》が天下奪《と》りに生まれて天に手が届いた一番大きな原因だと思いますね。

――劉備《りゅうび》は徳の将軍と言われていましたけれども、曹操《そうそう》の方が人格者に思えます。

現実問題として「正史」を綿密《めんみつ》に分析すると、曹操《そうそう》の方が総合的な人格、全体性を持っている人格という形で、やはり指導者としての資質としては一枚も二枚も上でしょう。曹《そう》操《そう》の方がね、人の使い方がうまい。これはもう、圧倒的ですよ。そうなんだけれども、どうもね「三国志」を小説にするときには、特に日本で小説にするときには、やっぱり蜀《しょく》なんだ。判官贔屓《はんがんびいき》ではないけれども、やっぱり何かを、守るべきものを守ろうとして守り切れなかったけれども、みんな美しく散っていった、という方が、奪うものを奪って、最後奪い切れなくて死んでしまったという奴よりも、遥《はる》かに美的に見えるらしい（笑）。

――では、曹操《そうそう》は思い残すことなく描けましたね。

ただ単なる侵略者ではなくて、国家観を持った、乱戦に生きた英雄としてきちんと書けたし、乱世の中で自分の資質を生かした人間として書けた、と思います。曹操《そうそう》に関しては、思い残すことないです。

劉備《りゅうび》に関しても思い残すことないですよ。あれだけよく書いてあげたんだから、成仏《じょうぶつ》しろよ、という感じでね（笑）。

――曹操《そうそう》以外に魏《ぎ》では、どうでしょうか？　もう曹操《そうそう》が圧倒的なんですが……。

曹操《そうそう》がどういう人間をどういうふうに使ったか、ということで、やはり一番魏《ぎ》で優れたのは荀彧《じゅんいく》だろうと思います。荀彧《じゅんいく》というのは、非常に優れた政治思想を持ち、行政手腕を持っていた人だろうと思いますね。その荀彧《じゅんいく》を、曹操《そうそう》はうまく使った。なぜ曹操《そうそう》は使えたかというと、曹操《そうそう》はある意味ではマキャベリストだったんですよ。マキャベリストだったから、実力のある人間はその実力が発揮できるんだったら使ってやろう、と。思想が違うということは、明確にわかっているわけですよね。

だから、はっきり言ってしまうと、荀彧《じゅんいく》は劉備《りゅうび》と組んでいれば、凄く思想的にも一致したんです。だけれども、劉備《りゅうび》がしていた傭兵《ようへい》暮らしの中で生きていくことはできなかったでしょう。

そうすると、ある時期までは、曹操《そうそう》の人生、荀彧《じゅんいく》の人生というものは、お互いの力を利用し合いながら、自分のやりたいことはやっていけたと思うんです。それが不要になってきたときは、やはり切ってしまう、と。荀彧《じゅんいく》は自分が切られることはいずれあるだろう、というふうに曹操《そうそう》の器量《きりょう》を見抜いている。曹操《そうそう》は、ある程度大きくなったら、自分の力を必要としなくなる。そのときは切られるだろう、と思っている。というようなところも、僕はちゃんと書けたと思います。

まだ征服戦《せいふくせん》をやっているときというのは、どこの国でも側近政治《そっきんせいじ》なんですよ。側近に非常に頭の切れる奴がいて、国を動かしてゆくわけです。ところが、ある程度大きくなって組織が安定してしまうと、集団指導体制になるんです。これは明確にどこの国でもそうです。日本でも、徳川時代に家康《いえやす》が最初にやっているころというのは側近政治です。徳川幕府が安定してしまうと、側近というのは不要になってくる。それから、豪傑《ごうけつ》も不要になってくる。だから、本多忠勝《ほんだただかつ》なんていうのは不要になるし、本多正信《ほんだまさのぶ》と正純《まさずみ》という側近中の側近も、宇都宮釣天井《うつのみやつりてんじょう》事件かなんかで失脚《しっきゃく》してしまう。これは、集団指導体制から外れたからなんです。側近が切れ過ぎると、もう駄目なんですね、集団指導体制というのは。

集団指導体制から外れてくるころに、荀彧《じゅんいく》がやはり死を選んだ、という部分があると思う。側近政治から集団指導体制へ移るそのちょうど狭間《はざま》に、荀彧《じゅんいく》とか夏侯惇《かこうとん》なんかはいたんだろうと思います。夏侯惇《かこうとん》というのは軍人だったから、軍の頂点に立って象徴的な伝説を抱えた男としてやがて死んでいけばよかったんだけれども、荀彧《じゅんいく》の場合は、やはり自分の志《こころざし》と一緒に死んでいく、という道を取らざるを得なかったわけです。

――その他に、魏《ぎ》で思い入れのある人物はいますか？

許褚《きょちょ》、ですね。許褚《きょちょ》というのはね、物凄く強い男で、無口な男。曹操《そうそう》が赤壁《せきへき》から逃げるときも沼をガーっと行くときに誰かに抱えられて、あ、虎痴《こち》の手だと、曹操《そうそう》が見て安心するという（第七巻一六六頁）、そういうところがあるわけです。

赤壁《せきへき》で負けた後に曹操《そうそう》が原野《げんや》に向かって詩を詠《よ》んでいるときに、側《そば》で聞いていた許褚《きょちょ》が黙っているんだけれど、涙が流れていた、とかね。そういう場面は、僕は自分でも好きなんです（笑）。

あとは、張遼《ちょうりょう》というのがいた。これは格好よかったんだ。呂布《りょふ》に、ずっと従っていた。張遼《ちょうりょう》というのは、呂布《りょふ》の魅力を受け継いでいるんだろうと思うんですよ。

つまり、張遼《ちょうりょう》の人格をきちんと書くことによって、呂布《りょふ》は変な奴ではなかった、ということも表現できるわけです。

――関羽《かんう》が曹操《そうそう》に降《くだ》る前に、張遼《ちょうりょう》が説得に行きます。「死だけが道ではない」、そう言ったのが、関羽《かんう》自身だと（第四巻一八七頁）。あの科白《せりふ》が印象に残っているのですけれど。

そういいい見せ場もある。

もうひとつは、軽騎兵《けいきへい》を使ってるんですよ。普通の騎馬隊が行くより、遥《はる》かに早く、張《ちょう》遼《りょう》の騎馬隊が到着する。これは、呂布《りょふ》の作った騎馬隊の伝統を受け継いだ男として、張遼《ちょうりょう》が書けたんです。

これは軍人だから、それほど思想がどうのという問題ではないんだけれども。軍事的なというよりも、ほとんどその戦《いくさ》の才能、争闘の才能という形で言えば、張遼《ちょうりょう》は独特なものを持っていた人だろうと思います。

## 書いてワクワクした、孫策、周瑜

――では、呉《ご》の方に移っていただいて。

呉《ご》は、周瑜《しゅうゆ》と魯粛《ろしゅく》、孫策《そんさく》。僕は自分で書いていて、ほとんどよく書けたと思っています。孫策《そんさく》には多少思い入れがあった。孫堅《そんけん》の場合は第一巻で死んでしまうわけだから。孫策《そんさく》が袁術《えんじゅつ》の下で苦労しながら、そこから独立して国を作っていく、と。ところが、周瑜《しゅうゆ》と組んで「これからだ」というときに、何か虚《むな》しい死に方をしてしまう。それと、あの二人、周瑜《しゅうゆ》と孫策《そんさく》と二人で、大喬《だいきょう》と小喬《しょうきょう》を攫《さら》ってしまう。その青年の心情みたいなものも書けたと思います。

その他には、張昭《ちょうしょう》という狸親父《たぬきおやじ》がいるんだ。それが汚いことをみんなやる、手が汚れるということを。やはり、いつの時代にも指導者には手を汚す人間というのが付いていて、自分がその役だということを明確に意識してやっている人間が一人はいる、と。孫権《そんけん》は、だいぶ楽だったでしょうね。

呉《ご》という国は、基本的には周瑜《しゅうゆ》が死んでしまってからは、魅力的ではなくなっているんですよ。呉《ご》は、蜀《しょく》と組む以外に生き残る道はなかったはずなんです。なかったはずなのに、「蜀《しょく》が少し大きくなると嫌だな」ということだけで裏切って、荊州《けいしゅう》を奪《と》るために関羽《かんう》を殺している。あそこで殺していなかったら、蜀《しょく》はたぶん魏《ぎ》との戦《たたか》いのためには呉《ご》は必要だという認識があったから、おそらく西域《せいいき》へ行ったでしょう。西域《せいいき》のあたりをやる。それで、もっと力をつけて魏《ぎ》と対決する。そういう形になっていたと思う。実に、ちっちゃい裏切りだよね、孫権《そんけん》は。昔、民青《みんせい》がよくやっていた手ですよ（笑）。

あとは、孫策《そんさく》、周瑜《しゅうゆ》というのが呉《ご》では際立《きわだ》っていた。僕にとってはね。孫策《そんさく》、周瑜《しゅうゆ》を書いてるときは凄くワクワクしていた。孫策《そんさく》が少しずつ少しずつ力をつけて行って、袁術《えんじゅつ》がどうにもならないくらい力をつけて、周瑜《しゅうゆ》がきちんとそれをフォローしながらやっていく。「さあ、これから」というときに、曹操《そうそう》の差《さ》し金《がね》で暗殺される。曹操《そうそう》が暗殺しなければいけない、というぐらいに思っていた人物として、僕は孫策《そんさく》を書けたと思う。

――周瑜《しゅうゆ》が死んだ後、しばらく孫権《そんけん》の視点から物語が語られていませんでした。

周瑜《しゅうゆ》が死んだんでね、シラケちゃったんだよなあ。

孫権《そんけん》というのは、いろんな人間が助けて、非常に内政的な手腕があったから自分の国のことをやるんだけれども、なんかちょっとねえ、魅力に乏しかったなあ。実際にも魅力に乏しかったんだろうと思う。

――周瑜《しゅうゆ》が果敢《かかん》な戦《いくさ》をするがために、孫権《そんけん》は自分は大将として実力がないんではないかと悩みますね。

実力は、なかったんだ。現実に、そんなに戦をしていないし、あの人は。いつも江夏《こうか》とか、あのあたりにいて人が戦をするのを見ていて、裏切るときは裏切ると決めて。

唯一、曹操《そうそう》が攻めてきたときに戦う決断をきちんとできた。目の前の机を、剣で両断してね。「今後の自分に逆らったものは、このとおりだ」と（第七巻五〇頁）。

というようなところは、ちょっと書いててもワクワクしたんだけれど。

でも、やはり孫策《そんさく》を書いていたときの方が、ずっと充実感があった。男を書いている、という感じだった。

## 「三国志」は滅びゆく男たちの物語

――最も思い入れのある人物は誰でしょう？

僕は、呂布《りょふ》ですね。呂布《りょふ》だけは、いまだに惚《ほ》れてるもの。

だから、呂布《りょふ》が乗っていた赤兎《せきと》の子供がちゃんと出てくるでしょう。赤兎《せきと》だって、そんなつまんない女とはやらないんだ（笑）。気に入った女とだけやってね、子供もそんなに生まれないわけでね。

「演義」では、赤兎《せきと》は何十年もずっと生きているんだ。関羽《かんう》が乗っているんだよ。それではちょっとまずいから、赤兎《せきと》の子供に関羽《かんう》が乗っているという形にした。あれは、汗血馬《かんけつば》と言うんだろうけど。馬の種類は相当あって、モンゴルの馬は小さいんですよ。アラビア半島の方から来た馬というのは、でかくて筋肉質なんだ。そういう馬が混じり合ったりして、結構でかい馬もいたらしい。サラブレッドの脚なんかは細い。早いけれども。ところが、ばんばレースに出ている馬の脚なんてブットイものね。凄まじい脚している。

僕の「三国志」では、馬というものが一番よく書けたなぁ、と思ったのも呂布《りょふ》がいたからです。呂布《りょふ》は、これで悪役のイメージがすべて払拭《ふっしょく》できて、呂布《りょふ》が人気者になるといいなぁと思って（笑）。今までのイメージは、あまりにひどい。悪役はやはり悪役という感じだよね。

中国の小説というのは、必ずああいうところがあるんですよ。「演義」だって、もう全く後から書いたんだ。そうするとね、わかり易《やす》いように徒名《あだな》がつけてあったりするんだ。「水滸伝《すいこでん》」なんかもそうなんだけど、青面獣《せいめんじゅう》なんて徒名がついている。顔半分が青痣《あおあざ》なわけだ。そうするとその芝居やるときに、顔半分が青痣で出てくる。見た瞬間に、あれは青《せい》面獣《めんじゅう》だってわかるようになっている。そういう極端なところがある。

その極端な部分は、現代小説の中でリアリティーとして、なかなか生きてこない。だから、自分でリアリティーを付与できた人間、自分の思い入れをこめられた人間というのは、これはやはりいいなと思いますよ。

それで、こめようと思いながらも、こめきれなかった人間、その代表として関羽《かんう》がいます。だから、思い入れがこめられたというのは、張飛《ちょうひ》、呂布《りょふ》。この乱暴者二人です。乱暴者である、という単純な書き方しかされていなかった部分に、ちょっと複雑な部分も書けたんではないかと思う。


――では、最後の質問です。関羽《かんう》などについて、思い入れをこめて書けなかった部分で、もう一度書いてみたいと思ったりしますか？


なに関羽《かんう》を？　『三国志』は、もういいですよ（笑）。

結局ね、これは僕の四十代の最後、もう本当に最後の最後、五十代にかかっていたぐらいの時期に書いたもので、しかも二年ぐらいで書いたんですよ、全巻を。

この仕事の濃密さ加減《かげん》というものは、生涯もう体験することはないし、体験しようと思ったら死んでしまう、そのぐらいの濃密さ加減でしたよ。そこには、やはり小説家として持っている、今まで獲得してきたもの、それから書きながら獲得してきたもの、すべて表せた、と思います。最後の一章に馬超《ばちょう》のことを、馬超《ばちょう》の息子なんかのこと書いているときなんかはね。もう小説家として生き切った、と思った。

だけれども、四巻目、五巻目、六巻、そのあたりが一番辛かったですね。二ヵ月に一冊本当に書けるのか、と思った。書くつもりではいるけれども、もしかして書けないかもしれない。

俺は約束するという言葉を使ったら、死んでもやってしまう。だから、死ぬと困るでしょう（笑）と、（角川）春樹さんに言ったら、「書き終わってから死ね」と言われて（笑）。それなら、「約束という言葉を外してくれ」と。結局のところ、書きましたよ。だけれども、約束という言葉が重圧になってどうにもならないから、「約束という言葉だけを外してくれ」と言って、外してもらったんです。

でも「三国志」というのは、結局は男の夢が潰《つい》えていく、すべての夢が潰えていく。すべて、誰も勝利しない。誰も勝つことはない。そういう小説だったんですよ。これは、ある意味では滅びというものが、男と同義みたいになって、男というのは滅びの中に生きていく。滅びを目指して生きていく。滅びを夢見て、生きていく、という部分があったと思います。

そういうものは、僕が書いているハードボイルド小説で、ずっと書いてきたものなんですよ。それをもっと明確に、鮮やかに書くことができたのが「三国志」だったと思いますね。

僕は、ある意味では「三国志」が、ハードボイルド小説でもあると思っています。

――長時間、ありがとうございました。

# 第二章

# 三国志の時代

北方氏撮影

## 史実と脚色のはざまで——三国志をめぐる書物

『三国志《さんごくし》』は歴史でもあり物語でもあるところに大きな特色がある。

元々、『三国志』とは三世紀、三国時代の後の時代である晋《しん》代に中国の歴史家、陳寿《ちんじゅ》が後漢《ごかん》末期から三国時代にかけての歴史を記した、れっきとした史書として書かれた。

中国には正史《せいし》と外史《がいし》、稗史《はいし》というものが存在し、国家に〝正当な歴史〟として認定された二十四史と呼ばれるものが〝正史《せいし》〟、それ以外に民間で編《あ》まれた歴史書を〝外史《がいし》〟、さらに民間伝承などを集めたものが稗史《はいし》と呼ばれる。このうち陳寿《ちんじゅ》が著《あらわ》した『三国志』は、その二十四史のひとつであり、正しく正史《せいし》として扱われる歴史書なのである。

しかし、この正史《せいし》『三国志』は、いわゆる歴史書であり、今日我々が知るような物語としての『三国志』とはだいぶ様相を異《こと》にする。

まず、記述の方向性が違う。『三国志』は列伝体《れつでんたい》と呼ばれる記述法で書かれており、通した物語としてでなく各人物の伝記を集めた形式となっている。また、桃園《とうえん》の契《ちぎ》り、赤壁《せきへき》の戦い、諸葛亮《しょかつりょう》の超人的活躍など、人口《じんこう》に膾炙《かいしゃ》したエピソードはなく、冷徹に史実のみを追っている歴史書である。二十四史ある正史の中でももっとも簡潔な文体と言われる陳寿《ちんじゅ》の正史《せいし》『三国志』は、冷徹な陳寿《ちんじゅ》の史観が魅力ではあるが、やはり簡潔に過ぎるきらいがあった。

これに注釈《ちゅうしゃく》という形で、さまざまなエピソードや補足資料を付け加えたのが、宋代の歴史家裴松之《はいしょうし》が四二九年に書き上げた、一般に〝裴氏注《はいしちゅう》〟と呼ばれる注釈である。現在、『正史三国志《せいしさんごくし》』として手に入る書物はみな、陳寿《ちんじゅ》の本編と裴松之《はいしょうし》の注釈《ちゅうしゃく》が併記されている。

さて、正史としての三国志は陳寿《ちんじゅ》と裴松之《はいしょうし》によって現在残る形に仕上げられたが、三国志における後漢末期から三国時代にかけての時代は、後述するように、中国史においては様々な方面でターニングポイントとなった時代となった。そのため、史書としての正史三国志ばかりでなく、数々の民間伝承が生まれ、知識階級の間でも魏《ぎ》と蜀《しょく》のどちらが正統かなどの議論が繰り返されるという、民間から知識階級に至るまで興味を持たれ続けた時代であった。

そのため正史三国志としてでなく、民間伝承や芝居の中で三国志はやがて一人歩きをし始めて、徐々に物語の三国志として作り上げられていく。これらをまとめた物語が『三国《さんごく》志平話《しへいわ》』であり、正史よりもこちらが『三国志演義《さんごくしえんぎ》』の原作と言えるかもしれない。

そして十四世紀に明《みん》代の劇作家羅貫中《らかんちゅう》が現れる。

生没年も出生も明らかでないこの劇作家は、三国志平話を元に民間伝承や当時すでにあった蜀漢びいき、諸葛亮《しょかつりょう》の伝説などを元に三国志を一つの物語として作り上げる。

腐敗した後漢朝廷が宦官《かんがん》、黄巾賊《こうきんぞく》や董卓《とうたく》らによって倒れ、劉備《りゅうび》・関羽《かんう》・張飛《ちょうひ》たち三兄弟が桃園《とうえん》の契《ちぎ》りによって血盟《けつめい》し、漢の再興を掲げて曹操《そうそう》をはじめとする数々のライバルと戦争に謀略にと争い、やがて伏竜こと諸葛亮《しょかつりょう》を得て蜀を建国し、劉備《りゅうび》の後を諸葛亮《しょかつりょう》が継いで漢による天下平定のために北伐《ほくばつ》を繰り返すが果たせず、やがて三国は司馬家《しばけ》の勃興《ぼっこう》によって晋《しん》として統一される。

さまざまな脚色《きゃくしょく》を加えつつ、歴史を物語に変えて作り上げられたこの『三国志演義《さんごくしえんぎ》』こそ、現在、一般的に三国志のイメージとして語られる物語そのものであり、後世に編《あ》まれる三国志の小説、マンガ、ゲームなどのベースとなる作品である。

この三国志演義は、日本では戦国時代ごろから読まれていたらしいが、一般に人口に膾炙《かいしゃ》するようになったのは元禄《げんろく》時代ごろだった。湖南文山《こなんぶんざん》という人物が三国志演義を翻訳して出版した『三国志通俗演義《さんごくしつうぞくえんぎ》』がそれで、この本は当時ベストセラーとなり日本人の中でも劉備《りゅうび》や諸葛亮《しょかつりょう》らの活躍が広く知られるようになった。

その後、三国志の物語は日本人にとっては隣国の歴史の中でももっとも人気のある物語であり続け、それに関する小説や戯曲、研究書が数多く発売される。そしてその決定版として吉川英治《よしかわえいじ》の『三国志』が書かれる。

三国志演義を日本人好みにアレンジしたこの小説は、おそらく大部分の日本人にとっての三国志観を作り上げたと言っても過言ではない。

その後、多数の作家による三国志が書かれてきた。横山光輝《よこやまみつてる》の『三国志』、王欣太《キングゴンタ》の『蒼天航路《そうてんこうろ》』、コーエーのゲーム『三國志』など様々なメディア展開もされ、ますます日本人にとっては馴染《なじ》みの深い物語となっている。

そして、正史をベースに、独自の史観と人物観をもって書かれた新たな三国志こそが、北方謙三《きたかたけんぞう》著『三国志』（全十三巻）である。

正史を元にしつつも、北方《きたかた》的なハードボイルド色の強い男たちの物語として、三国志を再構築した作品は、千年以上にわたって語り継がれた三国志という歴史物語の積み重ねに新たな一石を投じたものであり、様々な新たな解釈やオリジナルのキャラクターが登場し、他の作品にはない魅力を放っている。

（この章では、以下、北方三国志をより楽しむために、当時の歴史的地理的背景から軍事・風俗などを解説している。史実はどうだったかを解説したものであるために、北方三国志のストーリーとは一部異なるところがある点をご了解下さい）

## 地名を読み解く鍵——地方行政官のさまざまな顔

三国志に登場する地名をもっともわかりやすく判別する方法としては、当時の漢土《かんど》と呼ばれる中国人の版図《はんと》が司隷《しれい》（司州《ししゅう》）と十三の州に分けられていたことを理解することだ。

漢はご存知の通り劉邦《りゅうほう》が統一王朝として建国した王朝であるが、その絶頂期と言われる七代皇帝、武帝《ぶてい》の時代に各州に分けられ、これが後漢や三国時代にまで受け継がれる代表的な地方区分となる。

三国志の序盤では後漢における州という行政区分と、その行政官がはじめに勢力を持つので、当時の地方行政の仕組みについて理解するのは、三国志をよりいっそう理解するのにきっと役に立つだろう。

また、後漢における地方行政であるが州を大きな単位として、州は郡に区分され、さらに郡は県によって分けられる。つまり、県↓郡↓州の順に大きな行政単位となる。これが漢代における郡県制の仕組みである。日本とは郡と県の立場が逆になっているので、注意してもらいたい。

さらにもうひとつ、例外的な存在として国というものがあり、県とほぼ同じ単位として扱われるが、これは郡からも州からも独立して漢の王族たちに与えられる独立領のことである。

県は県令や県長が統治し、郡は郡太守《たいしゅ》が統治する。そして、郡を州刺史《しし》が管理するのだが、後漢において面白いのが刺史《しし》の役割である。刺史《しし》は郡太守《たいしゅ》を管理するとはいうものの、その地位は太守《たいしゅ》よりも下なのである。つまり刺史《しし》は太守《たいしゅ》と中央政府の調整役であり、監視するだけの監督官に過ぎない。実際、郡太守《たいしゅ》の俸給《ほうきゅう》は二千石《ごく》あるのに対して、州刺史《しし》の俸《ほう》給《きゅう》は六百石に過ぎない。これは州という巨大な行政単位を地方官に直接統治させた場合、中央政府の制御がきかなくなるのを未然に防ぐための政治的配慮であった。

三国志の物語の序盤、渤海《ぼっかい》（勃海《ぼっかい》）太守《たいしゅ》袁紹《えんしょう》、長沙《ちょうさ》太守《たいしゅ》孫堅《そんけん》など太守《たいしゅ》クラスの人物が活躍するのは、こういった事情による。州を監視するのに留《とど》まる刺史《しし》よりも、郡を直接統治している太守《たいしゅ》のほうが独立勢力として自立しやすく、兵を動員することも容易だったのだ。

しかし、後漢末期ともなり黄巾賊《こうきんぞく》の乱や西方の叛乱《はんらん》など、国内が混乱してくると州は刺《し》史《し》の権限だけでは統治しきれなくなってくる。このため後漢政府は刺史《しし》の権限を大幅に強化し、軍事政治において独自に州を統治する権限を与える。そうして設置された強大な権限を持つ地方行政官が州牧《しゅうぼく》である。この州牧《しゅうぼく》の設置により各州は事実上独立勢力にもなり得るが、実際のところはそのときすでに後漢政府の統治能力は衰えてしまっており、太守《たいしゅ》たちはほぼ独立して州牧《しゅうぼく》として赴任《ふにん》しても、州の統治者として権限を振るえる例はごく稀《まれ》だったようだ。

この州牧《しゅうぼく》の代表的存在が荊州牧劉表《けいしゅうぼくりゅうひょう》と益州牧劉焉《えきしゅうぼくりゅうえん》であったろう。彼らは、太守《たいしゅ》たち地方官や豪族らをうまく懐柔《かいじゅう》し、またどちらの州も戦乱の河北中原《かほくちゅうげん》とは離れていたことも幸いし、大部分の州牧《しゅうぼく》が名目上の存在に終わるか、まったく無視されるか、あるいは殺されているのを尻目に、地方に独立勢力としての地位を築き上げることに成功するのであった。

そして、劉焉《りゅうえん》と劉表《りゅうひょう》が益州、荊州にそれぞれ州牧《しゅうぼく》として独立勢力を築くのを最後に、後の戦乱によって太守《たいしゅ》も牧《ぼく》も有名無実な存在となってしまい、曹操《そうそう》や袁紹《えんしょう》、袁術《えんじゅつ》、孫策《そんさく》といった軍閥たちが割拠《かっきょ》して地方を支配する時代へと変わっていった。

## 後漢各州ガイド——その地政学的検証

前項でも述べたように、後漢から三国にかけての戦乱は帝都である洛陽《らくよう》のある司隷《しれい》（司《し》州《しゅう》）と十三州の支配権をめぐる争いであった。

ここでは、その司隷《しれい》（司州《ししゅう》）と十三州それぞれの解説をしよう。

三国志で描かれる群雄《ぐんゆう》たちの争いは、大雑把《おおざっぱ》に言ってしまえば、州を単位として競われるので、各州の位置付けと地政的な意義を心得ておくと、群雄の勢力や戦略などが理解しやすい。

また、作品中に出てくる地名と照合しやすいように、各州に置かれた郡の名前も図に記した。

ちなみに三国を州単位で大雑把《おおざっぱ》に分けると、魏《ぎ》が司隷《しれい》（司州《ししゅう》）、兗州《えんしゅう》、豫州《よしゅう》（予州）、徐《じょ》州《しゅう》、冀州《きしゅう》、青州《せいしゅう》、并州《へいしゅう》、幽州《ゆうしゅう》、雍州《ようしゅう》を制しており、蜀《しょく》が益州《えきしゅう》、呉《ご》が揚州《ようしゅう》と交州《こうしゅう》を制しているというように分けられる。荊州《けいしゅう》は北部を魏が、南部を呉と蜀が争って最終的に呉の支配下に置かれるという区分となる。

地図上の広さから見れば魏と蜀と呉に三分されているように見えるが、人口や生産力を背景に区分される州という行政単位で見ると魏が圧倒的に蜀と呉を引き離しているのが理解できるだろう。蜀と呉の最大の悩みが国土の広さに対する人口と生産力の少なさだったのである。

**司隷（司州）**

別名、司州《ししゅう》とも言われる。

後漢における帝都である洛陽《らくよう》を要する地域であり、いわば首都圏とでもいったところだ。

本来ならば、後漢末期の戦乱においてもっとも激しく争奪の対象となるべき地域であったはずだが、董卓《とうたく》の乱において徹底した略奪と破壊の対象となったうえに洛陽《らくよう》の住民は長安《ちょうあん》に強制移住させられてしまっている。そのためもっとも住民の離散《りさん》と国土の荒廃の激しい地域となってしまい、前王朝の首都であったわりには激しい争奪が行なわれなかった地域になった。

後漢末期の司隷《しれい》（司州《ししゅう》）では張楊《ちょうよう》や楊《よう》奉《ほう》などの弱小勢力が存在していた。後に献帝《けんてい》が長安《ちょうあん》を脱出した後にそれを追ってきた李傕《りかく》、郭《かく》汜《し》の軍勢と曹操《そうそう》との間で争われ、それに勝利し、さらに楊奉《ようほう》や張楊《ちょうよう》を降《くだ》した曹操《そうそう》が洛陽《らくよう》を始めとするこの地

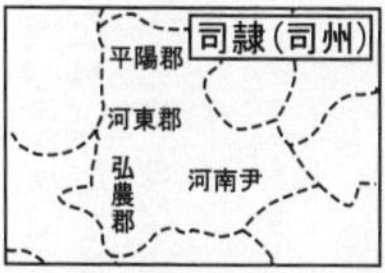

域を支配することになる。

だが、曹操《そうそう》にとってもあまり魅力的な土地ではなかったようで、あっさりと献帝《けんてい》を豫州《よしゅう》（予州）のある許《きょ》へと遷《うつ》してしまっている。後に魏皇帝となった曹丕《そうひ》は、洛陽《らくよう》を復興し再び帝都として定めることになる。

**豫州（予州）**

後に中原《ちゅうげん》を制する曹操《そうそう》にとって根拠地とも言える地域が豫州《よしゅう》（予州）である。

この地は生産力も人口も多く、中原《ちゅうげん》においても枢要《すうよう》の地であった。実際、黄巾賊《こうきんぞく》はこの州を重視し、潁川《えいせん》と汝南《じょなん》の地に最大の兵力を置き、洛陽《らくよう》を脅《おびや》かしている。中原《ちゅうげん》における洛《らく》陽《よう》の玄関口と言えるだろう。

広大な平地と中原《ちゅうげん》のほぼ中央に位置する地の利のよさは、曹操《そうそう》の電撃的な戦略の根源地として相応《ふさわ》しい地であった。ただし、平地の多いこの地は、攻めるに易《やす》く守るに至難という地域である。このため曹操《そうそう》は決してこの地で防戦を行なわず、常に外征を行なうという戦略を採っている。曹操《そうそう》の積極的な攻撃型の戦略はこのような地政的宿命を背負ったが故《ゆえ》だった。
また平地が多いということは、潜在的な耕地面積の広大さを持っていた。曹操《そうそう》が屯田制《とんでんせい》を敷いて流民《りゅうみん》を受け入れて耕作させるという政策は、この州の地勢を背景にしたものであった。

さらに言えば、この州における潁川《えいせん》と汝南《じょなん》は清流派の知識人を数多く輩出し、曹操《そうそう》一族、袁紹《えんしょう》一族、夏侯《かこう》一族、荀彧《じゅんいく》、沮授《そじゅ》などなど三国志の物語で活躍する人物が多くこの地を出身としている。曹操《そうそう》が人材を多く確保できたのは、その人材好きの嗜好《しこう》とともに、この地域を制していたという事情がある。

長安《ちょうあん》から献帝《けんてい》が脱出し、曹操《そうそう》の庇護《ひご》下に入ったときに帝はこの州の潁川郡《えいせんぐん》（許《きょ》）に遷《うつ》され、曹丕《そうひ》が帝位に就《つ》くまで留《とど》まることになる。漢の最後の帝都となった地である。

**兗州**

豫州《よしゅう》（予州）と並ぶ、曹操《そうそう》の根拠地。実際、曹操《そうそう》はこの地の東郡太守《とうぐんたいしゅ》となり青州黄巾賊《せいしゅうこうきんぞく》と戦ったときから、事実上の覇業《はぎょう》を始める。

やはり平地が多く、潜在的な生産力と人口を抱えた地域である。三国志の物語では、中原《ちゅうげん》においてもっとも激しく戦乱の渦中《かちゅう》に置かれた地域である。また、呂布《りょふ》が徐州《じょしゅう》に攻め入った曹操《そうそう》の隙《すき》を突いてこの地を奪取し、呂布《りょふ》と曹操《そうそう》の間で激しい戦いが繰り広げられるが、この戦いの間にも飛蝗《ひこう》の被害を受けるなど、司隷《しれい》（司州《ししゅう》）と並んで後漢末期の戦乱の被害を受けた。

また、曹操《そうそう》と袁紹《えんしょう》が対峙《たいじ》したときも、この地域が前線となっている。三国時代においてもっとも激しく争われた地域だった。

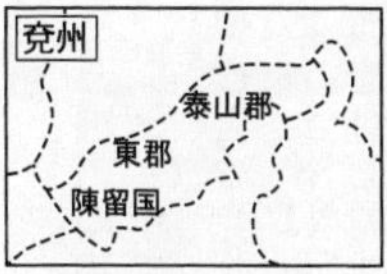

## 徐州

三国志の物語序盤から三国時代末期まで長い間係争《けいそう》の舞台となった州である。

古くは陶謙《とうけん》がこの地域を制し、続いて劉備《りゅうび》が陶謙《とうけん》と徐州《じょしゅう》の豪族から州を譲られ、さらに曹操《そうそう》との兗州《えんしゅう》を廻《めぐ》る争いに敗れた呂布《りょふ》が劉備《りゅうび》から奪い、さらに曹操《そうそう》と劉備《りゅうび》によって呂布《りょふ》が敗れた後は再び劉備《りゅうび》の支配するところとなる。しかし、官渡《かんと》の戦い以前に劉備《りゅうび》が曹操《そうそう》に反旗を翻《ひるがえ》し討伐《とうばつ》されると曹操《そうそう》の支配下に。そして曹操《そうそう》の支配下となった後、三国時代には呉にとっての北上戦略の中心として呉と魏の戦いの主な舞台となる。

海運も可能な地域で街道も整備されているという事情から商業の先進地域であったらしく、徐州《じょしゅう》は商業が盛んで数多くの商人が活躍し、物産も豊かな地域であった。この地が長い間、係争《けいそう》の対象となったのもその物産の豊かさと、交通の利便性によるところが大であったろう。

また、徐州《じょしゅう》の特色として、この地域は宗教色の強い地域であった。後漢末期に勢力を伸ばした道教《どうきょう》の根拠地のひとつがこの地の琅邪国《ろうやこく》であり、于吉《うきつ》や左慈《さじ》、葛玄《かつげん》といった道教《どうきょう》の仙人たちはこの州の琅邪《ろうや》（瑯邪《ろうや》）国《こく》出身、あるいは琅邪《ろうや》に深い関わりを持っている。さらに医学の大家として有名な神医華佗《しんいかた》も琅邪《ろうや》出身である。まさに当時におけるオカルティックな側面を一手に引き受けているような妖《あや》しげな地、それが琅邪国《ろうやこく》なのである。ちなみにその妖《あや》しい地琅邪《ろうや》はもうひとり著名人物を輩出する。そう、蜀の丞相《じょうしょう》諸葛亮《しょかつりょう》である。彼が後世、

仙人じみた神秘的なキャラクターとして脚色されていくのは、おそらく出身地と無縁ではなかったろう。

さらに後漢末期に伝来したとされる仏教が初めて寺院を建設したのも、この徐州《じょしゅう》であった。

**冀州**

反董卓《とうたく》連合の盟主《めいしゅ》となった袁紹《えんしょう》が、連合の解散の後に本拠地とした州である。河北《かほく》と呼ばれる黄河《こうが》以北の地域の中心とも言える州であり、中原《ちゅうげん》における戦乱の被害から比較的遠かったこともあり、多くの人口と生産力を維持することのできた豊かな地域である。

中原《ちゅうげん》が天災や戦乱などで荒廃していったこの時代において、もっとも豊かな州であったと言えるのが、この冀州《きしゅう》である。

実際、この地を根拠とした袁紹《えんしょう》は曹操《そうそう》に官渡《かんと》において敗れるまでは、中国最大の勢力として天下に手が届くところまで至っている。また袁紹《えんしょう》を降《くだ》した曹操《そうそう》も、この地域の豊かさに目をつけて、漢の首都である許《きょ》とは別に曹家《そうけ》の首都としてこの州における最大の都市である鄴《ぎょう》を根拠地に選ぶ。事実、後に曹操《そうそう》が公となったとき、封土《ほうど》として選ばれたのが冀州《きしゅう》の魏郡《ぎぐん》であり、魏《ぎ》という国名も春秋戦国時代《しゅんじゅうせんごく》にこの地に存在した魏国《ぎこく》にちなんだものである。

河北《かほく》における金城湯池《きんじょうとうち》とも言えるのがこの冀州《きしゅう》であり、この地を制した袁紹《えんしょう》も曹操《そうそう》も他を圧倒する勢力を築き上げたまさに覇業《はぎょう》の地だった。事実、官渡《かんと》の戦いで袁紹《えんしょう》が敗れ、袁家《えんけ》が内部分裂を起こしてボロボロになった状態であっても、袁家《えんけ》はこの地に拠《よ》って激しい防戦を行ない、勢いに乗る曹操《そうそう》軍でさえ、鄴《ぎょう》が陥落《かんらく》するまで二年の歳月を必要としていることからも、いかにこの地域の国力が強大であったかが理解できる。

**青州**

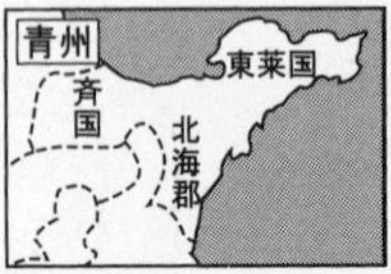


山東《さんとう》半島そのままのこの州は春秋《しゅんじゅう》時代から斉《せい》と呼ばれ、春秋《しゅんじゅう》、戦国《せんごく》、秦《しん》、漢《かん》の各時代を通じて強大な生産力と人口を抱えてきた先進地域であった。

しかし、後漢末期においては、黄巾賊《こうきんぞく》が張角討伐《ちょうかくとうばつ》後も残党が暴れ回り、また数多く天災に遭《あ》ったこともあって相当に国力をすり減らしてしまった地域でもある。後漢末の戦乱では北海の太守《たいしゅ》を孔融《こうゆう》が務めていたが、青州黄巾賊《せいしゅうこうきんぞく》の勢いがあまりにも激しく、目立った動きを見せられぬまま曹操《そうそう》に降《くだ》っている。曹操《そうそう》に孔融《こうゆう》が降《くだ》った後は袁紹《えんしょう》の侵攻を受けて袁紹《えんしょう》がこの地を領有し、その息子である袁譚《えんたん》がこの州を統治する。

ただ青州《せいしゅう》の黄巾賊《こうきんぞく》は、彼らが曹操《そうそう》に降《くだ》って青州兵《せいしゅうへい》となったところから曹操《そうそう》の覇業《はぎょう》が始まることから、歴史的には青州黄巾賊《せいしゅうこうきんぞく》のほうが重要である。また、史実において劉備《りゅうび》がその名を知られるようになるのが、青州《せいしゅう》において孔融《こうゆう》の援軍として参戦したところから始まるのは興味深い。この後、孔融《こうゆう》の要請に応じた劉備《りゅうび》が曹操《そうそう》の攻撃を受けた陶謙《とうけん》の救援に向かったころから、事実上の劉備《りゅうび》の群雄としての始まりとなる。

曹操《そうそう》と劉備《りゅうび》という後に天下を争う両雄の覇業《はぎょう》、その端緒《たんしょ》となる奇縁とも言える地がこの青州《せいしゅう》であった。

**幽州**

漢土における最北端であり最東端でもある辺境の地。

この州の北部は騎馬《きば》民族烏丸《うがん》の勢力圏であり、後漢の統治能力が衰えてきた末期の時代にはしばしば侵入してきて幽州《ゆうしゅう》の住民を悩ませている。

とはいえ、中原《ちゅうげん》には近い地域であるためか辺境と呼ぶべき位置ながら、後漢末の混乱期にはしばしば係争《けいそう》の対象となっている。まず、幽州牧《ゆうしゅうぼく》として皇族の劉虞《りゅうぐ》が赴任《ふにん》するが、その配下であった公孫瓚《こうそんさん》がこれを奪い幽州《ゆうしゅう》の支配者となる。そして冀州《きしゅう》を得た袁紹《えんしょう》と争い、敗れる。袁紹《えんしょう》は息子である袁熙《えんき》にこの地を与えるが、官渡《かんと》において袁紹《えんしょう》が敗れると曹操《そうそう》がこの地を領有し、魏の成立まで続く。さらにこの地を席巻《せっけん》していた烏丸《うがん》は曹操《そうそう》自ら討伐《とうばつ》、漢土に移住させられ魏の民となっている。

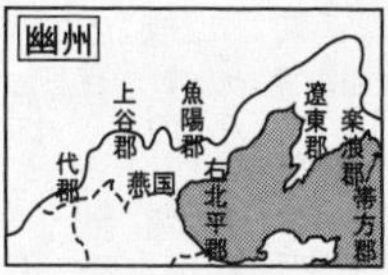


面白いのがこの地の東部に土着の豪族として勢力を持っていた遼東郡《りょうとうぐん》の公《こう》孫氏《そんし》の存在である。公孫氏《こうそんし》は公孫瓚《こうそんさん》とは同姓で、なんらかの繋《つな》がりはあったかもしれないが同族ではない。彼らは幽州《ゆうしゅう》の支配者たちとつかず離れずの関

係を保ち、遼東《りょうとう》半島周辺部をほぼ独立国として保ち続けている。曹操《そうそう》が幽州《ゆうしゅう》に攻め入ったとき、袁熙《えんき》と袁尚《えんしょう》の兄弟が彼らの下《もと》に逃げ込んでいるが、公孫氏《こうそんし》は彼ら二人の首を切り曹《そう》操《そう》に献じてしまっている。

そんな公孫氏《こうそんし》だが三国時代に公孫淵《こうそんえん》の代となると、なんと三国に続いて燕《えん》という国を名乗って呉と同盟して独立してのける。しかし、これはあまりにも無謀であったうえに、公《こう》孫淵《そんえん》自身が夜郎《やろう》自大《だい》の性格を持っていたため呉との同盟も決裂。ついには司馬懿《しばい》によってあっさりと平定されてしまった。

ちなみに遼東郡《りょうとうぐん》のさらに東の楽浪郡《らくろうぐん》、帯方郡《たいほうぐん》は朝鮮半島や烏丸《うがん》との交流のために役所だけが置かれているような地域であるが、ここを通ってさらに東の島国から魏へ使者が渡ってきている。

その国の名を邪馬台国《やまたいこく》という。

**并州**

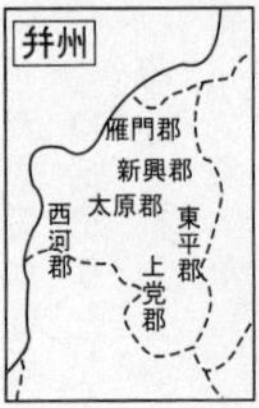


北辺のやはり騎馬民族との交流が盛んな辺境地域である。この州のさらに北を代州《だいしゅう》とする資料もあるが、後漢の統治能力が及んでいたのがほぼ并州《へいしゅう》までであるし、戦乱期や三国時代にあっても係争の対象になったのはこの地域までであるから、ここまでを漢土と見るのが自然であろう。

後漢末期には并州牧《へいしゅうぼく》として丁原《ていげん》が赴任《ふにん》し、彼の下には呂布《りょふ》という猛将がいた。呂布《りょふ》が無類《むるい》の強さを発揮した理由として、この地が騎馬民族との交流が盛んな地であり、騎兵戦術が発達していた地域であったからという理由がある。呂布《りょふ》はこの地で騎乗に習熟した騎兵たちを率いて中原《ちゅうげん》を蹂躙《じゅうりん》していく。

丁原《ていげん》が呂布《りょふ》の裏切りに遭《あ》い殺された後は、初め劉虞《りゅうぐ》の、後に袁紹《えんしょう》の支配下に入り、袁紹《えんしょう》はこの州を甥《おい》である高幹《こうかん》に与えている。官渡《かんと》の戦いの後に高幹《こうかん》は曹操《そうそう》に対して激しく抵抗し、最後まで屈しなかった。

この地に関わる騎馬民族は鮮卑《せんぴ》であり、鮮卑はその単于《ぜんう》（王）軻比能《かひのう》が進取《しんしゅ》の気概《きがい》に満ちた英傑《えいけつ》であり、盛んに魏と交流してその文明を取り入れて自分の部族を強化していく。このため北方騎馬民族の中でも最大の勢力を有するようになる。そして後に鮮卑《せんぴ》は三国の後に成立した晋《しん》を事実上滅ぼす民族のひとつとなるのである。

**揚州**

長江《ちょうこう》沿岸からその南部に渡る地域が揚州《ようしゅう》である。

漢土において南方と呼ばれる地域は、ほぼ揚州《ようしゅう》と言ってもよく、山越《さんえつ》という異民族も存在し、しばしば後の呉を悩ませている。

南方の辺境と言ってよい地域であるが、中原《ちゅうげん》とは違った文化を持ち稲作が盛んに行なわれ、かなりの生産力と人口を有する地域であった。「南船北馬《なんせんほくば》」という言葉もあるように、この地は馬よりも水路による交通が主流であり、中原《ちゅうげん》とは異なった気候や食文化などを持っている。元々、この地は中原《ちゅうげん》や河北《かほく》における黄河《こうが》流域より興《おこ》った文明とは別系統の長江《ちょうこう》文明の流れを汲《く》む地域であり、春秋《しゅんじゅう》時代は楚《そ》や越《えつ》という国が成立して中原《ちゅうげん》や河北《かほく》の国々と覇《は》を競い合っている。

後漢末の混乱期にまずこの地で勢力を振るっていたのが袁術《えんじゅつ》であり、彼はこの地を背景として皇帝を名乗る。その袁術《えんじゅつ》の下から独立し独自に南方を制していくのが孫策《そんさく》であり、袁術《えんじゅつ》が滅びた後は事実上のこの地の支配者となる。そして孫権《そんけん》がその後を継いで、やがて呉を成立させる。

元々が文化も文明の系統も中原《ちゅうげん》や河北《かほく》と異《こと》にする地域であるため、北方に対する警戒心が強く、この地域の豪族が曹操《そうそう》の南下に屈せず、三国時代でも最後まで晋《しん》に抵抗し続けていたのは、北方の黄河《こうが》文明には屈しないという南方の長江人《ちょうこうじん》としての気風《きっぷ》もあった。

後々まで中国史は黄河《こうが》流域に成立する王朝と長江《ちょうこう》流域に成立する王朝との間で何度も南北に分かれるが、後漢末期からその兆候はすでにあったのである。

**荊州**

魏、呉、蜀の中心に位置し最後まで係争《けいそう》の対象となる激戦地。

ただ、あまりにも広大で、大雑把《おおざっぱ》とさえ言えるような地方区分がされている。というのも荊州《けいしゅう》の北部と南部では、すでに後漢末期の戦乱期にたどった歴史が違うからである。

荊州南部は、いわゆる三国志の読者が「荊州《けいしゅう》」として認識するように、早くから劉表《りゅうひょう》が荊州牧《けいしゅうぼく》として赴任《ふにん》して、この地域の蔡氏《さいし》や蒯《かい》氏《し》といった豪族を手なずけて、混乱期の後期に至るまで独立国として孫家《そんけ》と小競《こぜ》り合《あ》いをしながら、それなりに平和な時代を築いた。

しかし南陽郡《なんようぐん》を中心とする荊州《けいしゅう》北部は、元々が南陽《なんよう》という都市が後漢において最大の人口を有する大都市であったため、戦乱の時代にあって最大の激戦地のひとつとなった。この地をまず領有したのが、董卓《とうたく》の乱のどさくさでこの地を制した袁《えん》術《じゅつ》であった。しかし袁術《えんじゅつ》は劉表《りゅうひょう》や曹操《そうそう》、袁紹《えんしょう》と敵対し、苦しくなると揚州《ようしゅう》に逃れてしまう。その後、董卓《とうたく》が呂布《りょふ》によって殺されると、その一部隊を率いてこの地まで進出していた張済《ちょうさい》がこの都市に居座《いすわ》る。張済《ちょうさい》が死んだ後はその甥である張繍《ちょうしゅう》が、劉表《りゅうひょう》と同盟を組んでこの地で独立し、曹操《そうそう》と敵対する。曹操《そうそう》は何度も張繍《ちょうしゅう》によって苦しめられるが、それを可能にした南陽《なんよう》の生産力の大きさが窺《うかが》える。そして張繍《ちょうしゅう》は官渡《かんと》の戦い直前に曹操《そうそう》に降《くだ》って、以後は荊州《けいしゅう》北部は曹操《そうそう》が領するところとなる。

そして中原《ちゅうげん》、河北《かほく》を制した曹操《そうそう》が南下すると、ついに荊州《けいしゅう》南部も係争《けいそう》の対象となる。この後赤壁《せきへき》の戦いを経て、荊州《けいしゅう》北部はなんとか曹操《そうそう》が保ち、南部を孫権《そんけん》と劉備《りゅうび》が分割支配することになる。

この荊州《けいしゅう》南部の領有権をめぐって孫権《そんけん》と劉備《りゅうび》は対立し、蜀が成立した後に劉備《りゅうび》が夷陵《いりょう》に敗れて荊州《けいしゅう》の南部がほぼ孫権《そんけん》の支配下に入るまで、孫権《そんけん》と劉備《りゅうび》の間で様々な外交駆け引きが行なわれることになるのが、三国志という物語の見どころのひとつとなっている。

実は広大な地域のわりに、荊州《けいしゅう》南部は人口が少なく、また武陵《ぶりょう》にいる武陵蛮《ぶりょうばん》という異民族をはじめとして、漢土になりきれていない地域でもあるため、生産力自体は北部に比べるとはるかに劣る。それでも魏の支配下に置かれていない数少ない地域として、劉備《りゅうび》と孫《そん》権《けん》は激しくこの地を争わねばならなかった。

**雍州**　前漢の首都であった長安《ちょうあん》を有する関中《かんちゅう》盆地を中心とする地域。元々はそれに相応《ふさわ》しい人口と生産力を有していたが、董卓《とうたく》の根拠地となってしまったのが運の尽きとしか言いようがない運命をたどることになる。董卓《とうたく》が反董卓《とうたく》連合と戦わずして洛陽《らくよう》を焼き払ってこの地に引《ひ》き籠《こ》もったのは、この関中《かんちゅう》が巨大な人口と生産力を抱え、なおかつ盆地であるため、周囲の山岳を封鎖《ふうさ》すれば防衛が容易であることが理由として挙げられる。
董卓《とうたく》はこの地に引《ひ》き籠《こ》もると、重税を課して董《とう》一族に財を集めて私《わたくし》したり、貨幣《かへい》の改鋳《かいちゅう》を行ない大インフレを起こすなど、まず経済的に大打撃を与えた。さらに董卓《とうたく》が暗殺された後には、李傕《りかく》や郭汜《かくし》などが内部分裂を起こし、ひたすら互いに抗争を繰り広げ続け、雍州《ようしゅう》を焦土《しょうど》と化すほど徹底的に争い続けた。このためこの地域の人口も生産力も激減し、元は都のあった地であるという

のに中原《ちゅうげん》での争いからも見放されて放置される事態になってしまう。

李傕《りかく》や郭汜《かくし》が滅びた後は、馬騰《ばとう》や韓遂《かんすい》といった関中八雄《かんちゅうはちゆう》と呼ばれる弱小勢力がこの地を制することになるが、後に曹操《そうそう》に討伐《とうばつ》され降《くだ》っている。曹操《そうそう》によって統治されるようになって、ようやくこの地は回復し、三国時代になると孔明《こうめい》の北伐《ほくばつ》に対する前線基地といった役割を果たすようになる。ようやくこの地はかつて漢代に果たした西方の要《かなめ》という役割を復権するのであった。

また、孔明にとってもかつて前漢の高祖劉邦《こうそりゅうほう》が巴蜀《はしょく》の地からこの地に進出し、天下に臨《のぞ》んだ故事を再現せんと、この地を目指して五度にわたる北伐《ほくばつ》を行なうことになる。

**益州**

四川《しせん》盆地一帯から南方にかけての広大な巴蜀《はしょく》と呼ばれる地域がこの益州《えきしゅう》である。
この地は劉焉《りゅうえん》が益州牧《えきしゅうぼく》として赴任《ふにん》し、豪族を手なずけてこの地を制する。このとき劉焉《りゅうえん》は「益州《えきしゅう》の地に天子《てんし》の気があり」という予言を聞き、自ら天子《てんし》にならんと欲して中原《ちゅうげん》の戦乱に背を向けて益州牧《えきしゅうぼく》に赴任《ふにん》できるように工作したという。事実、この地より天子《てんし》こと皇帝が生まれるが、それは劉焉《りゅうえん》でもその息子である劉璋《りゅうしょう》でもなく、この地を劉璋《りゅうしょう》から奪った劉備《りゅうび》であった。
ともあれ、四川《しせん》盆地という険阻《けんそ》な山岳地帯に囲まれたこの地は、防衛には最高であり、また四川《しせん》盆地は実り豊かな地であり、人口が少ないのを除けば独立して勢力を保つには格好の地であった。また、この地では蜀錦《しょくきん》という絹織物《きぬおりもの》の生産が盛んであり、それらをはじめとする中原《ちゅうげん》との交易でもかなりの利益が得られていた。

劉備《りゅうび》はこの地において皇帝を名乗り、中原《ちゅうげん》の魏王朝に対する対抗勢力として名乗りを挙げる。しかし、独立勢力として保つには適した地ではあるが、人口も少なくまた南方ではたびたび異民族の叛乱《はんらん》が起こり、また蜀《しょく》の桟道《さんどう》と呼ばれる交通の利便の悪さもあって中原《ちゅうげん》を制する勢力としては至難の地であった。

現に劉備《りゅうび》が死んだ途端《とたん》に益州《えきしゅう》全土で叛乱《はんらん》が起こり、丞相《じょうしょう》である諸葛亮《しょかつりょう》はその鎮定《ちんてい》に奔走《ほんそう》することになる。孔明《こうめい》の南征《なんせい》として積極策のように描かれる南方での戦いだが、その実情は益州《えきしゅう》南部を中心として各地で起きた叛乱《はんらん》を鎮定《ちんてい》するための防衛戦であった。

その政治手腕で南方の叛乱《はんらん》を鎮定《ちんてい》した諸葛亮《しょかつりょう》は塩鉄の専売制《せんばいせい》などで、益州《えきしゅう》に殖産興業《しょくさんこうぎょう》政策を推し進め、なんとか蜀をまともな国家として整える。史家によっては、北伐《ほくばつ》などよりも、劉備《りゅうび》の無謀な出兵や叛乱でほぼ潰滅《かいめつ》状態にあった蜀を立て直した手腕こそが、諸葛亮《しょかつりょう》の功績として挙げられるほどの見事さであった。

この地において見逃せないのが漢中《かんちゅう》という地で、この地はちょうど中原《ちゅうげん》と益州《えきしゅう》を結ぶ、四川《しせん》盆地の入口とも言うべき地である。この地は五斗米道《ごとべいどう》という宗教組織が制しており、劉焉《りゅうえん》などは中央との連絡を断つために「五斗米道《ごとべいどう》なる邪教が邪魔をして連絡できません」と取り繕《つくろ》っていたりもする。まさに益州《えきしゅう》の玄関口とも言うべき要地であった。

この後、五斗米道《ごとべいどう》の教主張魯《ちょうろ》は曹操《そうそう》に降《くだ》るが、この地を魏に押さえられると益州《えきしゅう》は喉首《のどくび》を押さえられることになる。このため劉備《りゅうび》は全力をもってこの地を回復し、以後、この地は蜀の領土となる。そして、後に漢中《かんちゅう》は北伐《ほくばつ》の司令部として諸葛亮《しょかつりょう》が常駐して、この地より北伐《ほくばつ》を起こすようになるのであった。

**涼州**

漢土というよりは半ば西域《せいいき》と呼んだほうが相応《ふさわ》しい辺境地帯である。匈奴《きょうど》や羌《きょう》といった異民族の勢力圏であり、さらに細々とではあるがシルクロードの通じている地域でもある。この地で頭角《とうかく》を現したのが董卓《とうたく》であり、彼は羌《きょう》や匈奴《きょうど》と仲が良く、彼らを配下として中原《ちゅうげん》に進出する。そう言えば、董卓《とうたく》の政策は略奪と破壊が基本であるあたり、いかにも当時の騎馬民族的である。

騎馬民族の地だけあって、騎兵に長じた強兵を生み出すことで知られている。

この地域は、後漢にとっても頭痛の種であったようで、たびたび叛乱《はんらん》を起こし後漢の衰亡の元となる。この叛乱《はんらん》者で面白い存在がいる。韓遂《かんすい》という人物で、彼は黄巾賊《こうきんぞく》の乱よりも前から匈奴《きょうど》や羌《きょう》と謀《はか》り何度も叛乱《はんらん》しては鎮圧《ちんあつ》されている。ただし戦争は下手で戦えば必ず敗れている。そして、曹操《そうそう》に討伐《とうばつ》されるまでなんと三十年以上も騎馬民族とともに中央と戦い続けたという不屈の群雄であった。

後に諸葛亮《しょかつりょう》が北伐《ほくばつ》を行なったとき、まず目標とされたのがこの地を制することであった。諸葛亮《しょかつりょう》としてはまず涼州《りょうしゅう》の強兵を手にしたかったのであろう。

### 交州

後漢から三国の戦乱にかかわらず南方で独自の経営を続けていた地域。

この地域は代々、士《し》家という豪族が支配し南方との交易によって莫大《ばくだい》な利益を収めていた。後漢末期では士燮《ししょう》という人物がこの地を支配し、曹操《そうそう》によって交州刺史《こうしゅうしし》に任命されている。南方の辺境地帯にあるにもかかわらず、早くから曹操《そうそう》の傘下《さんか》にあったことから、士《し》家は交易によって成り立つだけの時勢に対する商人的な嗅覚《きゅうかく》があったのだろう。

しかし、それを塞《ふさ》ぐ形で揚州《ようしゅう》を孫権《そんけん》が支配すると、その傘下《さんか》に入る。しばらく、この状態が続くが、士燮が死ぬとその息子である士徽《しき》が独立しようと叛乱するが、孫権《そんけん》軍によって鎮圧《ちんあつ》され、この地を呉が直接支配するのであった。

### もうひとつの地方区分――中原・河北の意味

しばしば作品中にも中原《ちゅうげん》や河北《かほく》といった、地名とは別の地方の通称が登場する。

これはだいたい意味合い的には日本で近畿とか関東といった大まかな地

方区分の通称とほぼ同じで、当時におけるだいたいの地域を呼ぶときこのような呼び方をする。ここではその解説をしよう。

**中原**

黄河《こうが》流域を中心として広大な平野を含んだ、当時の中国でもっとも人口の多い地域を称する呼び方である。州で分ければ、司隷《しれい》（司州《ししゅう》）、豫州《よしゅう》（予州）、兗州《えんしゅう》、徐州《じょしゅう》、青州《せいしゅう》あたりを含めた地域をこう呼ぶ。まさに中国の中心であり、ここを制すればほぼ天下を制したも同然であるため、天下を争うことを「中原《ちゅうげん》に鹿《しか》を逐《お》う」、すなわち逐鹿《ちくろく》という呼び方をする。

**河北**

河北《かほく》の河とはズバリ黄河《こうが》のことであり、その以北を河北《かほく》という。州の区分で言えば冀州《きしゅう》、幽州《ゆうしゅう》、并州《へいしゅう》を指す。比較的土地も豊かであり、中原《ちゅうげん》に次ぐ地域であると言えよう。後漢当時は中原《ちゅうげん》が荒れ果てたため、こちらに移住する流民が多く、この地域を制した袁紹《えんしょう》が他を圧倒する大勢力を築き上げることを可能とした。中原《ちゅうげん》と河北《かほく》を制していた魏は面積上はともかくとして、実質的には当時の中国の八割を制していたと言えるのである。

**関中**
長安《ちょうあん》を中心とする関中盆地《かんちゅう》のこと。
秦から前漢にかけては中国の中心地であった地域である。そのため、特別にこの地域をこのように呼ぶ場合がある。

**西涼**
雍州《ようしゅう》から涼州《りょうしゅう》にかけての地域で幷州《へいしゅう》の一部を含んだニュアンスで呼ばれることもある。
騎馬民族たちの勢力圏であり、シルクロードも存在する西域《せいいき》色の濃い地域。
昔から強兵と良馬を産出する地域として有名で、この地域を背景にして中央に進出してきた董卓《とうたく》は、まずその潜在的な軍事力を恐れられた。その軍事力に対する畏怖《いふ》が、董卓《とうたく》をして天下を摑《つか》ませかけた最大の要因であったと言える。

**巴蜀**
益州《えきしゅう》など四川《しせん》盆地より南部を称する。
中国人にとっては地の果てという印象の強い地であったらしく、巴《は》も蜀《しょく》も虫に関わる字が当てられている。この字面《じづら》からもわかるようにこの地は、昔は流刑地《るけいち》とされていたほどの辺境として扱われていた。
しかし、この地から前漢は起こり、また劉焉《りゅうえん》が聞いたような天子《てんし》の気ありと言われることから、天下を臨むには縁起のよい別天地というニュアンスがあったようだ。

**楚越**

長江《ちょうこう》流域より南方をこう呼ばれる。春秋《しゅんじゅう》戦国《せんごく》時代にこの地に楚《そ》と越《えつ》という国があったためこう呼ばれるのだが、中原《ちゅうげん》の人間にとっては古代から交流があったにもかかわらず、なんとなく蔑視《べっし》するような雰囲気があった。

主食も文化もまったく様相を異《こと》にするため、中原《ちゅうげん》の者たちには別世界という印象があったと思われる。反面、この地の南方人は郷土愛が強く、熱狂しやすい性質を持つため、時として想像を絶する勢いを持つところがある。秦《しん》末における項羽《こうう》の活躍や規模は小さいが孫策《そんさく》の快進撃など、南方人ならではの勢いで歴史に爪あとを残している。

## 猛将から知将へ――浮かび上がる軍事革命の本質

北方三国志（または演義、正史でもよいが）の戦争の場面を見ていてひとつ気づくことはないだろうか？

董卓《とうたく》と反董卓《とうたく》連合の戦いから官渡《かんと》の戦いまでにかけての戦争と、それ以後の戦争において戦争の指揮官として活躍する人物のタイプが明らかに変わっているのである。

官渡《かんと》の戦い以前であると呂布《りょふ》、華雄《かゆう》、顔良《がんりょう》、関羽《かんう》といった、いわば猛将タイプの武将が戦闘指揮官として活躍し、華々しく敵を蹴散《けち》らしていく。

ところが官渡《かんと》以後の戦いとなると、戦争において花形として活躍するのが周瑜《しゅうゆ》、諸葛亮《しょかつりょう》、司馬懿《しばい》、陸遜《りくそん》といった知将タイプの人物が知略《ちりゃく》を尽くして指揮するといった戦争になっていくのである。

この戦争において花形となる将のタイプが猛将型から知将型に変遷《へんせん》していくのは史実でも同様で、これは明らかに後漢末から三国時代にかけての戦乱期に戦争の形式が変わっていったことを意味するのである。

三国時代は中国史上でも稀《まれ》なほど数多くの戦争が各地で勃発《ぼっぱつ》していた戦乱の時代であるだけに、おのずと戦争の用法が発達を遂《と》げていった。

後漢末期が戦乱の時代となった当初は、勇猛さや人格的魅力を持って兵たちを統率《とうそつ》し、士気を盛り上げることによって戦いを勝ち抜くことが可能であった。つまり、この時期の戦争というのは戦術や作戦などよりもむしろ兵の数と士気がそのまま戦況に影響する、後の時期に比べると戦争そのものの様相は単純であった。そのため指揮官に求められる資質は個人的武力や勇気、兵を鼓舞《こぶ》する人格といったものであった。

これにはもちろん事情があった。

後漢という王朝はそもそもの成立が豪族の協力によってできた王朝であり、各地方の豪族は依然として広大な私有地と数多くの私兵（部曲《ぶきょく》という）を有していた。そして後漢末期の混乱期ともなると、中央の統治能力が衰えたと同時に各地の豪族は漢王朝を見限って独立勢力となっていく。後漢末期に頭角《とうかく》を現す群雄はこういった豪族の盟主《めいしゅ》の色彩が強く、軍隊は私兵の連合体というような状態にあった。

このような状態では、満足に訓練をほどこすこともできず、豪族として私兵を率いる指揮官に命令系統を整備するのも困難であった。このため戦いはおのずと前述した兵数と士気の勢いで決まる状況となり、活躍する将も猛将タイプの人物ばかりとなるわけである。

こういった状態に風穴《かざあな》を空《あ》けたのが曹操《そうそう》である。

曹操《そうそう》は彼自身が『孫子《そんし》』に注釈《ちゅうしゃく》を施《ほどこ》して編集し、『孫子《そんし》』という書物を現在まで残る形に編纂《へんさん》したという当代きっての軍事研究家であった。曹操《そうそう》は理論を実戦で立証しつつ、生涯を戦いの中で過ごし、史実に残るだけで六十七度の戦争を経験するという当時においては最高の戦闘経験を持つ歴戦の軍人へと成長していく。

しかし曹操《そうそう》といえども、戦乱の時代に身を投じた当初は董卓《とうたく》の将、徐栄《じょえい》の前に大敗を喫《きっ》するなど理論を実践まで持っていくことが適《かな》わなかった。それはそうだろう、烏合《うごう》の衆《しゅう》である兵士を率いて勢いと個人的武勇に頼るような戦争では、体躯《たいく》に恵まれなかった曹操《そうそう》にとっては甚《はなは》だ不本意《ふほんい》であったろう。

その彼が理論を実践に移すことを可能にしたのに、青州兵《せいしゅうへい》の存在があった。青州黄巾賊《せいしゅうこうきんぞく》の残党を吸収した、この青州兵《せいしゅうへい》は豪族の手垢《てあか》がついていないし、官軍というわけでもない、一から十まで彼のために存在する軍団である。曹操《そうそう》は純粋な直属の兵士とも言える青州兵《せいしゅうへい》に徹底的な訓練を施《ほどこ》し、彼の軍事理論のとおりに動く兵士へと鍛え上げていく。実際、曹《そう》操《そう》は『歩《ほ》戦令《せんれい》』という書《しょ》を著《あらわ》しているが、これは歩兵集団の機動から情報伝達、戦闘の手順までを事細かに記したいわゆる歩《ほ》兵操典《へいそうてん》とも言うべき書物である。
以後、曹操《そうそう》は青州兵《せいしゅうへい》を中心として、屯田《とんでん》によって集めた民から徴兵《ちょうへい》し、訓練を施《ほどこ》しては直属の軍団として編成するという兵制を整備していく。豪族の私兵集団を集めた他の群雄と異なり、曹操《そうそう》が直接統率して訓練した軍団では、兵の練度《れんど》はもちろんのこと、命令系統も整備され、曹操《そうそう》が思ったような戦術や陣形を縦横に展開することを可能にしたのであった。

　また他の群雄が豪族の機嫌や事情に配慮しながら軍事行動をとらねばならなかったのに対し、曹操《そうそう》はその直属の軍団を背景に豪族を威圧することも可能であり、直属の軍団だけでの軍事行動が可能だった。

　実際、この曹操《そうそう》の軍団は中原《ちゅうげん》において明らかに他を圧倒し、袁術《えんじゅつ》、陶謙《とうけん》、呂布《りょふ》、李傕《りかく》、郭汜《かくし》、袁紹《えんしょう》といった名だたる群雄を平らげていく。史実を見れば明らかだが、他の群雄に比べて曹操《そうそう》の軍事行動は実に素早く自由度に富《と》む。これは曹操《そうそう》自身の果断《かだん》な性格もあるだろうが、こうした配下の軍団の兵制の違いという事情があったのである。

　事実上の中原《ちゅうげん》における天下分《わ》け目《め》の決戦となった袁紹《えんしょう》と曹操《そうそう》の対決は、曹操《そうそう》が兵数そのものでは劣っていたものの、こうした兵制による自由度を根拠とする行動力と機動力によって曹操《そうそう》が主導権を握り続け、やがて圧倒的な大軍であった袁紹軍《えんしょうぐん》を撃破するという快勝を収めるという結果に終わる。

そして、この戦いを境として他国も曹操《そうそう》にならって、屯田《とんでん》による流民《りゅうみん》の吸収と中央直属の軍の整備という兵制改革をしていくのである。

兵制の改革により、それまでに比べて指揮官の戦術や作戦に対する展開に飛躍的な進歩を遂《と》げた結果、戦争の様相は猛将の時代から知将の時代へとなっていくのである。

皮肉な結果であるが、曹操《そうそう》は赤壁《せきへき》の戦いを境に自分自身が改革した兵制を施《ほどこ》された軍隊に対峙《たいじ》せざるを得なくなり、さらに言えば彼が研究して体系化した『孫子《そんし》』を代表とする軍事学を敵も学ぶこととなり彼自身を苦しめる結果になるのであった。

このように後漢末から三国時代にかけては、実に明確に戦争の用法が変わっていったという、軍事史的な面でも特筆すべき時代であった。

## 三国に見る用兵の妙──強力だが脆い騎兵をいかに使うか

後漢末期において特色ある戦術と言えば、まず特筆すべきは騎兵《きへい》戦術と対騎兵《たいきへい》戦術である。

実は後漢末期は、匈奴《きょうど》や羌《きょう》が西涼《せいりょう》を中心として漢土《かんど》に侵入し、当地の豪族は彼らと交流を持ち、馬騰《ばとう》や韓遂《かんすい》らは彼らと組んで漢に対し叛乱《はんらん》を起こしたりするなど、北方騎馬民族が盛んに侵入していた時代であった。

一般に「西は強兵を生み、東は官吏《かんり》を生む」という言葉が当時から言われていた。南《みなみ》匈奴《きょうど》という部族は、匈奴《きょうど》内での勢力争いに敗れて草原から漢土《かんど》に移住しており、彼らと協力してまず天下に覇《は》を唱《とな》えようとしたのが董卓《とうたく》であった。騎馬民族と交流を持っていた西《せい》涼《りょう》の兵を率いた董卓《とうたく》は無類《むるい》の軍事力を有していた。配下にいる馬騰《ばとう》、徐栄《じょえい》、華雄《かゆう》といった武将は西涼《せいりょう》の強兵とその騎兵戦術をもって一度は中原《ちゅうげん》に覇《は》を唱《とな》え、後に軍事改革の旗手《きしゅ》となる曹操《そうそう》に苦杯《くはい》を舐《な》めさせたりもしている。さらに、同様に北方騎馬民族と交流の深かった并州《へいしゅう》出身である呂布《りょふ》や張遼《ちょうりょう》といった武将も配下に加わり、大変に強力な軍団を作り上げていた。

　当時の馬具は鐙《あぶみ》というものがなく、華麗な馬術や機動しつつの騎射《きしゃ》についてはそれほど得手《えて》ではなかったようだが、それでも馬という当時最速の乗り物による突撃や縦横無尽《じゅうおうむじん》な機動力は、私兵集団であり統率のあまりとれていなかった歩兵にとっては大変な脅威となったであろうことは想像に難《かた》くない。

　同様な騎兵戦術を得意としたのが、やはり烏丸《うがん》という騎馬民族と交流のあった幽州《ゆうしゅう》を根拠地としていた公孫瓚《こうそんさん》である。彼は配下に白馬義従《はくばぎじゅう》という白馬を中心にした精鋭騎兵部隊を編成し、当時のライバルであった袁紹《えんしょう》軍を大いに苦しめている。

　騎兵の脅威に対して対騎兵戦術を練り上げたのが、公孫瓚《こうそんさん》と対峙《たいじ》せざるを得なかった袁《えん》紹《しょう》陣営であった。幸い、袁紹《えんしょう》の配下には羌《きょう》という騎馬民族との戦いで対騎兵戦術を練り上げた麴義《きくぎ》という武将がいた。

　彼の戦術は歩兵を囮《おとり》にして騎兵を引きつけ、陣の左右に配置した弩兵《どへい》をもって騎兵を射殺するというもので、機動力を火力《かりよく》で封《ふう》じる現代戦においても原則的に変わらない戦術を採った。騎兵は快速に富むものの、的が大きく射撃に弱い。またこの時代はまだ鐙《あぶみ》が存在せず騎乗《きじよう》スタイルが安定せず、騎兵たちは騎射を行なえる者がほとんどいなかった。このため騎兵は射程の長い弩兵《どへい》を効果的に使われると意外に脆《もろ》いという弱点を露呈《ろてい》せざるを得なかった。

公孫瓚《こうそんさん》と袁紹《えんしよう》の間で争われた界橋《かいきよう》の戦いでは、僅《わず》か八百の部隊で公孫瓚《こうそんさん》の誇る白馬義従《はくばぎじゆう》を打ち破っている。

さらに同様に騎兵戦術を得意とする呂布《りよふ》と対決することとなった曹操《そうそう》もまた独自の戦術で騎兵対策を行なう。彼は騎兵が迫ると歩兵が手にした槍《やり》を下ろし、頭を伏せさせたのである。騎兵が歩兵にとって脅威である理由のひとつに、当時にあっては比肩《ひけん》すべきものがない速度で大質量の物体が迫ってくるという恐怖感がある。この恐怖によって兵を動揺させないために、兵に顔を伏せさせたのである。そして騎兵が間近《まじか》に迫ると一斉《いつせい》に武器を上げさせ兵を立ち上がらせる。すると騎兵は馬のほうが突如目の前に現れた人と武器の壁に動揺してしまうのである。

この戦術を行なうには兵たちの練度《れんど》と統率力が必要であるのだが、当時兵制改革を行ない練度《れんど》の高かった曹操《そうそう》軍は、この戦術を駆使《くし》して徐州《じよしゆう》における呂布《りよふ》討伐《とうばつ》戦で当時無敵を誇った呂布《りよふ》率いる騎兵軍団を撃破している。

この後、呂布《りよふ》の騎兵軍団は曹操《そうそう》軍に吸収され、張遼《ちようりよう》が統率することとなる。ここで曹操《そうそう》は騎兵戦術に劇的変化を加える。曹操《そうそう》は今までその打撃力を武器に歩兵を正面から突破するように使われていた騎兵を、純粋に機動力を活用する機動兵科《きどうへいか》として用法を転換させてしまうのである。自らが呂布《りょふ》の騎兵を打ち破ったことと、麹義《きくぎ》の対騎兵戦術の情報を得ていたであろう曹操《そうそう》は、打撃兵科《だげきへいか》としての騎兵の弱点を熟知していた。強力だが脆《もろ》い騎兵を、曹操《そうそう》はその機動力に着目し、奇襲を主任務とする機動兵科《きどうへいか》として確立する。

その機動兵科《きどうへいか》として曹操《そうそう》軍騎兵の最大の戦果を挙げたのが官渡《かんと》の戦いである。この戦いにおいて曹操《そうそう》は騎兵集団を自ら率いて烏巣《うそう》の兵糧《ひょうろう》貯蔵地に奇襲をかけて、袁紹《えんしょう》軍の兵站《へいたん》を破壊している。そしてこの奇襲《きしゅう》によって曹操《そうそう》は袁紹《えんしょう》を打ち破るのだが、この奇襲などはまさに騎兵の機動力を存分に生かした戦術と言えるであろう。

その後も曹操《そうそう》軍騎兵は機動兵科《きどうへいか》として位置付けられて活躍し、合肥《がっぴ》の戦いでは僅《わず》か五百の騎兵を率いる張遼《ちょうりょう》の部隊が孫権《そんけん》軍の主力に奇襲《きしゅう》をかけて、赤壁《せきへき》の戦いの勝利で勢いづく孫権《そんけん》軍を撃破している。

また関羽《かんう》が敗北した樊城《はんじょう》の戦いでは、関羽《かんう》が逆茂木《さかもぎ》のバリケードを築くだけで油断していた方向から徐晃《じょこう》率いる騎兵集団が攻め入り関羽《かんう》軍に止《とど》めを刺《さ》している。

この機動力によって一気に勝利を収めるという戦略戦術は曹操《そうそう》軍、ひいては魏軍のお家芸とも言える戦法となっていたらしく、このほかにも第一次北伐《ほくばつ》においての孟達《もうたつ》の反逆に対する司馬懿《しばい》の電撃的対応、街亭《がいてい》の戦いにおける馬謖《ばしょく》の予測を上回る張郃《ちょうこう》の進撃、司馬懿《しばい》による公孫淵《こうそんえん》討伐など枚挙《まいきょ》に暇《いとま》がない。

この機動力《きどうりょく》を最大限に活用した戦法をもって曹操《そうそう》は中原《ちゅうげん》を制覇《せいは》していくが、呉における長江《ちょうこう》や蜀における四川《しせん》の天険《てんけん》など、機動力を生かせない地域になると途端《とたん》に進撃力が低下してしまうという弱点があった。

三国時代という奇妙な時代が成立した要因のひとつには、このような曹操《そうそう》軍の戦略、戦術の特徴に一因を求めることができる。

防衛に関しては呉も蜀も地の利を生かすことができたが、反撃に転じるとなるとそうはいかない。ここに北伐《ほくばつ》を決意した諸葛亮《しょかつりょう》が登場する。彼は漢中《かんちゅう》を出て魏に決戦を挑むには、魏軍の騎兵を中心とした機動力を封《ふう》じるために、ある兵科《へいか》を強化する。弩兵《どへい》である。諸葛亮《しょかつりょう》は連弩《れんど》と呼ばれる連発式の弩《ど》を開発し、弩兵《どへい》の射撃による火力をもって魏軍の機動力と兵の多さに対抗しようと考えたのであった。このため、弩兵《どへい》を生かすための陣形である八陣なども考案し、第五次北伐《ほくばつ》までは戦術面において互角以上の戦いを繰り広げた。

かくして騎兵の魏、水軍の呉、弩兵《どへい》の蜀というように、それぞれが得意とする兵科《へいか》を有するようになっていくのだが、こういった戦術的な情勢においては後漢戦乱期当初の騎兵優位時代から、それに対抗するために生まれた歩兵や弩兵《どへい》の戦術、そこから生まれた新たなる機動戦術、そして蜀が中原《ちゅうげん》に出るために考案された弩兵《どへい》戦術と数多くの戦術的トレンドを経て三国それぞれが地の利や国力などに応じた兵科《へいか》を戦術の中心に切り替えていった結果であった。

## 水の上では敵なし――大河に守られた呉の無敵艦隊

「南船北馬《なんせんほくば》」という言葉がある。河北《かほく》、中原《ちゅうげん》の人々が移動のために馬を使うように、長江《ちょうこう》流域の南方人は船を乗りこなすということを喩《たと》えた言葉である。

長江《ちょうこう》の支流は網の目のように広がり、細かに水路が張《は》り巡《めぐ》らされている。南方では道路よりもむしろ水路で移動するほうが便利なくらいであった。

人々はごく日常的に小舟を操《あやつ》って互いに往来しているのが、彼らの生活習慣であった。彼らにとって水上での戦いは、陸上で戦うのと同じように自然なことであり、彼らにとって船上は陸上と同様の日常の場所であった。

そんな人々が集まってできた呉という国は、水軍の強力さでは他を寄せ付けず、滅亡する最後まで長江《ちょうこう》を防衛線として、他国の陸上部隊を水上戦に引き込んでは勝利してきた。

そのもっともよい例が赤壁《せきへき》の戦いであろう。それまで中原《ちゅうげん》や北方で無敵を誇ってきた曹《そう》操《そう》軍は、不慣《ふな》れな船上での戦いに苦戦し、やがて兵士は体力を失っていき疫病《えきびょう》が蔓延《まんえん》して撤退《てったい》せざるを得なくなった。

このように長江《ちょうこう》の水軍は呉という国の生命線であり、この水上での戦いで常に圧倒してきたからこそ、呉は三国のうちでもっとも長く命脈を保ったと言っても過言ではない。

その呉を代表とする水軍はどのような船を使っていたのだろうか？

**走舸**

水戦で使われる最も小さな船である。乗員は一～十人程度で、船というよりもボートと呼んだほうがいいような小舟である。帆はついておらず、オールなどで漕《こ》ぎながら移動する。戦闘艦というよりも、戦闘艦と戦闘艦の間の連絡や上陸戦などに、はしけとして使われるような使用方法をされていた船である。

**艨衝**

数十人乗りの小型艦であり、帆船である。戦場においてはその快速を生かして、敵艦に乗り込んだり、火矢を射ち掛けたりするなど、もっとも目まぐるしく戦う。現在の艦隊に喩《たと》えれば駆逐艦《くちくかん》的役割を果たす戦闘艦である。

**闘艦**

これが戦場で主力艦となる。乗員は百人から二百人を数え、多いときには数百人もの乗員を抱える戦闘艦である。水戦の主力となると同時に、上陸戦における輸送艦の役割を果たす多目的艦である。呉の水軍は圧倒的な数の闘艦《とうかん》を揃《そろ》えて赤壁《せきへき》の戦いに臨み、水上では曹操《そうそう》軍を圧倒している。

**楼船**

水上船における最大の艦。戦隊の上に陸上と同じような楼閣《ろうかく》を築いて、多数の兵員を搭載するという戦艦《せんかん》で、千人もの乗員を抱える船もあったという。魏軍が呉の闘艦《とうかん》に対抗するために作った大艦主義の艦であり、機動力は劣るものの沿岸まで多数の兵員を上陸させて水上戦から陸上戦に無理矢理持ち込む狙いを持った戦艦である。

ちなみにその戦略は晋《しん》代になって果たされ、晋《しん》の王濬《おうしゅん》は千人クラスの楼船《ろうせん》を数十隻《せき》建造し、蜀から長江《ちょうこう》を東下《とうか》し、呉軍を圧倒してついには呉を滅ぼしたのであった。

## 武器・武具事情——関羽の青竜刀はなかった？

関羽《かんう》の青竜偃月刀《せいりゅうえんげつとう》をはじめとして、三国志にはさまざまな武器が登場する。張飛《ちょうひ》の蛇矛《じゃぼう》、呂布《りょふ》の方天戟《ほうてんげき》、徐晃《じょこう》の大斧など、それぞれの武将のトレードマークになっている武器も少なくなく、三国志の戦いに華麗な彩《いろど》りを加えている。

しかし、これらの武将が持つ武器の中には実は時代に合わないものもいくつか存在する。

その代表格が関羽《かんう》の青竜偃月刀《せいりゅうえんげつとう》だ。この形の武器が登場するのははるか後世の明《みん》の時代。また呂布《りょふ》の方天戟《ほうてんげき》も後漢から三国時代には存在せず、宋《そう》の時代になって登場する武器であった。

では当時どのような武器が使われていたのかというと、長柄武器《ながえぶき》としては矛《ほこ》、戈《か》、戟《げき》、槍《やり》といった単純な形のものであり、これに短柄武器として剣《けん》が使われていたという程度のバリエーションしかなかった。

この時代における武器の変化は剣に現れている。後漢末期は両刃《りょうば》の剣が使われていたが、三国時代になって片刃《かたは》の刀が使われるようになっている。これを積極的に進めたのが諸葛《しょかつ》亮《りょう》で、彼は蜀の兵士の主力武器を剣から刀に変えて、歩兵の攻撃力を増大させた。魏に比べて兵数で劣る蜀は、このように武器を改良することでなんとか対抗しようとしていたのであった。

一方、鎧《よろい》のほうであるが、当時将が着用していた鎧《よろい》が「魚鱗甲《ぎょりんこう》」と呼ばれる鎧《よろい》であった。小さな金属の板が鱗《うろこ》状に重なって編《あ》まれている鎧《よろい》で、この鎧《よろい》が開発されたのが後漢末期から三国時代にかけてであった。それまでは「札甲《さっこう》」と呼ばれる、板を連《つら》ねて体を覆《おお》う鎧《よろい》だが、これは板と板の継ぎ目が弱点となる欠点があった。その弱点を克服したのがすなわち魚鱗甲《ぎょりんこう》である。

こうして飛躍的に防御力の高まった魚鱗甲《ぎょりんこう》にさらに腕も防護できるように袖《そで》の部分を加えた鎧《よろい》が「筒袖鎧《とうしゅうがい》」と呼ばれる鎧《よろい》であり、これにさらに胸と背中の部分に鉄板を張って防御力を高めたのが「明光鎧《みょうこうがい》」と呼ばれる鎧《よろい》であった。

ちなみに一般の兵士たちは、袖《そで》もなく体の前後を鉄の札《さね》で編んだ装甲《そうこう》でサンドイッチマンのように挟《はさ》んで身を守る「裲襠甲《りょうとうこう》」と呼ばれる簡単な鎧《よろい》を身に着けていた。この形式な

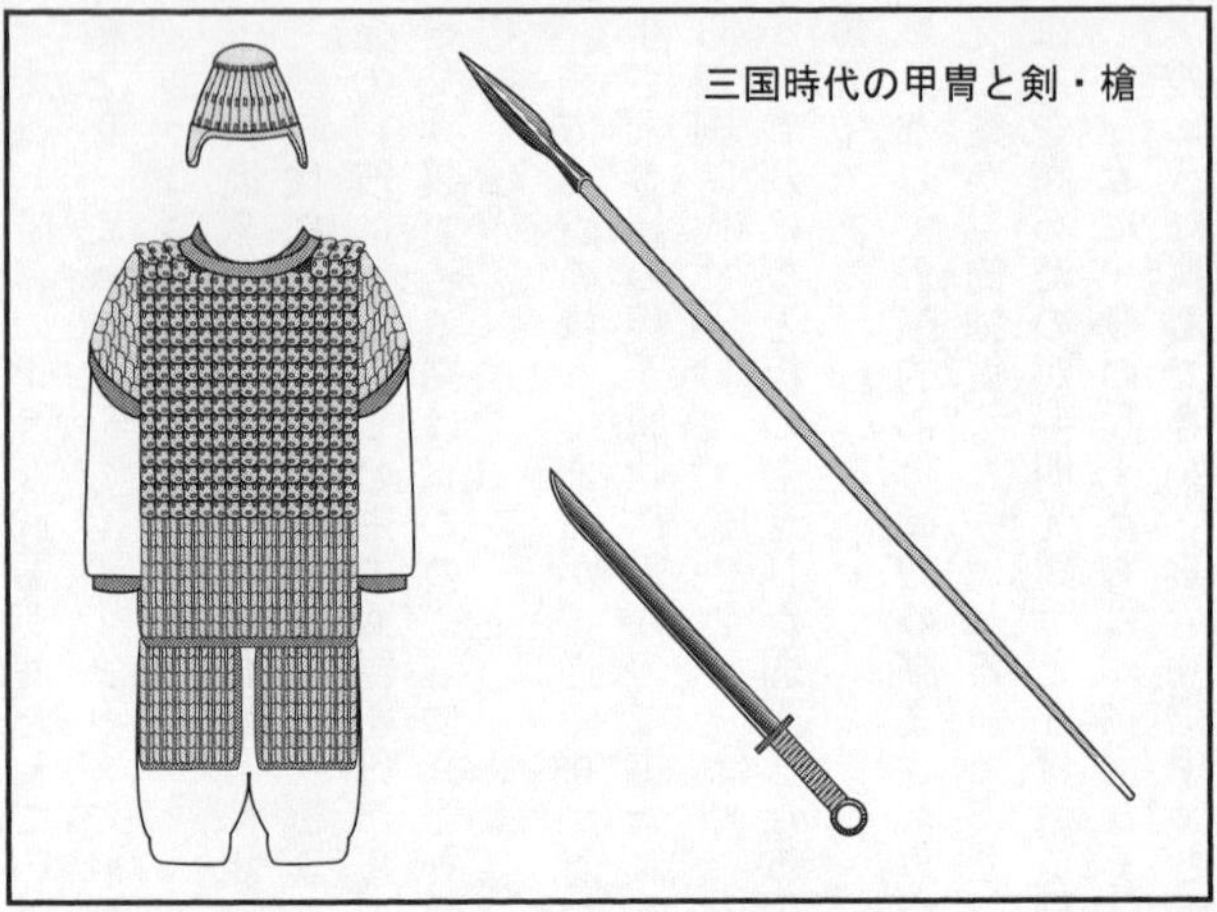


らば体のサイズも気にせずに着用できるため、大量生産に向いていた鎧《よろい》だった。

このように後漢末期から三国時代にかけての戦乱期は、武具の発達していった時代でもあり、それは鎧《よろい》において顕著《けんちょ》であった。

## 官職、給与の体系
## ——地位に見合わぬ報酬

後漢時代の給与は穀物《こくもつ》によって単位を数えられ、その穀物《こくもつ》の量に見合った金などを貰《もら》っていたようである。給与は官職の位階《いかい》によって分けられ、以下のような給与体系となっている。給与は一石いくらと数えられ、月単位で石高《こくだか》に応じて与えられる月給制であった。ちなみに当時の一石は約二七キログラムである。

給与の格と実際の手取りが違っているところがあるのも興味深い。

・上公《じょうこう》、大将軍《だいたいしょう》、三公《さんこう》　月三五〇石
・中二千石　月一八〇石
・二千石　月一〇〇石
・比二千石　月一〇〇石
・千石　月八〇石
・六百石　月八〇石
・比六百石　月五〇石
・四百石　月四五石
・比四百石　月四〇石
・三百石　月四〇石
・比三百石　月三七石
・二百石　月三〇石
・比二百石　月二七石
・百石　月一六石

そして実際の官職《かんしょく》は以下のとおり。史実や作品中に出てくる官職がどの程度の地位であったかは、給与の格で検討がつく。

・相国《しょうこく》（上公）　天子を助けて万機《ばんき》を治める漢代最高の地位。

・太傅《たいふ》（上公）　天子の教育係。三公《さんこう》の上に立つが名誉職に近い。
・大司馬《だいしば》（上公）　軍事の最高職。三公の上に立つが非常設。
・大将軍《だいしょうぐん》（上公）　反逆者《はんぎゃくしゃ》の討伐《とうばつ》にあたる。三公の上に立つが非常設。
・太尉《たいい》（三公）　軍事の最高責任者。三公は常設の最高官職。
・司徒《しと》（三公）　内政の最高責任者。
・司空《しくう》（三公）　官吏の取り締まり法を司《つかさど》る。
・太常《たいじょう》（中二千石）　儀礼《ぎれい》、祭祀《さいし》を司《つかさど》る。九卿《きゅうけい》のひとつ。九卿《けい》は実務の最高責任者。
・光禄勲《こうろくくん》（中二千石）　宮殿の門を防備し殿中の軍人を司《つかさど》る。九卿《けい》のひとつ。
・太僕《たいぼく》（中二千石）　車馬を仕切り、天子行幸《みゆき》を差配《さはい》する。九卿《けい》のひとつ。
・廷尉《ていい》（中二千石）　裁判を司《つかさど》る。九卿《けい》のひとつ。
・大鴻臚《だいこうろ》（中二千石）　諸侯と帰服《きふく》した蛮族《ばんぞく》を仕切る。九卿《けい》のひとつ。
・宗正《そうせい》（中二千石）　皇室親族の雑務を仕切る。九卿《けい》のひとつ。
・大司農《だいしのう》（中二千石）　国家の財政を預かる。九卿《けい》のひとつ。
・少府《しょうふ》（中二千石）　宮中の諸物資、宝物などを管理する。九卿《けい》のひとつ。
・執金吾《しっきんご》（中二千石）　宮中と都の警備を司《つかさど》る。九卿《けい》のひとつ。
・将作大匠《しょうさくたいしょう》（二千石）　土木や工事を司《つかさど》る。九卿《けい》のひとつ。
・衛尉《えいい》（二千石）　宮中の警備、巡察を担当する。九卿《けい》のひとつ。

ここまでが三公九卿《さんこうきゅうけい》と呼ばれる官職で、いわば大臣とでも言うべき高官たちである。

・大長秋《だいちょうしゅう》（二千石）　皇后《こうごう》の府の長。皇后の宣示《せんじ》などを扱う。

・侍中《じちゅう》（比二千石）　皇帝の側近として、皇帝の秘書官的役割を果たす。皇帝の下問《かもん》に答える役割も果たし、官位以上の権力を持つ。

・禄尚書事《ろくしょうしょじ》（比二千石）　宮廷の事務的役割を統轄《とうかつ》する。

・尚書令《しょうしょれい》（千石）　宮中の文書の発行、執筆を担当する。

・尚書《しょうしょ》（六百石）　吏部、左民、客曹、五兵、度支の五部署に分かれ、軍事や政治の各事務を分担する。

・中書令《ちゅうしょれい》（千石）　尚書《しょうしょ》からの上奏《じょうそう》を受けて、詔勅《しょうちょく》や政令の発行を担当する。

・秘書監《ひしょかん》（六百石）　中書令が設置される前まではその役割を果たしていたが、後に図書の管理のみを行なうようになる。

・御史中丞《ぎょしちゅうじょう》（千石）　官吏《かんり》の監察《かんさつ》、弾劾《だんがい》を司《つかさど》る。

・都水使者《とすいししゃ》（不明）　灌漑《かんがい》、運河《うんが》の保守を勤める。

・司馬《しば》（千石）　軍事において兵の管理《かんり》を行なう。

・参軍《さんぐん》（千石）　参謀《さんぼう》として将軍に戦略戦術を教示する。

・主簿《しゅぼ》（不明）　書記として事務を司《つかさど》る。

・太史令《たいしれい》（六百石）　史書の編纂《へんさん》、天文星暦を司《つかさど》る。

・太祝令《たいしゅくれい》（六百石）　国家の祭祀《さいし》を担当し、祝詞《のりと》を唱《とな》え、神を送迎《そうげい》する。

・太楽令《たいらくれい》（六百石）　国家の祭祀《さいし》や宴《うたげ》のとき、音楽を司《つかさど》る。

・符節令《ふせつれい》（六百石）　節、銅虎符などを管理する。
・符璽郎《ふじろう》（三百石）　宮中の印璽《いんじ》を管理する。

## 後漢代の度量衡――千里を往くも、四〇〇〇キロにあらず

ここでは当時の度量衡《どりょうこう》をそのまま表にしてみた。漢字は同じなのに、日本とは単位が違っていて混乱するだろう。例えば、関羽《かんう》の身長が九尺《しゃく》と記録されているが、日本の尺貫法《しゃっかんほう》では二メートル七〇センチのありえないような巨人となるが、当時の単位に直せば二メートル一七センチと、確かに巨体ではあるが、ありえない体形ではなくなる。このような誤解は、実は日本に流通する三国志関係の本で散見されるので、この表で改めて検証していただきたい。

## 曹操《そうそう》の詩の実力――後世に伝えられる偉業とは

後漢末から三国時代にかけての歴史上、後世における最大の影響力を与えた分野とも言えるのが、〃文学〃であった。一見、戦いと謀略《ぼうりゃく》に明け暮れた時代に思えるこの時代であるが、そんな時代にもかかわらず、いやそんな戦乱の時代であったからこそ、一片の華《はな》を添《そ》えるべく文雅《ぶんが》の香りを添えていた側面が、この時代にはあった。

量

| | |
|---|---|
| 勺 | 2.02mℓ |
| 合 | 20.2mℓ（10勺） |
| 升 | 0.202ℓ（10合） |
| 斗 | 2.02ℓ（10升） |
| 斛 | 20.2ℓ（10斗） |
| 石 | 20.2ℓ（10斗） |

長さ

| | |
|---|---|
| 分 | 2.41mm |
| 寸 | 2.41cm（10分） |
| 尺 | 24.1cm（10寸） |
| 歩 | 120.5cm（5尺） |
| 丈 | 2.41m（10尺） |
| 引 | 24.1m（10丈） |
| 里 | 434.1m（300歩） |

重さ

| | |
|---|---|
| 両 | 13.9g（24銖） |
| 斤 | 222.7g（16両） |
| 鈞 | 6.672kg（30斤） |
| 石 | 26.728kg（4鈞） |

広さ

| | |
|---|---|
| 分 | 34.8486m$^2$ |
| 畝 | 348.486m$^2$（10分） |
| 頃 | 34848.6m$^2$（100畝） |

その中心に曹操《そうそう》という魏の国主が存在する。

その生涯《しょうがい》に約七十度もの戦争を戦い抜いてきた武人であるとともに、魏の建国者となる覇者《はしゃ》でもあった曹操《そうそう》は、一方で旺盛な文人的気質《ぶんじんてききしつ》を多く持っていた人物で、戦地にあっても書物を離さなかった。

その彼が好んだのが詩であった。当時、詩というものはまだ学術的地位は高くなく、歌《か》舞音曲《ぶおんきょく》とともに嗜《たしな》まれる娯楽《ごらく》といった扱いを受けていた。

文学というよりは歌謡《かよう》といった扱いであった詩を、曹操《そうそう》は英雄がその志《こころざし》を述べ、乱世を憂《うれ》えるという、士大夫《したいふ》が嗜《たしな》むに相応《ふさわ》しい文学的価値を付け加えたのである。

具体的に言えば、それまでの詩は一部を除いて作者は伝わっておらず、民間や宮廷の中で口伝えに歌い継がれてきた自然発生的なものに過ぎなかった。そこに曹操《そうそう》を始めとする当時の詩人たちは己《おのれ》の志《こころざし》を歌うことによって、ひとつの文学的作品として完成させようとした。言わば彼らは詩に〝作家性〟というものを付け加え、文学として成立させるという役割を担《にな》ったのである。

曹操《そうそう》は自ら詩作するとともに、自分の配下にも詩作を勧め、また詩文の才能に長《た》けた者を登庸《とうよう》することで一種の文学サロンを作り上げた。その文学サロンのメンバーとしては孔《こう》融《ゆう》、王粲《おうさん》、陳琳《ちんりん》、阮瑀《げんう》、徐幹《じょかん》、応瑒《おうちょう》、劉楨《りゅうてい》の七人が代表的存在として挙げられる。彼ら七人は後世、建安《けんあん》の七子《しちし》と呼ばれ、唐代《とうだい》に唐詩《とうし》という文学的絶頂期が興《おこ》るまでもっとも優《すぐ》れた文学集団として称《たた》えられる存在であった。

そして、彼らの中心に存在するのが、曹操《そうそう》とその息子である曹丕《そうひ》と曹植《そうしょく》の三人である。

彼らはいずれも殿様芸などではない本格的な詩文の才能を有しており魏《ぎ》の三曹《さんそう》と呼ばれ、それぞれが独特の作風をもって建安《けんあん》の七子《しちし》に勝《まさ》るとも劣らない文学的名声を獲得する。というよりも、彼ら三人の作風はそれぞれがまったく違っており、またそれぞれが当時の文学的気風を如実《にょじつ》に表しているという実に興味深い存在であった。

曹操《そうそう》の代表作『短歌行《たんかこう》』は覇業《はぎょう》に臨む英雄として天下に英傑《えいけつ》を求める志《こころざし》を述べたものであり、『苦寒行』は北方での行軍の厳しさを歌ったものである。英雄であり軍人でもあった彼は技巧こそ曹丕《そうひ》や曹植《そうしょく》に劣るが、その込められた気概《きがい》は余人には真似のできない気迫があった。彼の晩年の作である『歩出夏門行』という詩にある、

「驥老伏櫪　志在千里（名馬は老いて厩《うまや》に伏《ふ》すとも、心は千里を駈《か》け）烈士暮年　壮心不已（烈士《れっし》は晩年にあって壮心《そうしん》衰えることはない）」

というフレーズは、まさに最後まで天下を望んで戦い続けた英雄詩人としての烈々《れつれつ》たる気迫に満ちた、曹操《そうそう》なればこその詩ではないか。

続いて漢を倒して魏の初代皇帝となった曹丕《そうひ》の場合、彼の才能は詩文の分析と評論に発揮される。彼は明確に建安文壇《けんあんぶんだん》を文学史上の転換期と自覚しており、さまざまな実験的作品作りをしている。彼は詩の形式的な部分を研究し実験することが自らの役割と心得ていたようである。例えばそれまで詩は四言詩が基本となっていたが、ここに一言加えて奇数言詩ならではの転調《てんちょう》や拍子《ひょうし》の多様性を求めて、五言詩《ごごんし》という形式を完成させる。また彼の代表作である『燕歌行』は後に漢詩の代表的形式となる七言詩《しちごんし》を初めて明確な実験的意思

の下で作り上げた作品として位置付けられている。つまり、現在まで残る漢詩の代表的形式である五言詩《ごごんし》と七言詩《しちごんし》を形式として完成させたのが曹丕《そうひ》であった。

さらに彼は建安《けんあん》時代における文学評論集『典論《てんろん》』を著《あらわ》し、当時の作品の解説と評論を行なっている。ここに建安《けんあん》の七子《しちし》を始めとする建安文壇《けんあんぶんだん》の評論がなされたことで、それは文学史上に不朽《ふきゅう》の名を残すことになった。

「蓋《けだ》し文章は経国《けいこく》の大業にして、不朽《ふきゅう》の盛事なり」

曹丕《そうひ》が『典論《てんろん》』によって高らかに宣言した言葉は、文学が世界に向けた独立宣言として今もって色褪《いろあ》せぬ価値を持つ言葉と言えよう。

そして最後に残る曹植《そうしょく》。

彼は曹操《そうそう》が築き曹丕《そうひ》が完成させた建安文壇《けんあんぶんだん》において、最も奔放《ほんぽう》に作品を作り作品そのもので両者を飛び越えた天才詩人であった。

その作風は艶麗《えんれい》にして巧緻《こうち》。漢詩の素人《しろうと》であっても溜《た》め息《いき》の出るような美しい表現に満ちた作品を残している。彼の場合、下手な解説よりもその作品を見てもらったほうがいい。

題は『七哀詩』。いつ帰るとも知れない妻の哀しみを歌った哀切感溢《あいせつかんあふ》れる詩である。

| (原詩) | (直訳) | (筆者の意訳) |
| --- | --- | --- |
| 明月照高楼 | 明月高楼《こうろう》を照らし | 月の光が高楼《こうろう》を照らし |
| 流光正徘徊 | 流光正に徘徊《はいかい》す | 流れる光がまるで移ろうようだ |

上有秋思婦　上に秋思の婦有り
悲歎有餘哀　悲歎餘哀有り
借問歎者誰　借問す歎ず者は誰ぞ
言是客子妻　言う是客子の妻
君行踰十年　君行きて十年を踰え
孤妾常獨棲　孤妾常に獨り棲み
君若清路塵　君は清路の塵の若く
妾若濁水泥　妾は濁水の泥の若し
浮沈各異勢　浮沈各勢いを異にす
会合何時諧　会合何れの時に諧《かな》わん
願為西南風　願わくば西南の風と為り
長逝入君懐　長逝して君が懐に入らん
君懐良不開　君が懐良《まこと》に開かずんば
賤妾當何依　賤妾當《まさ》に何にか依るべき

高楼《こうろう》の上に婦人が独り
悲嘆《ひたん》の面影《おもかげ》を残してる
思わず聞く、どうしてそんなに嘆くのですか？
彼女は言った、旅人の妻です、と
あの人が旅に出て十年を数え
私は独りここで待ってます
あの人は道に舞う塵《ちり》のよう
わたしは水の中の泥のよう
同じようなものなのに浮き沈みは全然違う
何時《いつ》になったら逢《あ》えるのでしょう？
できるなら、西南の風になって
遠くあの人の懐《ふところ》に抱《いだ》かれたい
でも……、あの人が抱いてくれなかったら
私はいったいどうすればいいの？

日本が弥生《やよい》時代であった古代に編《あ》まれた詩とは思えない、甘く切ない情感に満ちた表現と内容が胸に迫る。このように曹植《そうしょく》の詩は、時代離れした繊細《せんさい》かつ華麗《かれい》な表現と情感を有した、詩人になる以外に存在してはならないような天然詩人であった。そのため兄である曹丕《そうひ》と対立し、晩年まで不遇の生を送らざるを得なくなるが、その悲哀すら彼は詩として描いて数々の名作を編《あ》んだ。

そして後世、唐代に至るまで彼は中国史上最高の詩人として称《たた》えられた。

当時の支配者であった曹操《そうそう》が自らサロンを作り、そこに七子《しちし》を代表とする文学者が集まり建安文壇《けんあんぶんだん》とも言うべき時代を築き、曹丕《そうひ》という理論家が文学的意義を体系化し、曹植《そうしょく》という全身詩人とも言うべき天才が完成させる。

奇跡とも言える適材適所の役割分担で、この時代は後世〝建安《けんあん》の風骨《ふうこつ》〟と呼ばれ、唐詩に次いで漢詩の歴史にとって重大な時代となった。

冒頭、文学が三国志の時代が後世に残した最大のものであると書いたのは、こういう意味だったのである。

## 〝三国志〟の時代の食文化——古代から続く美食の伝統

三国時代、すでに現在の中国料理の原型となる料理はできていたようである。

この時代、中国の食文化といっても統一されたものではなく、南方と北方では明らかに異国のように食文化が違っていた。

主食からして違う。北方の黄河《こうが》流域の魏では、主に麦《むぎ》や粟《あわ》や稗《ひえ》などの雑穀《ざっこく》を食するのが常であったのに対して、長江《ちょうこう》流域である蜀や呉では米食が主食となっていた。一般庶民は北方の人間は麦で作った餅《もち》や麺《めん》を食べていたのに対し、南方では玄米《げんまい》の飯《めし》や粥《かゆ》などを食べていた。これに一般庶民は野菜や豆などが加わり、というより食べられればそれでよしといった状況であったろう。

上流階級では肉を食えるのだが、これも南北では違っており北方では牛や羊が主な肉食であり、南方では豚を主に肉食していた。特に珍重されたのが羊の肉であり、羊の大きいと書いて美しいと書くのは、当時の漢民族がいかに羊肉を珍重していたかのよき証左《しょうさ》である。

肉を煮たり焼いたりして食べていたが、生《なま》でも食していたのは膾《なます》という文字が残っていることからもわかる。ちなみに肉を生食するせいで疫病《えきびょう》や寄生虫《きせいちゅう》などが蔓延《まんえん》したこともあった。

さらに南方ではこれに魚が加わり食卓に彩《いろど》りを添える。現在は中国人はあまり魚も生食しないが、当時は肉と同じように生食したりしている。

これ以外にも当時の美食として、胡椒《こしょう》や胡麻《ごま》といった、西域《せいいき》の渡来物《とらいぶつ》として〝胡〟の名がつけられたと思われる食品がある。また魏の都の栄華《えいが》を描いた曹植《そうしょく》の詩『名都編』には、スッポンの煮凝《にこご》りや鯉《こい》の膾《なます》、熊《くま》の手のステーキなどが描かれており、古代といえどもなかなか美食の道を極めていたことを窺わせている。

## 物語きっての酒好き？——張飛が急性アルコール中毒で倒れない理由

実は三国志に出てくる人物の中でもっとも酒に親しんだ人物は、張飛《ちょうひ》ではない。曹操《そうそう》である。

彼は自分自身も酒飲みであり、自分の詩の代表作である『短歌行《たんかこう》』では、「酒に対して当《まさ》に歌うべし」と歌いあげているほどの酒好きであった。しかし、曹操《そうそう》の面白いところは酒との関わりでさえ、一筋縄《ひとすじなわ》ではいかないところにある。

なんと彼は漢の宮廷に酒造りの方法を上奏《じょうそう》している。『上九醞法奏《じょうくおんほうそう》』という書物がそれで、中国における酒の醸造《じょうぞう》の歴史に必ず出てくる文書である。

それによれば、当時の酒は「十二月三日に、三十斤《きん》の麴《こうじ》を五石《こく》の流水に漬《つ》ける。正月に解凍《かいとう》して、麴《こうじ》の残滓《ざんし》を取り去って麴《こうじ》のエキスを抽出《ちゆうしゆつ》する。そこへ酒用の米を三日ごとに投入して、全部で九回繰り返す」とある。これは現在でも日本酒の醸造《じようぞう》で使われる段掛け法と言われる技術である。

軍事に政治に文学にと様々な分野で後世に残る事跡《じせき》を残している曹操《そうそう》であるが、こんなところでも彼は後世に影響を与えている。まったく奇妙な天才と呼ぶしかない、レオナルド・ダ・ヴィンチのような多才さを見せてくれる興味深い人物である。

この方法で醸造《じょうぞう》を行なうと、この頃に流通していた酒よりはアルコール分の高い酒ができるが、それでもビール程度のアルコール分の酒ができるだけである。

当時一般に飲まれていた酒は、「米を粉にして水に溶かして漿《しょう》を作り、そこに麴《こうじ》を放りこんでしばらく置く」といった単純な醸造法《じょうぞうほう》で作られていた。曹操《そうそう》が作らせたものよりも段違いにアルコール分の少ない原始的な酒であった。

そのため酔っ払うためには大量に酒を飲む必要があった。「斗《と》酒《しゅ》なお辞《じ》せず」という言葉があるが、当時の単位で一斗《と》が二リットル程度であったことを考えれば、むしろそのぐらい飲まないと泥酔《でいすい》には至らないということがわかる。

張飛が壺《つぼ》ごと一気《いっき》飲《の》みをしても、急性アルコール中毒で倒れなかったわけである。

第三章

# 漢《おとこ》たちの生きざま

北方氏撮影

「義」――命をかけて男が守り抜くもの

『三国志《さんごくし》』と言えばまず思い出されるのが、劉備《りゅうび》、関羽《かんう》、張飛《ちょうひ》が「生まれた日は別でも死ぬ日は一緒だ」と誓《ちか》い合《あ》う有名な「桃園《とうえん》の契《ちぎ》り」だ。しかし、これは羅貫中《らかんちゅう》の『三国志演義《さんごくしえんぎ》』による脚色《きゃくしょく》で、無論、史実とは異なる。三人の出会いから、義兄弟の序列《じょれつ》を決めることまで、多くの異説余話《いせつよわ》があるが、「北方三国志」における三人の出会いは極めてシンプルだ。

劉備《りゅうび》が、盗賊に盗まれた六百頭の馬を取り戻す仕事を請《う》け負《お》う。その仕事に雇《やと》われた男たちの中に、関羽《かんう》と張飛《ちょうひ》がいる。馬はたやすく取り戻せたが、雇《やと》った連中で波風《なみかぜ》を立てる者が出た。そのとき、劉備《りゅうび》が言う。

「男には、命を捨てても守らなければならないものがある。それが信義《しんぎ》だ、と私は思っている」（第一巻一一頁）

すでに義兄弟の関係にあった関羽《かんう》と張飛《ちょうひ》は、劉備《りゅうび》という男に興味を持ち、楼桑村《ろうそうそん》まで付いてゆく。信義《しんぎ》を通して馬を取り返した男が、次に何をするのか？

ところが、劉備《りゅうび》は再び莚織《むしろお》りの生活へと戻る。それでも惹《ひ》かれた関羽《かんう》と張飛《ちょうひ》に乞《こ》われて、劉備《りゅうび》は心に秘めた想《おも》いをはじめて余人《よじん》に語る。天下平定《てんかへいてい》。まるで夢物語のような話だったが、生涯《しょうがい》を賭《か》けられるものを探していた関羽《かんう》と張飛《ちょうひ》の琴線《きんせん》に何かが触れた。二人は、劉備《りゅうび》に尽くすことを誓《ちか》う。劉備《りゅうび》が二十四歳、関羽《かんう》が二十三歳、張飛《ちょうひ》が十七歳。単なる友情ではなく、義《ぎ》で結ばれた間柄だ。それは、「命を捨てても守らなければならない」関係であった。

だが、天下を目指すということは、勢力を拡大することだ。関羽《かんう》と張飛《ちょうひ》も、劉備《りゅうび》を殿と呼ばなければならなくなる。それでも、三人の心の中では、大兄貴《おおあにき》、小兄貴《こあにき》、弟《おとうと》の義兄弟であり続けた。そんな想いが、時には抑え切れなくなる。まずはじめに噴《ふ》き出したのが、一番若い張飛《ちょうひ》だった。

劉備《りゅうび》の下《もと》に、いつしか趙雲《ちょううん》が現れた。連日、劉備《りゅうび》とともにある趙雲《ちょううん》に、張飛《ちょうひ》がジェラシーを抱《いだ》いてしまうのだ。憂《う》さばらしに公孫瓚《こうそんさん》の部下二十人を殴《なぐ》っては逃げ出し、川べりで大の字に寝そべって泣くのである（第一巻二七一頁）。劉備《りゅうび》が趙雲《ちょううん》を可愛《かわい》がり、趙雲《ちょううん》も張飛《ちょうひ》に劣らぬ腕前がある、ということが若い張飛《ちょうひ》には気に入らなかったのだ。

関羽《かんう》の場合は、壮年《そうねん》になってからだった。長い流浪《るろう》の末、赤壁《せきへき》の戦いで勝《か》ち運《うん》に乗った。その頃から関羽《かんう》が異様に調練《ちょうれん》に燃えはじめる。張飛《ちょうひ》をしのぐほど荒っぽい。このとき、関羽《かんう》の変調《へんちょう》を劉備《りゅうび》に伝えたのは張飛《ちょうひ》で、先のことを考えると大きく成長している。

このときも、劉備《りゅうび》がそっと声をかけてやり、それぞれの気持ちをくんでいる。劉備《りゅうび》が五十歳、関羽《かんう》が四十九歳。依然《いぜん》、天下への道は遠かった。

「関羽《かんう》は、老《お》いを自覚したのだ、と劉備《りゅうび》は思った。その自覚が、残された時間がどれほどあるのか、という焦《あせ》りに繋《つな》がったのだろう」（第七巻二九三頁）

そして、劉備《りゅうび》自身も、関羽《かんう》、張飛《ちょうひ》を呉《ご》の裏切りにより失うと、天下などかなぐり捨てて滅《ほろ》びの道を選んだのであった。

## 「志」――果たすべき男の夢

長い流浪《るろう》だった。黄巾賊討伐《こうきんぞくとうばつ》に挙兵《きょへい》したのが、劉備《りゅうび》が二十四歳のとき。それから、同じ年月を流浪《るろう》の軍で在《あ》り続けた。すでに乱世《らんせ》は群雄割拠《ぐんゆうかっきょ》の時代が終わり、中原《ちゅうげん》を制した曹操《そうそう》、揚州《ようしゅう》に根を張る孫権《そんけん》の天下二分へ向かっていた。

当時、そのような義勇軍《ぎゆうぐん》は、珍しくもなかったことだろう。多くは野党盗賊《やとうとうぞく》の類《たぐ》いであったに違いない。その中で劉備《りゅうび》たちが結束《けっそく》を固めたまま戦い続けてこられたのも、天下平定《な》、漢《かん》王室再興《さいこう》という劉備《りゅうび》の志《こころざし》があったからだった。しかし、劉備《りゅうび》は勝てなかった。成《な》り上《あ》がれそうで、なれなかった。

劉備《りゅうび》軍に欠けていたものは何か。それは、戦略《せんりゃく》を持つ軍師《ぐんし》であった。それが、劉備《りゅうび》と親子ほども違う二十七歳の諸葛亮《しょかつりょう》だった。

隆中《りゅうちゅう》の村に隠遁《いんとん》する諸葛亮《しょかつりょう》を、劉備《りゅうび》は三度訪ねている。いわゆる「三顧《さんこ》の礼《れい》」である。

一度目の訪問では、漢王室再興《さいこう》の志《こころざし》を説く劉備《りゅうび》の話は諸葛亮《しょかつりょう》の心に響《ひび》かなかった。二度目の訪問で、劉備《りゅうび》は莚織《むしろお》りだったことを明かす。鬱々《うつうつ》と莚《むしろ》を織《お》って、売り歩いていたことを。そして、再び劉備《りゅうび》は志《こころざし》を語った。

「志《こころざし》を守ってこそ、私なのです。捨てれば、二十数年にわたる闘いの意味はないし、私が私でもなくなります。生きながら、死ぬということなのです」（第六巻一〇七頁）

「私の志《こころざし》の話など、夢物語にすぎないのでしょうから。ただ、志《こころざし》は、志《こころざし》のままではどうにもなりません。果さなければ」

「わかります。男の夢というものが、志《こころざし》ということでしょう」（第六巻一〇八頁）

劉《りゅう》という漢王室に連なる名前を持つ者は、あまたいる。織《お》った莚《むしろ》を売り歩き日々の糊口《ここう》を凌《しの》ぐ貧民《ひんみん》も、あまたいる。その中で漢王室再興《さいこう》を掲げ天下平定を志《こころざ》して立ち上がろうとする劉備《りゅうび》が、諸葛亮《しょかつりょう》の琴線《きんせん》に触れた。

諸葛亮《しょかつりょう》もまた、晴耕雨読《せいこううどく》の日々にあって、耕《たがや》した土の中に自らの嘆きをこめ続けていただけだった。類《たぐ》い稀《まれ》な才を持ちながら、在野《ざいや》に埋《う》もれることに倦《う》んでいたのだ。

そして、三度目の訪《おとな》いを受けた諸葛亮《しょかつりょう》は、劉備《りゅうび》の志《こころざし》をともにすることを誓《ちか》い、「天下《てんか》三《さん》分《ぶん》の計《けい》」を進言《しんげん》する。

最後に、劉備《りゅうび》が自分の志《こころざし》について諸葛亮《しょかつりょう》へ語ったのは、夷陵《いりょう》の戦いで大敗して逃げ延びた永安《えいあん》でのいまわの際《きわ》だった。

「志《こころざし》を果せなかったという無念さもない。力のかぎり、生きたと思う。おまえがいてくれたので、私は大きくなれた。同じ志《こころざし》を抱いて生きてくれたおまえに、苦労だけ残して死んで行くのはすまぬと思うが」

「私の命は、殿でありました」（第十一巻二七六頁）

劉備《りゅうび》は、諸葛亮《しょかつりょう》に蜀《しょく》を譲ろう、とも言った。だが、諸葛亮《しょかつりょう》は、隆中《りゅうちゅう》の村で劉備《りゅうび》の志《こころざし》に誓った想いそのままに「出師《すいし》の表《ひょう》」を奉《たてまつ》り、命を賭《と》して北伐《ほくばつ》に臨んだ。志《こころざし》に生きた。志《こころざし》に殉《じゅん》じた。劉備《りゅうび》も、諸葛亮《しょかつりょう》も、志半《こころざしなか》ばで倒れた。ただ、遺《のこ》された劉《りゅう》禅《ぜん》に、劉備《りゅうび》たちの志《こころざし》が灯《とも》され続けることはなかった。

## 「友情」――死ぬまで裏切らない約束

「北方三国志」において、不思議な命運《めいうん》を歩むのが馬超《ばちょう》である。乱世《らんせ》に倦《う》みながら、どこかで人を惹《ひ》き寄《よ》せ、五斗《ごと》米道《べいどう》軍の張衛《ちょうえい》とも奇妙な友情が交《か》わされた。はじめて二人が会ったのは、噂《うわさ》に聞く錦馬超《きんばちょう》との手合わせを求めて張衛《ちょうえい》が涼州《りょうしゅう》の楡中《ゆちゅう》を訪ねたときだった。天下への野望《やぼう》を抱《いだ》き続けるが、張衛《ちょうえい》は所詮《しょせん》、井の中の蛙《かわず》。馬超《ばちょう》には、剣の腕でも大きく劣った。それでも張衛《ちょうえい》は馬超《ばちょう》との同盟《どうめい》を求めた。しかし、曹操《そうそう》と決戦を控《ひか》えた関中十部軍《かんちゅうじゅうぶぐん》に援軍を送る実権などは持ち合わせていない。はじめから、力の差は見えていた。

だが馬超《ばちょう》は、そんな張衛《ちょうえい》に袁綝《えんりん》を預け、二人は交流を持つこととなる。抜け穴を使って冀城《きじょう》を攻めたときのように、ふと思ったらやってしまう、馬超《ばちょう》の持つ大らかさ故《ゆえ》だろう。

曹操《そうそう》が漢中《かんちゅう》侵攻を始めたとき、大口を叩《たた》いていた張衛《ちょうえい》に、馬超《ばちょう》は三千兵を率いて援護《えんご》に駆《か》けつけている。それは馬超《ばちょう》にとっては張衛《ちょうえい》への友情というより、漢中《かんちゅう》での借りを返すこと、そして一族を皆殺しにした曹操《そうそう》を一泡《ひとあわ》吹かしてやろう、と思っただけかもしれない。

張衛《ちょうえい》の方では、それを友情と捉《とら》えていたようだ。

「長い付き合いになるが、ともに戦《いくさ》をするのははじめてだな、馬超」

「俺は、それほど長いとは思っておらん。ただ、おまえが変らんと思うだけだ」

「私は、変った」

「人間はな。しかし、やり方は変っていない。五斗米道軍《ごとべいどうぐん》なしには、なにもできん」

（第九巻九〇頁）

結局、天下への夢を捨て切れなかった張衛《ちょうえい》は伝国《でんごく》の玉璽《ぎょくじ》を持つ袁綝《えんりん》を擁《よう》した決起《けっき》を画策《かくさく》し、馬超《ばちょう》に片腕を斬《き》り飛ばされた。

もう一人、馬超《ばちょう》と緩《ゆる》やかな友情で繋《つな》がっていたのが、簡雍《かんよう》である。劉備《りゅうび》の幕僚《ばくりょう》としてよく働いているのかどうかは不明だが、簡雍《かんよう》はふらりと姿を見せては、人の想いに何かを残してゆく。

張飛《ちょうひ》と手合わせし成都《せいと》へ向かう馬超《ばちょう》に、酒を持って現れたのが簡雍《かんよう》だった。そして、酒を飲み交わしながら、絶望すら想い起こせない行軍をしてきた馬超《ばちょう》をなんとなく劉備《りゅうび》の下に引き止めてしまった。「死ぬまで、決して裏切らない」という約束だった。

結局、先にこの世を去ろうとしたのは、簡雍《かんよう》の方だった。酒毒《しゅどく》に呑《の》まれたのだ。

「おまえの気持ちが、わかってきたぞ、馬超《ばちょう》。／誰にもわかって貰《もら》えない、と思っていたであろう。ところが、わしにはわかるようになった」

「ほう」
「もう飽きた。戦《いくさ》にも、人の死にも」（第十巻四九頁）
簡雍《かんよう》が抱いた悲しみとはなんだったのか。馬超《ばちょう》をはじめ、悲しみを抱いた人間からそっとそれを担《にな》い受け、酒とともに飲《の》み干《ほ》していたのが簡雍《かんよう》という男だったのかもしれない。馬超《ばちょう》に恋《こ》い焦《こ》がれた袁綝《えんりん》の想いを伝え、簡雍《かんよう》は最期《さいご》の役目を終えた。馬超《ばちょう》もまた、死んだとして蜀を去った。「死ぬまで、決して裏切らない」という約束は守られた。

## 「好敵手」——実力者同士の避けられない岐路

劉備《りゅうび》と諸葛亮《しょかつりょう》は同じ志《こころざし》で結ばれた同志《どうし》であったが、曹操《そうそう》とそれを補佐した荀彧《じゅんいく》の二人は、主従《しゅじゅう》にあって好敵手《こうてきしゅ》と言える間柄であった。

もともと仕えていた袁紹《えんしょう》に見切《みき》りをつけ、荀彧《じゅんいく》は自分から曹操《そうそう》へと仕官《しかん》した。以前から荀彧《じゅんいく》の才気を知っていた曹操《そうそう》は、即座に東郡《とうぐん》の民政を任せる。出没する黒山《こくざん》の賊徒《ぞくと》を耐え抜いた荀彧《じゅんいく》は、更《さら》に百万の兵力を持つ青州黄巾軍《せいしゅうこうきんぐん》に対する講和《こうわ》に派遣《はけん》される。三カ月後、粘《ねば》り強く説得《せっとく》に説得《せっとく》を重ね病《やまい》に倒れた荀彧《じゅんいく》は、板に担《かつ》がれて山を下りてきた。しかし、曹《そう》操《そう》が出した条件を曲げることはせず、青州《せいしゅう》の民との話し合いをまとめあげ、青州兵《せいしゅうへい》五万の徴用《ちょうよう》も同意させた。

荀彧《じゅんいく》は、曹操《そうそう》のどんな無理難題《むりなんだい》にも取り組み、すべてを満足させる形でやってのけ、曹《そう》操《そう》に劣らぬ権謀《けんぼう》を果たした。破格《はかく》の禄《ろく》も与えられたが、むしろ荀彧《じゅんいく》は乱世《らんせ》を終わらせるという志《こころざし》のために働いていた。そういう意味での覇者《はしゃ》が、袁紹《えんしょう》ではなく曹操《そうそう》だったのだ。

「荀彧《じゅんいく》の関心は、常に曹操《そうそう》にだけある。それも、意を汲《く》むというかたちでは、必ずしもないのだ。曹操《そうそう》を、見きわめようとするところがある」（第七巻三〇四頁）

しかし、熱烈な漢王室信奉者《しんぽうしゃ》である荀彧《じゅんいく》と、曹操《そうそう》は次第に溝《みぞ》を深めていく。

曹操《そうそう》も、はじめから帝《みかど》を廃《はい》して自分が帝位に昇ろうなどと考えていたわけではない。反董卓《とうたく》連合軍を、檄文《げきぶん》を発して全国から集めたのも若き曹操《そうそう》だった。一向に戦おうとしない群雄《ぐんゆう》たちに苛立《いらだ》ちを覚えながら、洛陽《らくよう》を焼き尽くそうという董卓《とうたく》に「忠義《ちゅうぎ》」の旗を掲げて麾下《きか》五千だけで立ち向かっていった。だが、覇道《はどう》を進むうちに、漢王室そのものの存続に価値を見出《みいだ》せなくなったのだ。

いつの頃か、曹操《そうそう》と荀彧《じゅんいく》は互いの肚《はら》の内《うち》を読み合った。志《こころざし》は違う。しかし、目標は近かった。

「服従《ふくじゅう》するか、敵か。すべての人間を、その二つに分けてきた。荀彧《じゅんいく》だけが、どちらでもなかった」（第八巻二三七頁）

避けられない岐路《きろ》にさしかかることは、二人とも承知していた。そして、曹操《そうそう》が必要としなくなったとき、自分が斬られることも荀彧《じゅんいく》にはわかっていた。

曹操《そうそう》は荀彧《じゅんいく》が病《やまい》に伏《ふ》したと聞くと、五錮《ごこ》の者を護衛《ごえい》につけた。だが、切れ過ぎる荀彧《じゅんいく》はそれを自分に対する清算《せいさん》と見て、毒をあおった。

「曹操《そうそう》の闘いがなんのためか、誰よりもよく理解していた。ただ、帝に対する考え方が、根もとのところで違っていた」（第八巻二八三頁）

「恐るべき男だった。いつも、曹操《そうそう》の先を読んでいた。そういう男がそばにいるというだけで、曹操《そうそう》はいつも緊張していた」（第八巻二八四頁）

「裏切られた。そんな思いと似ていることに、曹操《そうそう》はふと気づいた。敵に寝返ったというような小さなことでなく、もっと深いところで、荀彧《じゅんいく》は自分を裏切った。復讐《ふくしゅう》もできなければ、裏切られた傷を癒《いや》すこともできない」（第八巻二八五頁）

曹操《そうそう》と荀彧《じゅんいく》は、友情でもなく、志《こころざし》でもない何かによって繋《つな》がっていた。

「臥竜鳳雛《がりょうほうすう》」と呼ばれた若き諸葛亮《しょかつりょう》と龐統《ほうとう》も友情で結ばれていたが、男の友情とはライバル関係でもあった。

諸葛亮《しょかつりょう》の取《と》り成《な》しもあって軍師として劉備《りゅうび》に迎えられた龐統《ほうとう》は、さっそく益州《えきしゅう》攻略に伴った。しかし、雒城《らくじょう》に籠《こも》った劉循《りゅうじゅん》に難渋《なんじゅう》し、成都《せいと》包囲もままならない状況が一年余り続いた。そのため、早々と荊州《けいしゅう》を充実させた諸葛亮《しょかつりょう》が軍師として救援に来ることとなった。龐統《ほうとう》が雒城《らくじょう》へ近づき過ぎ、矢を受けて倒れたのは、それから間もなくのことである。実に呆気《あっけ》ない死であった。

二人は、水鏡《すいきょう》先生こと司馬徽《しばき》の下《もと》で、在野《ざいや》に埋もれた二俊才《しゅんさい》として「臥竜鳳雛《がりょうほうすう》」と呼ばれた。

「孔明《こうめい》は、いつも明解だった。決断が速く、迷うことをあまりしない。ひらめきの男、

と言ってもいい」（第八巻二七五頁）

「龐統《ほうとう》は、はじめから悩む。悩んで悩み抜き、人が考えつかないようなところに、到《とう》達《たつ》する。そこには、大きな間違いはない」（第八巻二七六頁）

益州《えきしゅう》攻略で、龐統《ほうとう》は自分が描いていたほど功を挙げられず、悩み過ぎた。隆中《りゅうちゅう》の村に伏せていた「臥竜《がりょう》」が大きく跳《は》ね上がって「飛竜《ひりゅう》」となった、とその差を感じたのだろう。

一方、懦弱《だじゃく》と言われながらも雒城《らくじょう》に籠《こも》り続けた劉循《りゅうじゅん》は降伏して生き延び、「鳳雛《ほうすう》」と謳《うた》われた龐統《ほうとう》は、雛《ひな》のまま鳳凰《ほうおう》と成らずして世を去った。

自然界において、雛《ひな》が成鳥となる確率は低い。「いそうもない男が、いるものだ」と言われた乱世《らんせ》にあって、龐統《ほうとう》のような才がありながら埋もれていった俊英《しゅんえい》もまた多かったことだろう。

## 「誇り」――乱世に生きる気高さの証

十七万の大軍に、曹操《そうそう》の畏《おそ》れが表れていた。対するは、黒きけものと謳《うた》われ、無敵を誇った呂布《りょふ》の騎馬隊。

馬止めの柵《さく》を何重にも敷いた曹操《そうそう》の本陣を呂布《りょふ》は攻めまくったが、曹操《そうそう》は無数の槍《やり》を地面に埋伏《まいふく》させた拒馬槍を用意していた。さすがに呂布《りょふ》軍は痛手《いたで》を負《お》い、すぐに下邳《かひ》へと撤《てっ》退《たい》したが、先鋒《せんぽう》をつとめた呂布《りょふ》の麾下《きか》はわずか六十二騎が生還したのみであった。

このとき、赤兎《せきと》が拒馬槍を胸に受けた。赤兎《せきと》の世話は、海西の浜でみつけた胡郎《ころう》に任されていたが、槍傷から毒がまわっていて、とても手に負えるものではなかった。その間に、曹操《そうそう》はゆっくりと下邳《かひ》を取り囲んでいた。

呂布《りよふ》は、城頭から四百歩の距離にある鎧《よろい》を強弓《ごうきゅう》で射貫《いぬ》いては曹操《そうそう》に貸しを作り、劉備《りゅうび》軍にいた烏丸《うがん》出身の成玄固《せいげんこ》に赤兎《せきと》の延命《えんめい》を求めた。鎧《よろい》の傍《かたわ》らには曹操《そうそう》がいて射殺することができたが、もはや呂布《りよふ》の眼中にそれはなかった。傷ついた赤兎《せきと》のことだけを考えていたのだ。

三日後、傷の手当てを受けた赤兎《せきと》が、成玄固《せいげんこ》と胡郎《ころう》に連れられて城外へ出てきた。赤兎《せきと》がいなければ、呂布《りよふ》はまさしく生《い》き馬《うま》の目を抜かれたようなものだ。自決か？ ここで曹操《そうそう》は、敵将である呂布《りよふ》に投降《とうこう》を、本気で懇願《こんがん》する。「ともに天下を目指そう」、そうも言った。

「やめろ、曹操《そうそう》。男には、守らなければならないものがあるのだ」
「なんなのだ、それは？」
「誇り」
「おぬしの、誇りとは？」
「敗れざること」（第三巻二七六頁）

呂布の誇りは、どこからきたのか？

呂布が初めて戦場へ出たのは、十二歳のときだった。必ず生きて帰れ、と母が言ったという。だから、人を殺した。敵を倒さなければ、生きて帰れなかったのだ。

十歳の呂布《りよふ》に、剣を与えたのも母だった。匈奴《きようど》の母親にとって、男とはそういうものだったのだろう。間もなくその母が死に、呂布《りよふ》は遺体を母が生まれた山へ埋めている。そこで、母の一族から馬を貰《もろ》った。

呂布《りよふ》にとって、剣を掲げ戦場を騎馬で疾駆《しつく》することは、母へとまっすぐにつながっていた。

母を想わせる十一歳年上の妻瑶《よう》は、戦場へ出たら武功《ぶこう》を立てろ、と呂布《りよふ》に言った。それが男のつとめだと。果敢《かかん》な戦いぶりで呂布《りよふ》の名が知れ渡ると、それが瑶《よう》の喜びや誇りとなった。

赤兎《せきと》は、瑶《よう》が功名《こうみよう》を立ててこい、と言った洛陽《らくよう》で執金吾《しつきんご》（警視総監）の都尉《とい》（隊長）をしているときに狼藉《ろうぜき》を振るう董卓《とうたく》の兵を百二十余り叩《たた》き斬った際、董卓《とうたく》がその褒美《ほうび》として贈った馬であった。そして、それが呂布《りよふ》の誇りそのものとなったのだ。

乱世《らんせ》を割拠《かつきよ》した群雄《ぐんゆう》には、それぞれの誇りがあった。曹操《そうそう》には覇者《はしや》たらんとあることが誇りであったし、劉備《りゆうび》は信義《しんぎ》を守ることが男の誇りであった。誇りは、同時に欲望に裏打《うらう》ちされてもいる。曹操《そうそう》、劉備《りゆうび》の誇りは、天下という欲望に支えられていた。

一方、呂布《りよふ》には我欲というものがなかった。母、そして瑶《よう》だけを喜ばそうと、生きてきた。母に育てられ父性愛《ふせいあい》が欠落《けつらく》していたのと同じように、天下への欲望というものはたいして持ち合わせていなかった。たまたま陳宮《ちんきゆう》がいたから、天下を目指したのだった。

呂布《りょふ》にとっては、ただ戦場を赤兎《せきと》とともに駆け巡られればそれでよかった。そして、戦いに敗れなければ、母や瑶《よう》から祝福を受けることができた。

その後、赤兎《せきと》は成玄固《せいげんこ》と胡郎《ころう》に連れられて、北方の白狼山《はくろうさん》のふもとにある広大な牧場で余生《よせい》を送った。単なる種馬《たねうま》に堕《お》ちることなく、呂布《りょふ》の愛馬赤兎《せきと》らしく老いても威風《いふう》に満ちて、孤高《ここう》であり続けた。

五頭の子を残したが、一頭は、やはり誇り高き英傑関羽《えいけつかんう》の愛馬となって、父親と同じく赤兎《せきと》と名付けられた。その関羽《かんう》も、曹操《そうそう》と結託《けったく》した孫権《そんけん》の背信《はいしん》により荊州《けいしゅう》を奪われ、麦城《ばくじょう》に籠《こも》って最期の朝を迎えた。赤兎《せきと》は主《あるじ》とともに、雪の中に散った。誇り高く。

果たして、その誇りは呂布《りょふ》や関羽《かんう》の誇りなのか、赤兎《せきと》の誇りだったのか。

## 「絆」――父に教えられた男の心

長沙太守孫堅《ちょうさたいしゅそんけん》は、荊州刺史劉表《けいしゅうししりゅうひょう》へ兵を向けた一戦で、嫡男孫策《ちゃくなんそんさく》を初陣《ういじん》させている。船で兵糧輸送《ひょうろうゆそう》した孫堅軍《そんけんぐん》を迎えた樊城《はんじょう》には兵五万。指揮官は、江夏太守黄祖《こうかたいしゅこうそ》。

敵陣を見た孫堅《そんけん》は、息子の孫策《そんさく》に問いかける。すると、弱冠《じゃっかん》十六歳の孫策《そんさく》は、敵は大軍で堅陣《けんじん》を敷《し》いているように見えるが奇襲《きしゅう》を仕掛《しか》けて陣の脆《もろ》さを確かめること、夜襲《やしゅう》に備えて罠《わな》を作っておくこと、などを利発《りはつ》に答えてみせる。

「孫堅《そんけん》は、腕を組んで黙っていた。小賢《こざか》しいという思いと、やるではないかという思

い が交錯《こうさく》している」（第一巻三一六頁）
孫堅《そんけん》は、孫策《そんさく》に韓当《かんとう》を付けさせて、言う。
「策《さく》の手助けをすることはないぞ。やりたいようにやらせ、負けたら負けたでいい。死なせない程度の負けに、おまえがしてくれればいいのだ」
「負けませんな、まずは」
「あの若さの鼻は、どこかで一度叩《たた》き折《お》らなければならん」（第一巻三一七頁）
その夜、見事孫策《そんさく》は夜襲《やしゅう》を仕掛《しか》けた二千の江夏《こうか》兵を捕獲《ほかく》する。
父親の孫堅《そんけん》は、内心笑《え》みを漏《も》らしていた。孫策《そんさく》は樊城《はんじょう》攻めでも、果敢《かかん》なところを見せ、見事に初陣《ういじん》を飾った。もっとも若き孫策《そんさく》は、じっくりと腰を据《す》えて調練《ちょうれん》を見守る孫堅《そんけん》に見えるものがまだ見えず、少年らしく地に足が着いていないところもある。そんな孫策《そんさく》を引き連れ、孫堅《そんけん》は大将としての戦《いくさ》の仕方を教え込もうとした。
「俺は恵まれている。旗本が遠ざかっていくのを眺めながら、孫堅《そんけん》はそう思った。あの息子がいれば、荊州《けいしゅう》は任せられる。その間に、自分は揚州《ようしゅう》を奪《と》ればいい。荊州《けいしゅう》と揚《よう》州《しゅう》から北へ攻め上るまで、それほどの時は要しないかもしれない」（第一巻三三三頁）
息子を一人前の男にしよう。息子をまぶしく思う。そういう気持ちを抱いた孫堅《そんけん》であったが、一本の流れ矢に射貫《いぬ》かれてしまうのだった。
袁紹《えんしょう》は、後継者《こうけいしゃ》を指名しておかなかったために、家督《かとく》争いに発展。結局、袁家《えんけ》は断絶《だんぜつ》してしまった。その轍《てつ》を踏《ふ》むまい、としたのが、曹操《そうそう》だった。

曹操《そうそう》には、四人の息子がいたが、次男の曹丕《そうひ》が家督《かとく》を継《つ》いでいる。嫡男曹昂《ちゃくなんそうこう》は、自分が鄒氏《すうし》に耽溺《たんでき》したがために淯水《いすい》のほとりで失っていた。それも、奇襲《きしゅう》された曹操《そうそう》に愛馬を手渡し身代《みが》わりとなったのだ。曹操《そうそう》は後々も自責《じせき》の念に駆られながら、曹昂《そうこう》は天下を取る器《うつわ》ではなかった、と何度も自分に言い聞かせている。

そのためか、次子曹丕《そうひ》のことは、どこか好きになれないでいた。曹丕《そうひ》には才覚があったが、暗い部分が見え隠れし、曹操《そうそう》自身の負の面を見るような気にさせられたのかもしれない。

曹丕《そうひ》もそれを感じ取っていて、弟の曹植《そうしょく》の方を父親が気に入っているのを知っていた。曹丕《そうひ》曹植《そうしょく》は、詩も非凡で人に対する優しさも持ち人望があったが、後継選びに敗れると、曹丕にいびり通された。

最も曹操《そうそう》が寵愛《ちょうあい》していたのは、末子の曹沖《そうちゅう》だった。幼いながら、利発で胆力もあった。曹操《そうそう》の血を一番色濃く受け継いでいるかに思われたが、早くに病死してしまった。

四人の息子のうち二人を思いがけず失《しっ》したことが、曹操《そうそう》の息子に対する、あるドライな視点につながったのかもしれない。さすがに孫は目に入れても痛くなかったようで、曹叡《そうえい》はよく可愛がられたようだ。

曹操《そうそう》という人は、遺児《いじ》だった曹真《そうしん》を引き取って曹丕《そうひ》とともに養育したりしている。それは武人として、後継者を残すことの重要さを知っていたのだろう。

宦官《かんがん》の家系に生まれた曹操《そうそう》は父にいささか愛憎を抱いていたが、父曹嵩《そうすう》の援助を受け、覇《は》道《どう》へと伸《の》し上がった。その父は、徐州《じょしゅう》に疎開《そかい》していたのを曹操《そうそう》が兗州《えんしゅう》の濮陽《ぼくよう》へ招こうとしたところ、陶謙《とうけん》の手によって一族ともに皆殺しに遭《あ》った。

「男の心のありようも、父に教えられた。宦官《かんがん》の家系ということを、父は曹操《そうそう》よりも気にしていたのではないのか。兵を挙げてからは、父は惜しげもなく家産を傾けて、曹操《そうそう》に援助を送ってきた。／家具まで切り売りしながら送ってくる銭は、最後には悲しいほどに少額なものになっていた」（第二巻一五六頁）

曹操《そうそう》は怒りにまかせて徐州《じょしゅう》へ攻めると、兵と言わず民と言わず虐殺《ぎゃくさつ》の限りを尽くした。それは、宦官《かんがん》の家系と父に対する思いを焼き尽くさんとするかのようでもあった。

一方、蜀《しょく》へ眼をやると、劉備《りゅうび》の麾下《きか》はどれも一代の傑物揃《けつぶつぞろ》いだったせいか、劉禅《りゅうぜん》はじめ息子たちは大成していない。それも蜀の衰亡の一要因であろう。

## 「情」――乱世を彩った女傑の愛憎

命を賭《と》した男たちが活躍する「北方三国志」にあって、一際擽《ひときわすぐ》る女たちの存在も忘れられない。

その中でも最も記憶に残るのが、張飛《ちょうひ》の妻董香《とうこう》である。劉表《りゅうひょう》に従う豪族董陵《とうりょう》の娘で、身の丈《たけ》は七尺五寸（約一八〇センチ）。女だてらに剣を佩《は》き、その腕前は精鋭揃《せいえいぞろ》いの蜀軍においても太刀《たち》打ちできる者は少なく、長坂《ちょうはん》の戦いでは劉備《りゅうび》二夫人を守るなど実戦でも活躍している。しかも男勝《まさ》りなだけでなく、家庭にあっては料理の才に加えて床上手《とこじょうず》でもあるという。張飛《ちょうひ》などベタ惚《ぼ》れで、董香《とうこう》の陰毛《いんもう》をお守りにして戦場へ出ていたほどだ。まさしく、張飛《ちょうひ》、董香《とうこう》の二人は、蜀の中で最も似合いの夫婦であった。

負けん気が強いじゃじゃ馬という点では、政略結婚のために親ほども齢《とし》の離れた劉備《りゅうび》へ嫁《とつ》がされた孫権《そんけん》の妹孫夫人《そんふじん》も鮮烈である。薙刀《なぎなた》を持たせた侍女《じじょ》たちを率《ひき》いて輿入《こしい》れし、白馬に赤い具足《ぐそく》姿で供駆《ともが》けの侍女《じじょ》二十騎を従え草原を疾駆《しっく》する様《さま》は、グラマラスな董香《とうこう》と較《くら》べるとどこかコケティッシュで愛らしい。しかも、

「剣で自分に勝てる女性がいたら、剣を置くと孫夫人《そんふじん》は言ったらしい。
　呼ばれたのが、三人目の乳香児《ちのみご》を抱いた張飛《ちょうひ》の妻の董香《とうこう》だった。
　勝負がどうなったのかは、三人しか知らない。ただ、翌日から孫夫人《そんふじん》の腰に剣はなかった―（第七巻三一九頁）

そんな孫夫人《そんふじん》も、輿入《こしい》れの日に民が手作りの花びらを投げて出迎えると少女らしく笑みを漏《も》らし、毎夜、劉備《りゅうび》の房中術《ぼうちゅうじゅつ》によって強く交合《こうごう》されるにつれ、次第に従順となっていった。糜夫人《びふじん》のときもそうだったように、劉備《りゅうび》はしばしば女に溺《おぼ》れまくるが、このときばかりは孫夫人《そんふじん》に心を許さなかったようだ。

だが、世は乱世《らんせ》。劉備《りゅうび》が益州《えきしゅう》へ向かうと、孫夫人《そんふじん》は建業《けんぎょう》へ呼び戻され、二度と会うことはなかった。

その他、蜀関連では、隆中《りゅうちゅう》の村から諸葛亮《しょかつりょう》に嫁《とつ》ぎ内助《ないじょ》の功《こう》で支えた陳倫《ちんりん》、女など縁がないように張飛《ちょうひ》から思われていた趙雲《ちょううん》が成都《せいと》で娶《めと》った朱鳳《しゅほう》なども短い登場ながら印象深い。

そして、張飛《ちょうひ》、董香《とうこう》に次ぐ鴛鴦《おしどり》夫婦と言えるのが、馬超《ばちょう》と袁綝《えんりん》である。かの袁術《えんじゅつ》の遺嬢である袁綝《えんりん》は父の形見《かたみ》として伝国《でんごく》の玉璽《ぎょくじ》を持ち、遺臣《いしん》たちに擁《よう》されて西域《せいいき》に連れてこられたところを馬超《ばちょう》に救われた。馬超《ばちょう》にとっては思わぬ荷物となったが、少女だった袁綝《えんりん》はそれ以来、ずっと馬超《ばちょう》を慕《した》い続けていた。処女《しょじょ》こそ張衛《ちょうえい》に拉致《らち》されたときに奪われたものの、馬超《ばちょう》とともに山中へ消え、馬駿白《ばしゅんぱく》という立派な息子までもうけている。

一方、蜀以外では、悪女妖女の存在が眼を引く。まずは、偽降《ぎこう》した張繡《ちょうしゅう》により差し出され、曹操《そうそう》を耽溺《たんでき》させた鄒氏《すうし》が思い出される。情事《じょうじ》の最中、張繡《ちょうしゅう》ら叛乱兵《はんらんへい》に襲われた曹操《そうそう》は間一髪《かんいっぱつ》で脱出するものの、長子の曹昂《そうこう》、甥《おい》の曹安民《そうあんみん》、ボディガードの典韋《てんい》を失った。

鄒氏《すうし》は、袁紹《えんしょう》の臣下田豊《でんほう》によって幼少より後宮《こうきゅう》で媚術《びじゅつ》を仕込《しこ》まれた間者《かんじゃ》で、はじめ董卓《とうたく》に従っていた張済《ちょうせい》の妻となるが、義弟張繡《ちょうしゅう》を翻弄《ほんろう》して張済《ちょうせい》を殺させると、更に曹操《そうそう》の命まで狙《ねら》ったのだった。その妖艶《ようえん》さは、老境に入った劉表《りゅうひょう》までがそそられるほど。しかし、五《ご》錮《こ》の者によって張繡《ちょうしゅう》とひとつ布団《ふとん》で寝ているところを惨殺《ざんさつ》され、その腑《はらわた》が張繡《ちょうしゅう》の躰《からだ》に巻き付けられるという最期であった。

妖女では、六日にわたってマゾヒストの司馬懿《しばい》に罵詈雑言《ばりぞうごん》を浴《あ》びせ続けて悶死《もんし》した揚娥《ようが》のほか、漁師の娘と偽って孫策《そんさく》暗殺の手引きをする野性的な女逢蘭《ほうらん》、周瑜《しゅうゆ》の愛人で後に張《ちょ》飛《うひ》暗殺を請け負《お》う山越族《さんえつ》出身の幽《ゆう》、なども忘れ難い。

孫策《そんさく》、周瑜《しゅうゆ》は美人の誉《ほま》れの高い大喬《だいきょう》、小喬《しょうきょう》の二喬《にきょう》姉妹を攫《さら》ってまで娶《めと》っているが、やはり「美女は三日も見ると飽きる」ということだろうか。

同じ美女でも、河北《かほく》一の美女と謳《うた》われた甄氏《しんし》は佳人薄命《かじんはくめい》で、曹丕《そうひ》に陵辱《りょうじょく》され続けた。はじめ袁紹《えんしょう》の次子袁煕《えんき》の妻であったが、鄴城《ぎょうじょう》に一番乗りした曹丕《そうひ》に奪われて、後に正室に迎えられた。その手並みの鮮やかさは、明らかに父曹操《そうそう》を出し抜くためであった。

甄氏《しんし》は、嫡男曹叡《ちゃくなんそうえい》を産むものの、帝に昇った曹丕《そうひ》に対して終生心を閉ざし続けたため皇后《こうごう》にはなれず、曹丕《そうひ》の恥辱《ちじょく》は更にエスカレートしてゆく。

「ある時から、甄氏《しんし》は愛撫《あいぶ》を拒むようになったが、それも曹丕《そうひ》は許さなかった。三人の宦官《かんがん》に裸の体《からだ》を押さえさせ、執拗《しつよう》な愛撫《あいぶ》を加え続けた。全身を痙攣《けいれん》させながら耐え、それでも最後には甄氏《しんし》はとめどなく涙を流した」（第十巻一五三頁）

死を賜《たまわ》った甄氏《しんし》は、曹丕《そうひ》に対して静かなる復讐《ふくしゅう》を企てた。憎しみがどこかで愛に変わったかもしれないという積年《せきねん》の想いを書簡《しょかん》に綴《つづ》り、死後も曹丕《そうひ》を悔恨させ続けようとしたのだ。その虚実《きょじつ》は測りようがないが、歪《ゆが》んだ愛憎で深く縛り合っていたのは確かだった。

第四章

# 人物事典

北方氏撮影

## 劉備玄徳——徳の仮面に激しさを秘めた蜀の中心

**劉備**（りゅうび）一六一～二二三年（生没年。以下同）
幽州涿郡涿県楼桑村《ゆうしゅうたくぐんたくけんろうそうそん》出身。蜀漢《しょくかん》の初代皇帝。字《あざな》は玄徳《げんとく》、諡《おくりな》を昭烈皇帝《しょうれつこうてい》。漢王朝の血を引く中山靖王劉勝《ちゅうざんせいおうりゅうしょう》の末裔《まつえい》。貧家に生まれ、母とともに筵《むしろ》を織《お》って生計を立てた。盧植《ろしょく》門下として学問を学ぶ一方、遊侠《ゆうきょう》の徒《と》と交わる。関羽《かんう》、張飛《ちょうひ》らと義兄弟の契《ちぎ》りを交《か》わし、黄巾賊討伐《こうきんぞくとうばつ》の義勇軍《ぎゆうぐん》として挙兵《きょへい》。長き流浪《るろう》の末、諸葛亮《しょかつりょう》を得て、三国統一を目指す。

作者より
「これまでの劉備《りゅうび》は、泣くのが許せなかった。僕の小説の中では、非常に怒りっぽい男として描いた。劉備《りゅうび》、関羽《かんう》、張飛《ちょうひ》の三人は、三人で一人という関係性。これは一人が欠けただけでも、人間の腕を失ったのと同じような状態になる」

「北方三国志」における劉備《りゅうび》は、実に荒々しい。剣も、二本合わせの重剣を佩《は》く。激しさ故《ゆえ》、調練《ちょうれん》に立ち合うと愚鈍《ぐどん》な兵を自ら打ち殺しそうになる。そんなとき、たいてい張飛《ちょうひ》が代《かわ》りに兵を打ったのは、劉備《りゅうび》は徳《とく》の人であるべきだ、という関羽《かんう》、張飛《ちょうひ》の想《おも》いによる。乱世にあって、その場の利で動かない。愚直《ぐちょく》なまでに、漢王室への「義《ぎ》」を掲げ続ける。

それで勝ち得た「徳の将軍」という風評は、版図《はんと》を持たぬ劉備《りゅうび》にとってひとつの財産となったが、同時に劉備《りゅうび》を縛りつけもした。老獪《ろうかい》な陶謙《とうけん》より不穏《ふおん》を抱えた徐州《じょしゅう》譲渡を申し出されたときがそうである。

「徳の将軍でありすぎましたな、いままで。殿を見ていると、そうされるだろうと思ってしまいます。世間がそういう眼で見れば、殿もそうせざるを得なくなる」（第二巻一八三頁）

結局、劉備《りゅうび》は、その徐州《じょしゅう》を乗っ取りの前例がある呂布《りょふ》に奪わせてしまうことで切り抜けた。劉備《りゅうび》は徳以上に、強《したた》かで激しかった。強《したた》かでなければ、乱世《らんせ》の中で生き残ることはできない。激しさがあったからこそ、長い流浪《るろう》にも耐え続けることができたのだ。

劉備《りゅうび》が黄巾賊討伐《こうきんぞくとうばつ》に挙兵《きょへい》したのは、二十三歳のときである。それから豫州牧《よしゅうぼく》となるまで十年、それも二年で呂布《りょふ》に奪われ、実に二十三年余りを流浪《るろう》の軍で在《あ》り続けた。不遇の運気を変えたのが、諸葛亮《しょかつりょう》との出逢《であ》いである。

四十八歳で軍師を得た劉備《りゅうび》は、大きく飛躍する。赤壁《せきへき》の戦いで勝ち運に乗り、益州《えきしゅう》を制し、天下三分まで持ちこむ。魏《ぎ》帝を否定するために蜀漢《しょくかん》の帝《みかど》に昇ったのが五十二歳。

だが、劉備《りゅうび》の栄華《えいが》は十六年と短かった。呉《ご》の裏切りにより関羽《かんう》が討たれ、張飛《ちょうひ》も暗殺されたのだ。漢王室再興の志《こころざし》があった。最大の敵を魏と定めていた。しかし、劉備《りゅうび》は呉を攻め、若い陸遜《りくそん》によって完膚《かんぷ》なきまでに討ちのめされる。

敗走した先の永安《えいあん》の床で、劉備《りゅうび》は思う。

「男がやらなければならなかったことを、ただやった」（第十一巻二二四頁）
劉備《りゅうび》には関羽《かんう》、張飛《ちょうひ》を失ったことへの怒りのほうが、漢王室再興より大きかったのだ。義兄弟を失うことは、劉備《りゅうび》にとって己《おのれ》をも失うことに等しかった。その意味で、劉備《りゅうび》は天《てん》下人《かびと》である前に、ひとりの男であった。①〜⑪（丸数字は北方三国志登場巻数。以下同）

## 関羽雲長──義に生きた誇り高き英傑

**関羽**（かんう）?〜二一九年
司州河東郡解県《しじゅうかとうぐんかいけん》出身。字《あざな》は雲長《うんちょう》。蜀の前将軍《ぜんしょうぐん》。若くして文武《ぶんぶ》に秀《ひい》で、張飛《ちょうひ》とともに劉備《りゅうび》と義兄弟の契《ちぎ》りを結ぶ。重さ八十二斤《きん》（約二十キロ）の青竜偃月刀《せいりゅうえんげつとう》を愛用し、呂布《りょふ》の愛馬赤兎《せきと》の子で戦場を駆け抜け、豪傑《ごうけつ》として名を轟《とどろ》かせる。義に篤《あつ》く民に尽くし、劉備《りゅうび》が益州《えきしゅう》入りした後はひとり荊州《けいしゅう》を守り続ける。

作者より
「呉の裏切りがなければ、関羽《かんう》は荊州《けいしゅう》を全部制圧するところまでいったはずだった。関羽《かんう》は、荊州《けいしゅう》を任されてから死ぬまで、その間ずっと劉備《りゅうび》に会っていない。ずっと離れたままだ。そのあたりの寂しさは、あったと思う。ただ、既成の関羽《かんう》像からなかなか逃れられなかった。誰もが抱《いだ》いている関羽《かんう》に近いものを書いてしまった」

弟分張飛《ちょうひ》とともに、劉備《りゅうび》と義兄弟の契《ちぎ》りを結んだ男、関羽《かんう》。青竜偃月刀《せいりゅうえんげつとう》を手に、駿馬赤《しゅんめせき》兎《と》を駆《か》る蜀の英傑《えいけつ》としての雄姿《ゆうし》は、あまりに有名だ。

その関羽《かんう》を欲しがったのが、他《ほか》ならぬ曹操《そうそう》である。小沛《しょうはい》を急襲《きゅうしゅう》され劉備《りゅうび》が潰走《かいそう》した際、下邳《かひ》にいた関羽《かんう》は、劉備《りゅうび》の正室甘《かん》夫人、側室の糜《び》夫人を守るために曹操《そうそう》へ降伏する。曹操《そうそう》は関羽《かんう》を降人《こうじん》として扱わず、なんとか懐柔《かいじゅう》しようと試みた。

しかし、官渡《かんと》の戦いに従軍した関羽《かんう》は、袁紹《えんしょう》軍の猛将顔良《がんりょう》の首をあっさりと奪って（第四巻二二三頁）、曹操《そうそう》に対する武功をあげると、直《ただ》ちに二夫人を連れ立って劉備《りゅうび》の下《もと》へ帰還した。さすがの曹操《そうそう》も認めざるを得ない、関羽《かんう》の鮮やかさであった。

その関羽《かんう》だが、プライベートな面では薄幸《はっこう》な人であった。新野《しんや》に置いた妻とは噛《か》み合わず、董香《とうこう》という良妻を得て幸せな張飛《ちょうひ》と較《くら》べると、いかにも寂しい。養子の関平《かんぺい》と実子の関興《かんこう》に対しても、一人前の武人になるようにと厳しく接している様が、従者だった王安《おうあん》、陳礼《ちんれい》などに見せた張飛《ちょうひ》の父性あふれる厳しさとはどこか違っていた。

それは、関羽《かんう》が誇り高く、輪をかけて理が強かったからでもあるだろう。関羽《かんう》は不正嫌いで、役人の汚職には徹底して処断した。かつて、「父も叔父も岩塩を盗もうとして役人に首を刎《は》ねられた」ことがトラウマとなっていたのかもしれない。

理に縛られた関羽《かんう》は、最も嫌った謀略《ちょうりゃく》による裏切りを最後に受ける。魏の司馬懿《しばい》から呉の孫権《そんけん》に仕掛けられた策だったが、直接関羽《かんう》を裏切ったのは、ともに劉備《りゅうび》を主と仰ぐはずの臣下たちであった。

人間とは儚《はかな》くも弱い生き物だ。争いもすれば、怠《なま》けもする。人の欲を否定し、青竜偃月刀《せいりゅうえんげっとう》さながらに剛直《ごうちょく》な理であろうとした関羽《かんう》にとって、裏切った士仁《しじん》も麋芳《びほう》もあまりにも人間的過ぎた。窮地《きゅうち》にあっても関羽《かんう》は余分な食糧を民に分け与えようとし、もはやこれまでという状況に到《いた》っては生き延びさせるために兵を解《と》いた。その姿勢が、後世の人々から道《どう》神《しん》に祀《まつ》りあげられた所以《ゆえん》であろう。

雪の朝、関平《かんぺい》、郭真《かくしん》とわずかな側近《そっきん》だけを従え、関羽《かんう》は生き慣れた戦場へと馬を駆《か》った。

「北方三国志」における、呂布《りょふ》に続く誇り高き死であった。①~⑨

## 張飛翼徳——心優しき三国随一の豪傑

**張飛**（ちょうひ）?~二二一年
幽州涿郡涿県《ゆうしゅうたくぐんたくけん》出身。蜀の右将軍《うしょうぐん》。字《あざな》は翼徳《よくとく》。劉備《りゅうび》、関羽《かんう》の義兄弟。長坂《ちょうはん》の戦いでは橋の上で仁王立《におうだ》ちし、曹操《そうそう》軍の追跡をただ一騎で追い返したほどの豪傑《ごうけつ》。張飛《ちょうひ》が指揮する騎馬隊は、蜀軍随一の精強さを誇った。

作者より
「死ぬときは同じだ、と誓いを立てたからと言って、荒っぽいだけの人間が劉備《りゅうび》の側《そば》にいられるのか。張飛《ちょうひ》が国家観を持ち得た人間なのかわからないが、国家観を持った人間に賭《か》ける、そういう理想もありえる」

蜀軍の中で、張飛《ちょうひ》ほど優しさにあふれた男はいなかった。しかし、単に優しい男と見てとれるようなことはあえてしなかった。

張飛《ちょうひ》の調練《ちょうれん》は厳しい。死の調練《ちょうれん》、と呼ばれたほどだ。実戦さながらの調練《ちょうれん》では毎回死者が何人も出た。

「しかし、戦場ではほかの軍と較べると、死ぬ者はずっと少ない。調練《ちょうれん》の成果は、そういうところにも出るのだ。平気で兵を打ち殺すと言われているが、兵が死ぬのを一番いやがり、悲しんでいるのが実は張飛《ちょうひ》だった」（第八巻三一三頁）

そんな張飛《ちょうひ》の作る野戦《やせん》料理が、実は蜀軍内で伝説となって受け継がれている。牧場で張《ちょう》飛《ひ》自ら腕を振るった（第八巻一四二頁）ほか、張飛《ちょうひ》仕込みの野戦《やせん》料理を馬忠《ばちゅう》が一万人の兵に豚五十頭、酒五十樽《たる》で宴会騒ぎをやらかしている（第十一巻二三九頁）。また、馬超《ばちょう》とともに山中へ消えた牛志《ぎゅうし》も猪肉で挑戦している（第十三巻六四頁）。

作り方は、豚をその場で屠殺《とさつ》して血を抜き、肛門《こうもん》から内臓を抜き出しては大量の野菜を詰めこみ、笹の葉に包んだにんにくと米を野菜の中心に入れて肛門《こうもん》を紐《ひも》で綴《と》じ、一頭まるごとを丸太に吊《つ》って焚火《たきび》で焼くというもの。

この豪快な料理は、愛妻董香《とうこう》のために張飛《ちょうひ》が作った初めての手料理でもある。二人は、実に似合いの夫婦だった。しかし、呉の致死軍《ちしぐん》により、董香《とうこう》も息子の張苞《ちょうほう》も惨殺《ざんさつ》されてしまう。駆けつけた張飛《ちょうひ》は一気に敵を討ち倒すと、ただ妻の遺骸《いがい》を抱き上げ家へと戻った。その後、張飛《ちょうひ》は酒浸《さけびた》りになる。最愛の妻を失っただけでなく、すでに小兄貴である関羽《かんう》を独り遠く離れた荊州《けいしゅう》で散らせていた。死ぬ日は同じ、と誓いながら、何もしてやれなかった。

致死軍《ちしぐん》に董香《とうこう》が狙《ねら》われたのは、はじめ張飛《ちょうひ》を暗殺するつもりが隙《すき》を見出《みいだ》せなかったためだ。そして、崩れ落ちた張飛《ちょうひ》の内面に忍び寄ったのが、周瑜《しゅうゆ》に尽くした愛人の幽《ゆう》であった。彼女は愛した周瑜《しゅうゆ》の子を産んでいた。その子の成長と、致死軍《ちしぐん》を担う山越族《さんえつぞく》安泰のために、自らの肉体と命を投げ出して張飛《ちょうひ》暗殺を請《う》け負《お》ったのだ。

毎夜、大量の酒で酔った張飛《ちょうひ》は董香《とうこう》を夢見て幽《ゆう》の躰《からだ》を抱いた。毒は、口移しで盛られた。無論、幽《ゆう》自身も命を賭けていた。そんな幽《ゆう》を、自分を殺そうとする者を、張飛《ちょうひ》は抱き寄せている。

「おまえはもう、充分にやった。抱きしめられて死んでいく資格はある」（第十巻二九六頁）

張飛《ちょうひ》の、優しさが最も表れた最期《さいご》であった。本当の男が持つ優しさとは、こういうものなのだろう。①〜⑩

## 趙雲子竜——蜀に尽くし完全燃焼した猛将

**趙雲**（ちょううん）?～二二九年

冀州常山郡真定県《きしゅうじょうざんぐんしんていけん》出身。字《あざな》は子竜《しりゅう》。蜀の鎮東将軍順平侯《ちんとうしょうぐんじゅんぺいこう》。公孫瓚《こうそんさん》から劉備《りゅうび》に従う。身の丈《たけ》は八尺（一九二センチ）の偉丈夫《いじょうぶ》で、槍《やり》の遣《つか》い手では蜀軍随一。北伐《ほくばつ》では諸葛亮《しょかつりょう》の策で、囮《おとり》となって魏軍を引き付けた。

作者より

「趙雲《ちょううん》は結局、生き延びて老いてしまった。座ったまま死ぬ。俺はあまり、好意を持っていなかった。と言うのも、中国に行って『三国志』の登場人物で誰が好きか、と女の子に聞くとみんな趙雲《ちょううん》って言うんだよ」

趙雲《ちょううん》は、極めて実直な男だ。初めて劉備《りゅうび》と出逢ったのは趙雲《ちょううん》がまだ二十歳ほどで、袁紹《えんしょう》と公孫瓚《こうそんさん》がぶつかり、劉備《りゅうび》が援軍として冀州《きしゅう》へ駆けつけたときだった。はじめ趙雲《ちょううん》は義軍と見なした公孫瓚《こうそんさん》に付いていたが、劉備《りゅうび》軍の戦いぶりに本当の義軍を見た。そして、臣下となることを願って劉備《りゅうび》の陣中を連日訪《おとな》ったのだ。すでに常山《じょうざん》の山中で十年間、武者修行していた趙雲《ちょううん》は、腕にも覚えがあり、劉備《りゅうび》に取り入れられる自信は充分あった。

しかし、劉備《りゅうび》は、趙雲を退けている。公孫瓚《こうそんさん》の手前もあったろうが、若き趙雲《ちょううん》に賭けたのだった。

「一年、旅をしてみろ、趙雲《ちょううん》。旅をしながら、この国の姿をよく見るのだ。その眼で、おのが大将を選べ」

「待ってください」

「くどい。男は、耐えるべき時は耐えるものだ。それができぬなら、私の前から永遠に去れ」（第一巻二七八頁）

涙を呑《の》んで別れた趙雲《ちょううん》の旅は、一年では終わらなかった。各地の豪族を渡り歩き男を磨いた趙雲《ちょううん》が、再び劉備《りゅうび》の下を訪ねたのは三年後であった。無論、関羽《かんう》や張飛《ちょうひ》などにも温かく迎えられ、やがて三番目の義弟のような存在となる。

『三国志』における趙雲《ちょううん》最大の見せ場は、やはり長坂《ちょうはん》での劉備《りゅうび》の嫡男阿斗《ちゃくなんあと》（劉禅《りゅうぜん》）救出だろう。曹操《そうそう》の奇襲《きしゅう》を受け、十万の民とともに敗走する劉備《りゅうび》軍が混乱に陥るや、甘《かん》夫人と糜《び》夫人を王安《おうあん》、董香《とうこう》らわずかな手勢《てぜい》が守るだけとなった。駆けつけた趙雲《ちょううん》は麾《き》下《か》の二百兵ほどを残すと、阿斗《あと》を抱え単騎で長坂橋《ちょうはんきょう》へと向かう。再び趙雲《ちょううん》は翻《ひるがえ》して敵兵の中を突っ切り、二夫人を救出する（第六巻二六二頁）。

このとき、槍を受けながらも二夫人を死守した王安《おうあん》は、張飛《ちょうひ》の従者であったが血の滲《にじ》むような努力をして兵として育ち、趙雲《ちょううん》も目をかけたひとりだった。自分の技を惜しまず丁《てい》寧《ねい》に教えるので、趙雲《ちょううん》は兵からも慕われ、関羽《かんう》も張飛《ちょうひ》も自分の身に何かあったときには息子たちを趙雲《ちょううん》に預けるつもりでいたほどだ。蜀の英傑《えいけつ》たちが世を去ると、趙雲《ちょううん》は張飛《ちょうひ》に劣らぬ激しい調練《ちょうれん》を行なうようになる。蜀軍を鍛え上げるのが自分の責務《せきむ》とばかり思ったのだ。

老境へ入った趙雲《ちょううん》は、蜀軍を眺めながら、静かに息絶えた。それは、熱く燃えた丸太が、次第に熾火《おきび》となり、やがて灰となって消え去るような完全燃焼の人生であった。①～⑫

## 諸葛亮孔明──失敗を続けた不運のカリスマ軍師

**諸葛亮**（しょかつりょう）一八一～二三四年

徐州瑯邪郡陽都県《じょしゅうろうやぐんようとけん》出身。字《あざな》は孔明《こうめい》。蜀の丞相《じょうしょう》。兄は、呉の文官諸葛瑾《しょかつきん》。隆中《りゅうちゅう》に蟄居《ちっきょ》して晴耕雨読《せいこううどく》の日々を過ごし、「臥竜《がりょう》」と称された。徐庶《じょしょ》の推挙《すいきょ》を受けた劉備《りゅうび》に乞《こ》われ、「天下三分の計」を示して蜀の軍師となる。民政改革にも優れ、劉備《りゅうび》の死後も「出師《すいし》の表《ひょう》」を示して蜀漢《しょくかん》の志《こころざし》に尽くす。

作者より

「孔明《こうめい》というのは、あるカリスマがあった。しかし、孔明《こうめい》は全部負けている。究極の勝利を摑《つか》むほどの国力、運がなかった。三国時代はしばらく続くとしても、諸葛亮《しょかつりょう》が死んだら終わりに等しい」

諸葛亮《しょかつりょう》は、一般に負け知らずの天才軍師というイメージが組み上がってしまっている。赤壁《せきへき》の戦いで、一夜にして十万本もの矢を集めた「草船にて矢を借りる」、七星壇《しちせいだん》で祈り東風を吹かせる幻術など、羅貫中《らかんちゅう》の『三国志演義』によるところが大きい。

それに較べると、「北方三国志」における諸葛亮《しょかつりょう》は、極めて人間臭い。隆中《りゅうちゅう》の村に隠棲《いんせい》していたときも、学は立つが、自分の食器も洗えない無精者《ぶしょうもの》として登場し、日々悩む。

「世に出たいという思いもあった。しかし、愚かな者の下にはいたくなかった。／どこかで、心がねじ曲がった。／時々は、怨念《おんねん》のような言葉を、土の中に埋めた」（第六巻九六頁）

劉備《りゅうび》の軍師となってからも、荊州《けいしゅう》に残した関羽《かんう》の死を自分の立てた戦略の不備による失敗、と恥じ入る。また、韓玄《かんげん》の首級を奪《と》って降伏した魏延《ぎえん》を、諸葛亮《しょかつりょう》は終生、生理的に受け付けず、それを自戒《じかい》し続ける。

また人に対する甘さも、趙雲《ちょううん》に指摘されている。

「関羽《かんう》殿の時は、孫権《そんけん》という男を読み違えた。殿の荊州《けいしゅう》攻めの時は、死んだ張飛《ちょうひ》の代りに、そのまま陳礼《ちんれい》を使った。そして今度は、大戦の経験のない者に、二十万の大軍とむかい合わせた」

「それが、天才のやることですか？」

「人に対して、どこか甘いのだ。自分より劣っている人間でも、大きく劣っているとは考えない。少しだけ劣っている、と思ってしまうのだ」（第十二巻二二六）その最大の誤りが「泣いて馬謖《ばしょく》を切る」で知られる街亭《がいてい》の戦いである。「出師《すいし》の表《ひょう》」を奉《たてまつ》り、長安奇襲《ちょうあんきしゅう》をも睨《にら》んだ軍略を組みながら、諸葛亮《しょかつりょう》は魏軍を引き留める大役に経験のない馬謖《ばしょく》を抜擢《ばってき》してしまう。功を焦《あせ》った馬謖《ばしょく》の軍令違反により、軍略が足下から崩壊。その責任をとって、諸葛亮《しょかつりょう》は丞相《じょうしょう》から三階級降格し、息子同様に目をかけていた馬謖《ばしょく》を打ち首にしなければならなかった。

それ以後の諸葛亮《しょかつりょう》は熾烈《しれつ》に北伐《ほくばつ》を繰り返す。劉備《りゅうび》の遺《のこ》した志《こころざし》に殉《じゅん》じ、自らの失策を償《つぐな》うかのように、疲労した国力を回復させるため激務を続けた。そのため、第五次北伐《ほくばつ》の際、五丈原《ごじょうげん》の本陣で敢《あ》えなく倒れた。神のごとき軍師ではなく、一人の悩める男として。⑥〜⑬

## 馬超孟起——乱世を見届けた無類の剣豪

**馬超**（ばちょう）一七六〜二二二年

雍州扶風郡茂陵県《ようしゅうふうぐんもりょうけん》出身。字《あざな》は孟起《もうき》。蜀の驃騎将軍《ひょうきしょうぐん》。錦馬超《きんばちょう》と謳《うた》われ西域《せいいき》で圧倒的な人気を誇り、関中十部軍《かんちゅうじゅうぶぐん》を率いた。従兄弟《いとこ》の馬岱《ばたい》を除く一族郎党を曹操《そうそう》に獄殺《ごくさつ》され復讐《ふくしゅう》を誓うが、追撃《ついげき》の果てに蜀軍入りする。

作者より

「馬超《ばちょう》は、精神主義者なんだ。これは僕が書いていた剣豪小説と同じ。あの当時、国家の権力争いだけが男のやることではなく、一族あるいは家族をきちんと守り、人の争いの虚《むな》しさ、激しさを全部体験してきた人間として描いた」

木に向かいあう男がいた。荒野の中で長い年月をかけて生き抜いてきた木を、剣で斬り倒す。それが、馬超《ばちょう》だった。

一族は、曹操《そうそう》によって皆殺しにされた。朝廷に出仕していた父馬騰《ばとう》が曹操《そうそう》に屈しなかったためだ。そして、馬超《ばちょう》は関中十部軍《かんちゅうじゅうぶぐん》を率いて曹操《そうそう》に反旗《はんき》を翻《ひるがえ》し、その首級《しるし》を挙《あ》げる寸前まで攻めこむ。

「馬超《ばちょう》とぶつかった者が、触れてはならないものにでも触れたように、次々と馬から落ちていく。曹操《そうそう》は息を呑んだ。呂布《りょふ》以来だ、と唸《うな》るような気分で思った」（第八巻一九三頁）

曹操《そうそう》を唸《うな》らせた男馬超《ばちょう》が成都《せいと》を包囲した劉備《りゅうび》軍に加わると、劉璋《りゅうしょう》はたちまち降伏《こうふく》した。馬超《ばちょう》の名を聞いただけで、漢中《かんちゅう》を攻めた曹操《そうそう》の雍州《ようしゅう》兵一万がほとんど脱走する。やがて乱世《らんせ》に背を向けた馬超《ばちょう》は深い山中へ消え、死んだとされた。その山へ侵入した賊徒《ぞくと》二千は屍《しかばね》となって谷に並べられた。すると、馬超《ばちょう》の死など誰も信ぜず、「羌族《きょうぞく》の王となり、涼州《りょうしゅう》に攻めてくる」と伝説となって恐れられ続けた。

ニヒルな反面、馬超《ばちょう》は人望《じんぼう》があった。弱い者が強い者に靡《なび》く、ということではなく、人を包み込む太さのようなものが馬超《ばちょう》にはあり、そのために人に慕《した》われ担《かつ》ぎ上《あ》げられてしまうのだ。山中で出逢った羌族《きょうぞく》の村人からも長《おさ》になってほしい、と乞《こ》われている。蜀軍入りしたのも麾下《きか》千五百兵を食わせるためだった。根本は、人好きする男だったのだろう。でなければ、井の中の蛙《かわず》でしかなかった五斗米道《ごとべいどう》の張衛《ちょうえい》と交流したり、幼かった袁綝《えんりん》を預かったりはしなかったはずだ。

それは、馬超《ばちょう》が漢民族とは違う、西域《せいいき》の異民族の血を受け継いでいることが大きいようだ。統治《とうち》されることを好まず、自由を求める気風《きっぷ》を持っていた。自分の命にも頓着《とんちゃく》しない、大らかさがあった。抜け道を通って冀城《きじょう》を乗っ取る作戦で自ら先頭を進んだり、曹操《そうそう》に攻められた張衛《ちょうえい》を加勢したりするところにも、馬超《ばちょう》の奔放《ほんぽう》なところが見て取れる。

その馬超《ばちょう》がいる山に、薬草を採取する爰京《えんきょう》が迷いこむ。姿を見せた馬超《ばちょう》は妻子と安泰に暮らし、時おりごく普通の父親のようにさえ見える。ぎらつく抜《ぬ》き身《み》の剣ではなく、しっかりと鞘《さや》に納められた剣。かつて、派手な具足《ぐそく》で身を固め錦馬超《きんばちょう》と謳《うた》われた男は、円熟《えんじゅく》し燻銀《いぶしぎん》の男となったのだった。⑥〜⑬

## 曹操孟徳——三国時代を駆け抜けた真の英雄

**曹操**（そうそう）一五五〜二二〇年

予州沛国譙県《よしゅうはいこくしょうけん》出身。字《あざな》は孟徳《もうとく》、諡《おくりな》を武帝《ぶてい》。宦官《かんがん》の家系に生まれ、若くから博学で『孫《そん》子《し》』の注釈《ちゅうしゃく》本を記すほど。黄巾《こうきん》の乱で騎都尉《きとい》（近衛騎兵《このえきへい》隊長）として功を立てるが、董卓《とうたく》と対立。檄《げき》を飛ばして連合軍をまとめる。以後、鬼神のような戦《いくさ》で覇道《はどう》を驀進《ばくしん》し魏を築く。民政面でも斬新《ざんしん》な政策を進め、屯田制《とんでんせい》などを実施。広く人材を求め、徳より能力を重視して登庸《とうよう》した。

作者より

「僕は、三国時代の中での本当の英雄というのは、曹操《そうそう》だったとしか思えない。覇者《はしゃ》としての教養も備わっていた。赤壁《せきへき》で勝っていれば、曹操《そうそう》が帝として立ち、漢王室が腐敗《ふはい》し混乱したものを制圧して新しい国を作ったのが、曹操《そうそう》ということになったと思う」

群雄割拠《ぐんゆうかっきょ》した乱世《らんせ》にあって、最も果敢《かかん》な戦いを見せ、まさに戦《いくさ》に生きた天才と呼ぶに相応《ふさわ》しいのが曹操《そうそう》だ。

檄文《げきぶん》を発して全国から集めたものの一向に戦おうとしない反董卓《とうたく》連合軍に苛立《いらだ》ち、洛陽《らくよう》を焼き払い長安《ちょうあん》へ逃げ延びようとする董卓《とうたく》軍を麾下《きか》五千で追撃《ついげき》した若き曹操《そうそう》は、とりわけ激しい（第一巻二三〇頁）。

官渡《かんと》の戦いでは、袁紹《えんしょう》と対峙《たいじ》した戦線を抱えながらも、三万兵を割《さ》いて自ら小沛《しょうはい》へ進撃。

それを見るや劉備《りゅうび》は、妻子を下邳《かひ》に残して袁紹《えんしょう》の陣へ逃げ込んでいる（第四巻一八三頁）。青州《せいしゅう》黄巾軍《こうきんぐん》百万を相手にも怯《ひる》まず、荀彧《じゅんいく》を送って粘《ねば》り強く講和《こうわ》を求め続けた。

負けっぷりも激しい。渭水《いすい》で鄒氏《すうし》との情事の最中、偽降《ぎこう》した張繡《ちょうしゅう》の手勢《てぜい》に襲われ、間一髪《かんいっぱつ》で脱出。潼関《とうかん》で関中十部軍《かんちゅうじゅうぶぐん》を率いる馬超《ばちょう》に襲われ呂布《りょふ》再来と唸《うな》り、赤壁《せきへき》の戦いで襤褸《らんる》のようになりながらの敗走……。いずれも曹操《そうそう》の果敢さがわかる。

一方で、曹操《そうそう》は民政でも非凡なものを見せた。特に人事面では、有能な者であれば思想、前歴に拘《こだわ》らず、即座《そくざ》に取り立てて最大限に活用させた。

曹操《そうそう》の右腕として民政を支え続けた荀彧《じゅんいく》は熱烈な漢王室信奉者であったし、兵糧《ひょうろう》集めに特異な能力を持つ陳宮《ちんきゅう》が一度裏切って呂布《りょふ》と手を組んだ経緯《けいい》がありながら再度の出仕《しゅっし》を呼びかけている。また、偽降《ぎこう》させた張繡《ちょうしゅう》に叛乱《はんらん》を起こさせ、首まで奪《と》られそうになった賈詡《かく》を直々《じきじき》にヘッドハンティングしては、すぐに常時三千兵、有事の際には二万兵を掌握《しょうあく》する執金吾《しっきんご》（警視総監）の任を与えるという大胆な人事で、賈詡《かく》自身をも驚かせている。

三国最大の版図《はんと》を一代で築き魏王まで昇り詰めた曹操《そうそう》の、ターニングポイントはやはり赤壁《せきへき》の戦いであった。三十万の大軍で出撃したこの戦いで周瑜《しゅうゆ》に大敗を喫《きっ》すると、運命は大きく傾き苦戦続きとなる。合肥《がっぴ》から濡須口《じゅしゅこう》まで攻めこみながら呉軍と膠着《こうちゃく》、四十万の大軍を率《ひき》いて漢中《かんちゅう》を失うなど、曹操《そうそう》らしい戦《いくさ》ではなくなる。

晩年、持病《じびょう》の頭痛に悩まされた曹操《そうそう》は、洛陽《らくよう》の建始殿《けんしでん》で倒れた。享年《きょうねん》六十六歳の、戦場から遠く離れた薨《みまか》りであった。①～⑩

## 孫策伯符――天下を見据え夭逝した小覇王

**孫策（そんさく）** 一七五～二〇〇年
揚州呉郡富春県《ようしゅうごぐんふしゅんけん》出身。討逆将軍《とうぎゃくしょうぐん》。字《あざな》は伯符《はくふ》、諡《おくりな》を長沙桓王《ちょうさかんおう》。孫堅《そんけん》の長子。父の死後、袁《えん》術《じゅつ》に身を寄せ、三年間の雌伏《しふく》時代を過ごす。会稽《かいけい》を平定《へいてい》して勢力を伸ばす。亡き父孫堅《そんけん》の遺志《いし》を継ぎ、呉の基盤を打ち立て小覇王《しょうはおう》と呼ばれる。

作者より
「孫策《そんさく》には多少思い入れがあった。孫策《そんさく》が少しずつ力をつけていき、袁術《えんじゅつ》がどうにもならないくらいまで力をつける。周瑜《しゅうゆ》がそれをフォローする。曹操《そうそう》が暗殺しなければいけないない、というぐらいに思っていた人物として、僕は孫策《そんさく》を書けたと思う」

父孫堅《そんけん》に伴って樊城《はんじょう》攻めで初陣《ういじん》を飾った孫策《そんさく》は、その戦《いくさ》で父を失った。まだ二十歳前の少年であった。
それから三年、袁術《えんじゅつ》の下で孫策《そんさく》は辛辣《しんらつ》な雌伏《しふく》時代を送った。とにかく、孫堅《そんけん》が築いた孫《そん》軍《ぐん》を維持し、いずれ天下へ打って出るためにも耐え続けた。臣とは名ばかりの扱いを受け、わずか百名ほどの兵の調練《ちょうれん》に励む飼《か》い殺《ごろ》しの日々に倦《う》んだ孫策《そんさく》は、人知れず各地を訪れ、身元を隠したまま荒っぽい連中と渡り合い、少しずつ顔を売っていった。

そして孫策《そんさく》は、伝国《でんごく》の玉璽《ぎょくじ》と引《ひ》き換《か》えに曲阿《きょくあ》の劉繇《りゅうよう》を攻める好機《こうき》を摑《つか》む。袁術《えんじゅつ》より与えられた兵は千二百。麾下《きか》を加えて千三百。だが、孫策《そんさく》が知己《ちき》を得《え》た荒っぽい連中が四千、五千と集まった上、親友の周瑜《しゅうゆ》が五十騎、船二十艘《そう》で馳《は》せ参《さん》じた。

この戦《いくさ》で勝利した孫策《そんさく》は建業《けんぎょう》に拠《よ》って頭角《とうかく》を現《あらわ》すと、瞬《またた》く間に揚州《ようしゅう》のほとんどを平定《へいてい》し、小覇王《しょうはおう》と呼ばれた。

それを支えた周瑜《しゅうゆ》とは、同《おな》い齢《どし》だ。劉備《りゅうび》、関羽《かんう》、張飛《ちょうひ》の義兄弟とは、また違った形で深く友情で結びついていた。そして、二人は若い。主従という形にはなるが、二人の中ではまったく同等の間柄であった。

皖《かん》の城郭《じょうかく》で、二人は美しい姉妹を見初《みそ》めた。美人の誉《ほま》れが高く、二喬《にきょう》と謳《うた》われた大喬《だいきょう》と小喬《しょうきょう》である。ただ、孫策《そんさく》と周瑜《しゅうゆ》は二人の名前がわからなかったので、初めて見かけたときに姉妹が着ていた袍《ほう》の色で、「黄」、「青」と呼んで区別していた。

想《おも》い焦《こ》がれた末、二人は身分を隠し姉妹を攫《さら》ってしまう。皖口《かんこう》に城を築いていた矢先のことである。攫《さら》おう、と言い出したのは、周瑜《しゅうゆ》のほうだった。

「なんだと？」

「気持ちは、あとでわかって貰《もら》えばいい。とにかく、青と黄色を攫《さら》ってしまうのだ」

「ふうん。およそ真面目《まじめ》なおまえが、それを言うのか。昔なら、俺が言い出して、おまえが止めたところだ」（第三巻三〇〇頁）

若き二人の逸脱《いつだつ》から、青春小説の風が感じられる清々《すがすが》しいエピソードである。しかし、孫策《そんさく》は生き急いだ。会稽《かいけい》制圧、黄祖《こうそ》撃破《げきは》、破竹《はちく》の勢いで天下へ驀進《ばくしん》する孫策《そんさく》は、漁師の娘と偽《いつわ》った逢蘭《ほうらん》の手引《てび》きで暗殺されてしまう。官渡《かんと》の戦線を抱え、隙《すき》を突《つ》かれて許《きょ》都《と》を奪《と》られるのを畏《おそ》れた曹操《そうそう》の謀略《ぼうりゃく》であった。①〜④

## 孫権仲謀——名より実を取る内政主義者

**孫権**（そんけん）一八二〜二五二年

揚州呉郡富春県《ようしゅうごぐんふしゅんけん》出身。呉の初代皇帝。字《あざな》は仲謀《ちゅうぼう》、諱《おくりな》を大皇帝《だいこうてい》。孫堅《そんけん》の次子。碧眼《へきがん》茶髪の容姿を持ち、若年より聡明《そうめい》で知られ、十九歳にして孫軍《そんぐん》四万を受け継ぐ。自領の充実に努め、呉国を打ち立て帝に昇った。

作者より

「孫権《そんけん》は、スターリニスト。まず一国の独立を、といういわゆる内政主義。非常に内政的な手腕があったが、どこか魅力に乏しかった。孫策《そんさく》のほうが、男を書いている、という充実感があった」

孫権《そんけん》が初陣《ういじん》したのは、十四歳のとき。兄孫策《そんさく》に連れられた会稽《かいけい》の戦いで初陣《ういじん》を果たしている。同時にこの戦《いくさ》は、袁術《えんじゅつ》との訣別《けつべつ》を意味した。この初陣《ういじん》は、厳白虎《げんはくこ》という賊徒《ぞくと》の頭目《とうもく》を倒して圧勝となった。

孫権《そんけん》は武術を太史慈《たいしじ》に仕込まれていたが、孫策《そんさく》には及ばなかった。ただし利発《りはつ》で、政事《まつりごと》の方に興味が強かった。

いつしか、若き孫権《そんけん》は夢を抱いた。それを孫策《そんさく》に語っている。

「私も、夢は持っています。兄上が平定されたところを、私が立派に治める、という夢です。それが天下ならば、天下を立派に治めてみせます」

「夢か」

「兄と弟で、抱く夢です」（第四巻二四二頁）

孫策《そんさく》は、戦うために生まれてきた。孫権《そんけん》は、治めるために生まれてきた。二人で一人前。

そう、孫策《そんさく》は思った。だが、孫権《そんけん》が孫策《そんさく》を見ていられる時間は短かった。

十九歳で兄孫策《そんさく》を失い、軍を引き継いだ孫権《そんけん》は、即座に謀反《むほん》を起こしそうな豪族の一人を見せしめのために斬首《ざんしゅ》している。孫策《そんさく》の勇ましさをも受け継いだかに見えた。

しかし、次第に孫権《そんけん》は内政主義を強めてゆく。内を固めろ、という孫策《そんさく》の遺言《ゆいごん》もあった。

だが、それは内を固めた後、周瑜《しゅうゆ》と組んで天下を狙え、ということだった。孫権《そんけん》は外征して孫家《そんけ》悲願の宿敵黄祖《こうそ》を討つなどしているが、合肥《がっぴ》より先には興味を示さなかった。

実のところ、戦《いくさ》はあまりうまくなかった。揚州《ようしゅう》内で水軍を率いる周瑜《しゅうゆ》の人望《じんぼう》が高いことに負《お》い目《め》を感じ、秘《ひそ》かに海軍の軍船を試みたりしたが、試航《しこう》中に海賊に襲われ太史慈《たいしじ》を失ってしまう。

そして、戦《いくさ》よりは謀略《ぼうりゃく》を選ぶようになる。劉備《りゅうび》に妹孫夫人《そんふじん》を嫁《とつ》がせ同盟《どうめい》のような関係を築く一方、平然と曹操《そうそう》に対して臣下《しんか》の礼を行なう。魏から誘いがあれば、同盟《どうめい》している関《かん》羽《う》を討ち、塩漬《しおづ》けにした首を曹操《そうそう》へ送り届ける。魏から人質が要求されれば、これに抗《あらが》い合肥《がっぴ》を奪取しようとする……。

少年の頃、兄孫策《そんさく》へ曹操《そうそう》を討つように進言した孫権《そんけん》は、いつしか呉の充実だけを考えるようになった。それは天下を夢見た父孫堅《そんけん》、兄孫策《そんさく》、そして周瑜《しゅうゆ》をあまりにも早くから失ったことが大きかったのかもしれない。②～⑬

## 周瑜公瑾――天下を夢見て散った英傑

**周瑜**（しゅうゆ）一七五～二一〇年

揚州廬江郡舒県《ようしゅうろこうぐんじょけん》出身。呉の前部《ぜんぶ》大都督《だいととく》。字《あざな》は公瑾《こうきん》。一族から三公《さんこう》（司徒《しと》・司空《しくう》・大尉《たいい》の三名の大臣で漢王朝の最高職）も輩出《はいしゅつ》した揚州《ようしゅう》名門の生まれ。州きっての美男で、美周《びしゅう》郎《ろう》と謳《うた》われた。孫策《そんさく》とは同《おな》い齢《どし》の親友で、大喬《だいきょう》・小喬《しょうきょう》の美人姉妹をともに娶《めと》った。孫策《そんさく》の死後も孫権《そんけん》を守《も》り立て、呉の水軍の創設に尽くす。

作者より

「呉にも膨張主義《ぼうちょうしゅぎ》をとった人間がいた。これが、周瑜《しゅうゆ》。孫策《そんさく》と二人で、大喬《だいきょう》と小　喬《しょうきょう》を攫《さら》ってしまう。その青年の心情みたいなものも書けたと思う。しかし、呉という国は、周瑜《しゅうゆ》が死んでしまってからは魅力的ではなくなる」

校尉《こうい》から長沙太守《ちょうさたいしゅ》に成り上がった孫堅《そんけん》の血を受け継いだのが嫡男孫策《ちゃくなんそんさく》ならば、水軍の継《けい》承者《しょうしゃ》と言えるのが周瑜《しゅうゆ》である。

父親は揚州《ようしゅう》で名の知られた役人だったが、周瑜《しゅうゆ》は子供の頃から兵法に興味を持っていた。まだ十七歳の頃、孫策《そんさく》に連れられて孫堅《そんけん》の陣屋《じんや》を訪《おとな》っている。船を多用した出陣であることを見て取り、孫堅《そんけん》からトレードマークの赤い幘《さく》（頭巾《ずきん》）を授《さず》かった。

袁術《えんじゅつ》の下で飼《か》い殺《ごろ》しにされていた孫策《そんさく》が、曲阿《きょくあ》の劉繇《りゅうよう》を攻めると知ると、五十騎、船二十艘《そう》を従えて駆けつけた。それまでも、周瑜《しゅうゆ》は戦場を夢見て調練《ちょうれん》に励んでいたのだろう。

だが、孫堅《そんけん》は意外にも速足でこの世を去ったため、水軍作り、孫権《そんけん》の補佐《ほさ》に加え、領内の鎮撫《ちんぶ》にも周瑜《しゅうゆ》が励むこととなる。

周瑜《しゅうゆ》最大の功績は、赤壁《せきへき》の戦いで曹操《そうそう》を破ったことだ。夏口《かこう》から皖口《かんこう》まで一千里（約四百キロ）に及ぶ長大な陣構えを敷き、烏林《うりん》に追い込んだ曹操《そうそう》三十万を、東風が吹くという絶妙な機運を摑《つか》んで潰走《かいそう》させた。火攻めの炎で燃えるように照らされた石頭関《せきとうかん》の断崖《だんがい》は、赤壁《せきへき》と呼ばれるようになった。

その周瑜《しゅうゆ》を、劉備《りゅうび》と諸葛亮《しょかつりょう》は、語る。

「周瑜《しゅうゆ》という若者は、非凡だ。／非凡な分だけ、非運かもしれぬ」「周瑜公瑾《しゅうゆこうきん》という男を、わかる者が揚州《ようしゅう》にはおらぬ。孫権《そんけん》でさえ、わかってはいないと思う。魯粛《ろしゅく》と張昭《ちょうしょう》。考え方の違うこの二人だけが、ほんとうに周瑜《しゅうゆ》という男がなにか、わかっているのだと思う」（第七巻一四五頁）

しかし、周瑜《しゅうゆ》は曹操《そうそう》軍に攻められた夷陵《いりょう》の甘寧《かんねい》を救援する際、受けた矢傷のために次第に体調を崩していった。そして、周瑜《しゅうゆ》の不運は、内政主義に凝《こ》り固まってゆく孫権《そんけん》と大きくかけ離れてゆくことだった。「天下二分の計」を主張し魯粛《ろしゅく》と対立、孫夫人《そんふじん》の輿入《こしい》れにも反対する。もともと周瑜《しゅうゆ》の戦略に、劉備《りゅうび》の二文字はなかった。まったく隙《すき》のない益州《えきしゅう》攻略作戦を目前に周瑜《しゅうゆ》は絶命《ぜつめい》した。かつて曹操《そうそう》を撃破《げきは》した赤壁《せきへき》を通過し、江陵《こうりょう》への途上《とじょう》であった。三十六歳の若さの死だった。①〜⑧

## 呂布奉先――乱世に咲いた希代の武人

**呂布**（りょふ）?〜一九八年

并州《へいしゅう》五原郡九原県《ごげんぐんきゅうげんけん》出身。後漢の武将。字《あざな》は奉先《ほうせん》。丁原《ていげん》、董卓《とうたく》を殺し、悪名を轟《とどろ》かせる。陳宮《ちんきゅう》と組み、曹操《そうそう》から兗州《えんしゅう》を、劉備《りゅうび》から徐州《じょしゅう》を奪った。剣・弓ともに腕前は達人、四百歩離れた鎧《よろい》を強弓《ごうきゅう》で射《い》る。七十斤《きん》（約十八キロ）の方天戟《ほうてんげき》を手に愛馬赤兎《せきと》を疾駆《しっく》した黒ずくめの騎馬隊は精鋭を誇り、曹操《そうそう》をも畏怖《いふ》させた。

作者より
「呂布《りよふ》が董卓《とうたく》を殺さなかったら、歴史が変わったかもしれない。僕は、呂布《りよふ》をマザーコンプレックスにした。母性《ぼせい》は理解できるが、父性《ふせい》は理解できないというふうに。これで単なる悪役のイメージがすべて払拭《ふつしよく》できたと思う。呂布《りよふ》だけは、いまだに惚《ほ》れている」

「一万が巨大な一頭の動物のように動いて、その先頭に必ず呂布《りよふ》がいる」（第一巻二〇五頁）

反董卓《とうたく》連合軍の前に現れ、虎牢関《ころうかん》の一撃で並《な》み居《い》る群雄《ぐんゆう》たちを怖《お》じ気《け》づかせた呂布《りよふ》。鎧《よろい》から具足《ぐそく》のすべてが黒で統一され、赤い布を首に巻いた呂布《りよふ》が、これまた全身を血で染めたように赤い駿馬赤兎《しゆんめせきと》を駆《か》る。一糸《いつし》乱れずに動く麾下《きか》五百騎には、戦いの後に勝者の権利として掠奪《りやくだつ》が刻《とき》を決めて許され、さながら獰猛《どうもう》な猟犬《りようけん》のようである。

「呂布《りよふ》という男の戦《いくさ》ぶりは、勇猛《ゆうもう》というだけではない。周到《しゆうとう》でもある。特に、あの騎馬隊の動きは、実に五万の兵力にも匹敵《ひつてき》するように思える」（第一巻二〇八頁）

と、そのときは冷静に分析していた曹操《そうそう》も、後々、呂布《りよふ》を思い出すだけで肌《はだ》が粟立《あわだ》つようにさえなる。

呂布《りよふ》は、汚名《おめい》とともにあった。義父子の契《ちぎ》りをした丁原《ていげん》、董卓《とうたく》をいとも容易《たやす》く斬った。

しかし、呂布《りょふ》には野心《やしん》がない。謀略《ぼうりゃく》にも関心がない。天下を獲得し覇者《はしゃ》たらんとする欲がない。呂布《りょふ》が戦場に立つのは、むしろ戦いそのもののためだった。徐州《じょしゅう》を得たのも、もともとは曹操《そうそう》を裏切った陳宮《ちんきゅう》が、長安《ちょうあん》を出奔《しゅっぽん》しお尋《たず》ね者となっていた呂布《りょふ》を濮陽城《ぼくようじょう》に招き入れたのが始まりだった。

呂布《りょふ》の母は戦《いくさ》に出る前に、死ぬな、と言った。だから、呂布《りょふ》は敵を殺して生き延びた。母を思わせる瑶《よう》を見初《みそ》めて、攫《さら》って妻にした。董卓《とうたく》を斬ったのも、十一歳年長の瑶《よう》を侮辱《ぶじょく》されたからだった。その瑶《よう》は、王允《おういん》から吹き込まれた心労《しんろう》で身《み》を窶《やつ》して息を引き取った。

呂布《りょふ》には長安《ちょうあん》にいる必要がなくなり、麾下《きか》とともに出奔《しゅっぽん》した。

父親殺しの極悪人《ごくあくにん》とされた呂布《りょふ》にも、寄《よ》り添《そ》う者がいた。張遼《ちょうりょう》ら麾下《きか》五百、呂布《りょふ》と組んだ陳宮《ちんきゅう》、赤兎《せきと》の世話を任された胡郎《ころう》。そして、下邳《かひ》に拠《よ》ってから陳宮《ちんきゅう》が用意した若い女、李姫《りき》。出陣《しゅつじん》を前にいつも瑶《よう》が呂布《りょふ》の首へ巻いた赤い布を、最後の出陣で呂布《りょふ》は李姫《りき》に巻かせている。

呂布《りょふ》は、乱世《らんせ》に早々と散った。愛馬赤兎《せきと》を何より愛した呂布《りょふ》の呟《つぶや》きが木霊《こだま》する。

「負けたなあ、赤兎《せきと》。おまえがいたのに、曹操《そうそう》ごときに負けてしまった」

洗いながら、呂布《りょふ》は赤兎《せきと》に話しかけた。

「それでもこうして生きているのは、おまえのおかげなのだろうな」（第二巻二三九頁）

①～③

〈人物名（読み）生没年。★は創作人物。【文】は文官。【武】は武将。
丸数字は北方三国志の登場巻数〉

## 蜀関連の人々

**伊籍**（いせき）?～?年【文】
字《あざな》は機伯《きはく》。劉表《りゅうひょう》と前妻陳氏《ちんし》に恩を受けて幕客《ばっかく》となるが、後妻の外戚蔡瑁《がいせきさいぼう》と反目、客将《きゃくしょう》であった劉備《りゅうび》を助ける。後に蜀《しょく》の幕僚《ばくりょう》となり、病《やまい》に倒れてもなお、綿密な市場調査と蜀科《しょくか》（法律）の編纂《へんさん》に勤《いそ》しんだ。⑤～⑧

**袁綝**（えんりん）★
かの袁術《えんじゅつ》の娘で、伝国《でんごく》の玉璽《ぎょくじ》を形見《かたみ》に持つ。少女時代から慕い続けた馬超《ばちょう》の妻となる。一時、漢中《かんちゅう》の張衛《ちょうえい》に預けられていた。天下への夢を捨て切れぬ張衛《ちょうえい》に拉致《らち》されるが、馬《ばち》超《よう》に救われた。仔犬《こいぬ》を育て、風華《ふうか》と名付けた。息子の馬駿白《ばしゅんぱく》は、山中の羌族《きょうぞく》の長《おさ》になることを求められ、爰京《えんきょう》とともに魏《ぎ》、蜀領内を旅し、諸葛亮《しょかつりょう》より西方渡来の鏡を貰《もら》う。⑦～⑬

**王安**（おうあん）★【武】
九歳のとき、下邳《かひ》城外で行き倒れているところを拾われ、張飛《ちょうひ》の従者となる。血の滲《にじ》む調練の末、蜀の兵となり、長坂《ちょうはん》の戦いで甘《かん》夫人、糜《び》夫人らを死守する。④～⑥

**王平**（おうへい）?～二四八年【**武**】
漢中《かんちゅう》から中原《ちゅうげん》へ出て魏の校尉《こうい》（将校）となるが徐晃《じょこう》とそぐわず、蜀入りする。堅実な指揮を見せて白帝城《はくていじょう》守備の指揮官を任される。曹操《そうそう》に攻められた際、定軍山《ていぐんざん》の頂上で岩を砕いて投げ石を作ったほか、山で行き倒れていた爰京《えんきょう》を引き合わせるなど、劉備《りゅうび》の信任も篤《あつ》かった。諸葛亮《しょかつりょう》の北進では馬謖《ばしょく》の副将として先鋒《せんぽう》に就《つ》くが、軍令を無視しようとする馬謖《ばしょく》を止め切れなかった。⑨～⑫

**応累**（おうるい）★
フリーランスの間者《かんじゃ》だったが、劉備《りゅうび》を見込んで専属となる。剣の腕前も相当なもの。賊徒となった異母弟の面倒を流浪《るろう》中の徐庶《じょしょ》に見てもらったことがある。致死軍《ちしぐん》が張飛《ちょうひ》の妻、董香《とうこう》を襲ったとき、手勢の者たちと死守する。ひとり矢傷を受けながらも最期まで立ち続けていた。死後も、蜀の間者《かんじゃ》として息子の応真《おうしん》、応尚《おうしょう》兄弟が働いた。②～⑤⑦～⑩

**関興**（かんこう）?～二三四年【**武**】
関羽の実子。父と同じ青竜偃月刀《せいりゅうえんげつとう》を与えられ、益州《えき》の張飛《ちょうひ》へ武者修行に預けられる。秀《ひい》でた校尉《こうい》に成長するが、関羽《かんう》の弔《とむら》い合戦となった夷陵《いりょう》の戦いで死す。張飛《ちょうひ》の長男張苞《ちょうほう》とも兄弟のような付き合いをしていた。⑨～⑪

**甘夫人**（かんふじん）?～二〇九年
劉備《りゅうび》の第一夫人。阿斗《あと》（劉禅《りゅうぜん》）の生母。曹操《そうそう》の手に落ちた際は関羽《かんう》に守られ、長坂《ちょうはん》の戦いでは趙雲《ちょううん》に救われる。幼い劉禅《りゅうぜん》を残し、他界する。

**関平**（かんぺい）?~二一九年【武】
同姓のよしみで、関羽《かんう》の養子となる。一人前の武人になるように諸葛亮《しょかつりょう》や趙雲《ちょううん》に預けられた。荊州牧《けいしゅうぼく》（長官）となった関羽《かんう》とともに最期まで戦う。⑥⑦⑨

**簡雍**（かんよう）?~?年【文】
古くから劉備《りゅうび》と縁故があり、幕僚となる。戦《いくさ》には一度も出たことがないが、民とよく接し大いに慕われる。酒にだらしがないところもあるが、その酒を交《か》わしながら流浪の身であった馬超《ばちょう》を蜀軍入りさせた。酒を愛し、悲しみを抱いたまま世を去る。⑦~⑩

**魏延**（ぎえん）?~二三四年【武】
劉表《りゅうひょう》の食客《しょっかく》であったが、韓玄《かんげん》の首級《しるし》を奪《と》って降伏。劉備《りゅうび》に従って漢中《かんちゅう》を守り続けた。趙雲《ちょううん》に合流し長安《ちょうあん》奇襲を目前にしながら馬謖《ばしょく》の失態により急遽《きゅうきょ》撤退、男泣きに泣いたという。諸葛亮《しょかつりょう》にはどこか受け入れられなかったが、平然としている太さがあった。⑦⑧⑪~⑬

**牛志**（ぎゅうし）★【武】
鳥鼠山《ちょうそざん》で育ち、関中十部軍《かんちゅうじゅうぶぐん》の諸将李堪《りかん》の校尉《こうい》となる。冀城《きじょう》を攻めあぐねていた馬超《ばちょう》に、城の抜け道を進言。馬超《ばちょう》に気に入られ、麾下《きか》に留《とど》まる。董卓《とうたく》の娘を娶《めと》った男牛輔《ぎゅうほ》を父に持つことから、董卓《とうたく》の孫であることを恥じ続けていた。馬超《ばちょう》を慕い続け、ともに山中へ消える。⑧⑨⑪~⑬

**姜維**（きょうい）二〇六~二六四年【武】

字《あざな》は伯約《はくやく》。雍州《ようしゅう》天水郡で生まれ、魏軍の校尉《こうい》となりながらも漢王室を畏敬《いけい》していた。諸葛亮《しょかつりょう》の北伐《ほくばつ》の際、冀城《きじょう》にほど近い小さな砦《とりで》を守兵一千で守っていたが馬謖《ばしょく》に勧められ、蜀に投降する。軍学でも剛直な才を見せ、槍に到っては趙雲《ちょううん》をして「教えることはない」と言わしめた。蜀の志を受け継ぎ、諸葛亮《しょかつりょう》の死後も北伐《ほくばつ》を繰り返す。⑫⑬

**洪紀**（こうき）★

劉備《りゅうび》と同じ涿県《たくけん》出身。莚《むしろ》を織っていた頃の劉備《りゅうび》より学問を習い、唯一の弟子を自認する。成玄固《せいげんこ》とともに白狼山《はくろうさん》の麓《ふもと》で大規模な牧場を作り、曹操《そうそう》も一目を置く一大馬商人となった。終生慕い続けた劉備《りゅうび》の後を追うようにして病のため永眠する。ちなみに妻は、劉備《りゅうび》の二本重ねの剣、関羽《かんう》の青竜偃月刀《せいりゅうえんげつとう》、張飛《ちょうひ》の蛇矛《じゃぼう》を打った鍛冶屋《かじや》の娘である。①②④⑥

**黄忠**（こうちゅう）一四八～二二二年【武】

もと荊州刺史《しし》（長官）劉表《りゅうひょう》の臣下だったが、荊州攻めした魏軍長沙太守韓玄《ちょうさたいしゅかんげん》の指揮下を経て関羽《かんう》の説得により劉備《りゅうび》に従う。老武将ながら勇猛で弓の達人として名を馳《は》せ、定《てい》軍山《ぐんさん》では夏侯淵《かこうえん》を討った。⑦⑧

**沙摩柯**（しゃまか）？～二二二年【武】

山中に住む部族の王。巫城《ふじょう》を偵察に行った張飛《ちょうひ》と一騎討ちするが、見事に倒されて蜀軍に従う。振り回す鉄の棒は、重さ五十斤《きん》（約十三キロ）。夷陵《いりょう》の戦いで、劉備《りゅうび》軍の山中案内を務めて討たれる。⑩⑪

**徐庶**（じょしょ）？～？年【文】

兵法に通じ豪族の食客《しょっかく》として流浪していたが、劉備《りゅうび》に乞われ軍師となる。曹操《そうそう》考案の八《はち》門金鎖《もんきんさ》の陣を破る策を進言。しかし、後に母親を人質として取られ、曹操《そうそう》に降《くだ》る。そのとき、置土産《おきみやげ》として劉備《りゅうび》に推挙したのが諸葛亮《しょかつりょう》であった。浪人中、賊だった応累《おうるい》の末弟の面倒を一時みたこともある。⑤⑥

**成玄固**（せいげんこ）★【武】
洪紀《こうき》に馬を売っていた烏丸《うがん》の小さな村の長。劉備《りゅうび》の部将となって闘うが、袁術《えんじゅつ》との戦いで、左腕を失う。飼馬術に長じ、呂布《りょふ》に乞われて駿馬赤兎《しゅんめせきと》の延命に努めた。その後、北方白狼山《はくろうさん》の麓《ふもと》の広大な牧場で良馬を育て、烏丸《うがん》で一大勢力を築く。①〜③⑤⑦⑨⑪

**張苞**（ちょうほう）?〜二二九年【武】
張飛《ちょうひ》の長子。致死《ちし》軍《ぐん》が董香《とうこう》を襲ったとき、母を守って闘ったが、斬撃《ざんげき》と同時に矢を受けて殺された。⑧⑩

**陳倫**（ちんりん）★
諸葛亮《しょかつりょう》の妻。同じ隆中《りゅうちゅう》の村長のひとり娘で、陳礼《ちんれい》とは縁戚《えんえき》にあたる。十人並みの器量だが、諸葛亮《しょかつりょう》をよく理解して支えた。⑧〜⑪

**陳礼**（ちんれい）★【武】
隆中《りゅうちゅう》の村に隠遁《いんとん》していた諸葛亮《しょかつりょう》へ子供の頃から食事を運んでいたが、諸葛亮《しょかつりょう》が劉備《りゅうび》に出仕すると後を追う。はじめ張飛《ちょうひ》からは死んだ王安《おうあん》を思い出す、と距離を置かれたが、趙雲《ちょううん》に槍を習うなどして、張飛《ちょうひ》軍の副将にまで育つ。夷陵《いりょう》の戦いでは騎馬隊で先鋒《せんぽう》を務め、張飛《ちょうひ》の霊が乗り移ったかのような果敢な闘いを見せ、巫城《ふじょう》から秭帰《しき》までを奪取。しかし、陸遜《りくそん》の首を目指して突っ込み、致死軍《ちしぐん》の奇襲を受けて全滅する。⑥⑦⑨〜⑪

**董香**（とうこう）★
張飛《ちょうひ》の妻に相応《ふさわ》しい剣術にも秀でる女傑《じょけつ》。劉表《りゅうひょう》に従う豪族董陵《とうりょう》の娘で、張飛《ちょうひ》の愛馬となる汗血馬《かんけつば》の招揺《しょうよう》を育てた。張飛《ちょうひ》に伴って初めて劉備《りゅうび》を訪《おとな》ったとき、剣を佩《は》いて兵の身なりをした姿から張飛《ちょうひ》の新しい従者と思われたほど。躰《からだ》もよく発達し、身の丈《たけ》は七尺五寸（約一七三センチ）、酒も強く、料理の腕もなかなかのもの。長坂《ちょうはん》の戦いでは、王安《おうあん》とともに甘《かん》夫人、糜《び》夫人らを守り抜く。息子の張苞《ちょうほう》と綿竹《めんちく》の牧場で招揺《しょうよう》の子供を眺めているときに致死軍《ちしぐん》に襲われて倒れた。⑤〜⑧⑩

**馬謖**（ばしょく）一九〇〜二二八年【武】
襄陽《じょうよう》の名門の子弟で、馬良《ばりょう》の弟。幼い頃より大言が過ぎる癖《へき》があったが、兄同様に才覚を持ち、諸葛亮《しょかつりょう》に好まれた。蜀の若い校尉の中で最も兵をよくまとめ模擬《もぎ》戦《せん》でも負けを知らず、病で倒れた黄忠《こうちゅう》の代りに将軍に昇格する。北伐《ほくばつ》戦で先鋒《せんぽう》の大将に抜擢《ばってき》され街道の守備を任されるが、先走って丘の上に拠《よ》り、老練《ろうれん》な張郃《ちょうこう》によって水路を断たれた。そのために麾下《きか》五千のほとんどを失い、諸葛亮《しょかつりょう》が思い描いた長安奇襲作戦を根底から崩して曹叡《そうえい》の首を逃した。軍令違反の罪は重く、南鄭《なんてい》の城郭で打ち首となる。⑨⑪⑫

**馬岱**（ばたい）?〜?年【武】
馬超《ばちょう》とともに蜀軍入りした従兄弟《いとこ》。命令をそつなくこなす校尉として成長し、馬超《ばちょう》の死後、兵を引き継ぎ閬中《ろうちゅう》を守護した。⑧⑩⑫⑬

**馬忠**（ばちゅう）?～二四九年【武】

巴西《はせい》守備軍の校尉《こうい》から劉備《りゅうび》に従い、猇亭《おうてい》で呉軍を防ぐ。八尺（一八〇センチ）の偉丈夫《いじょうぶ》で、豪放磊落《ごうほうらいらく》な性格だけに、諸葛亮《しょかつりょう》より新兵一万を預かると、調練《ちょうれん》などそっちのけで野戦料理の大宴会騒ぎを起こす。剣の腕も確かで、趙雲《ちょううん》にして相当な圧力と感じるほど。諸葛亮《しょかつりょう》とともに南征し東路《とうろ》軍《ぐん》を率いた。その後、江陽《こうよう》を守護、民からも慕われた。⑪～⑬

**馬良**（ばりょう）一八七～二二五年【文】

馬謖《ばしょく》の兄。白い眉毛《まゆげ》を持ち、聡明《そうめい》さでは五兄弟で一番のため「白眉《はくび》最もよし」と言われた。蜀の民政機構建設に尽くし、劉備《りゅうび》の侍中《じちゅう》（秘書官）として夷陵《いりょう》の戦いに赴《おもむ》き、討ち死にする。⑨～⑪

**麋竺**（びじく）?～二二一年【文】

はじめ陶謙《とうけん》に仕えていたが、徐州を譲り受けた劉備《りゅうび》に採り入れられる。妹の燐《りん》は、劉備《りゅうび》に輿入《こしい》れした麋《び》夫人。弟麋芳《びほう》が江陵《こうりょう》で裏切って関羽《かんう》を死に至らしめたため、憤怒《ふんぬ》のあまり床に就いたままこの世を去る。②～④⑦⑧

**麋夫人**（びふじん）?～二〇八年

麋竺《びじく》の妹で、劉備《りゅうび》の第二夫人。甘《かん》夫人の死後、甘《かん》夫人が産んだ阿斗《あと》（劉禅《りゅうぜん》）を育てる。②

**龐統**（ほうとう）一七八～二一三年【文】
字《あざな》は士元《しげん》。水鏡《すいきょう》先生こと司馬徽《しばき》に評価され、諸葛亮《しょかつりょう》の「臥竜《がりょう》」と並んで「鳳雛《ほうすう》」と呼ばれた。はじめ魯粛《ろしゅく》の推挙を受けるが孫権《そんけん》が仕官させなかったため、劉備《りゅうび》の下で役人として登庸《とうよう》される。再び諸葛亮《しょかつりょう》の推挙を得て、蜀の軍師として益州攻めに参加するが、単騎で雒城《らくじょう》へ近づき過ぎ、胸に矢を受ける。⑦⑧

**孟獲**（もうかく）?～?年【武】
南中《なんちゅう》全域で人望を集めた若き頭目《とうもく》。南征に向かった諸葛亮《しょかつりょう》に七度捕らえられて七度放されたため、心服して蜀への帰順《きじゅん》を誓った。その後、南方の統治を任される。⑫

**劉禅**（りゅうぜん）二〇七～二七一年
字《あざな》は公嗣、幼名を阿斗《あと》。蜀漢《しょくかん》を興《おこ》した劉備《りゅうび》を父に持ち、十七歳で第二皇帝に即位。率直な性格で民への関心が強いが、激しさに欠け乱世向きではないと言われた。諸葛亮《しょかつりょう》の死後、魏の大軍を受け闘わずに降伏、蜀漢《しょくかん》を終焉《しゅうえん》させる。⑪⑫

## 魏関連の人々

**尹貞**（いんてい）★【武】
司馬懿《しばい》の参謀。司馬家《しばけ》に仕え、司馬懿《しばい》の幼いころより世話を焼き、軍学の師でもある。諸葛亮《しょかつりょう》の謀略《ようりゃく》にも長《た》け、魏軍の頂点に立った司馬懿《しばい》に何かと司馬家《しばけ》の繁栄を吹きこむ。

第四次北伐《ほくばつ》の際、祁山《きざん》で姜維《きょうい》の槍を腹に受け、苦しみの末、死去する。⑩〜⑬

**賈詡**（かく）?〜二二三年【文】
董卓《とうたく》、李傕《りかく》、郭汜《かくし》、張済《ちょうせい》の臣を経て、張繡《ちょうしゅう》に従う。曹操《そうそう》に偽降《ぎこう》して叛乱《はんらん》を起こした策が曹操《そうそう》本人に見込まれ、張繡《ちょうしゅう》を再び降すと執金吾《しっきんご》（警視総監）の任を与えられる。小技に長《た》けた軍師として魏に尽くし、曹操《そうそう》の死後も曹丕《そうひ》を補佐した。③④⑥〜⑪

**郭嘉**（かくか）一七〇〜二〇七年【文】
袁紹《えんしょう》から士官を誘われていたが、見極めて曹操《そうそう》に仕える。荀彧《じゅんいく》の推挙もあった。優れた解析力と軍略を持ち、曹操《そうそう》から篤《あつ》い信頼を受け、荀彧《じゅんいく》に次ぐ才能と期待されたが、北伐《ほくばつ》で重い病にかかり他界した。⑥

**夏侯淵**（かこうえん）?〜二一九年【武】
夏侯惇《かこうとん》の従兄弟《いとこ》にあたる。涼州で暴れ回っていた馬超《ばちょう》を破るが、首は落とせず取り逃がし、詰めが甘いところも。漢中《かんちゅう》侵攻の際、斜谷道《やこくどう》と子午道《しごどう》修復に奔走《ほんそう》する。息子の夏侯《かこう》覇《は》は、祁山《きざん》より撤退する蜀軍の追撃で張郃《ちょうこう》を討たれ、北方へ左遷《させん》させられる。②⑤⑧⑨

**夏侯惇**（かこうとん）?〜二二〇年【武】
曹操《そうそう》が挙兵したとき、最初に馳せ参じて従い、以後篤《あつ》く信任を受ける。清廉潔白《せいれんけっぱく》で、軍民に尽くす。呂布《りょふ》との決戦で左目を射抜かれるが、「親にもらった目玉だからと食べた」との逸話《いつわ》を持つ。曹操《そうそう》の死後、大将軍として軍の頂点に立つが、後を追うように逝《い》った。①〜⑩

**許褚**（きょちょ）？～？年【武】
はじめ鮑信《ほうしん》の使者として曹操《そうそう》の下を訪ねたが、曹操《そうそう》を威圧するほどの眼光から一目置かれ、後に典韋《てんい》に代って曹操《そうそう》の護衛に就く。豪傑として知られ馬超《ばちょう》や張飛《ちょうひ》と互角に刃《やいば》を交わす一方、普段は茫洋《ぼうよう》としているため虎痴《こち》と呼ばれた。しかし、赤壁《せきへき》からの敗走中、曹操《そう》を守り通したことから、唯一曹操《そうそう》を殿と呼ぶことが許され、また曹操《そうそう》ひとりが虎痴《こち》と呼んだ。曹操《そうそう》の死後、近衛軍《このえぐん》の総指揮官となったが、許褚《きょちょ》は許褚《きょちょ》として在り続け、曹叡《そうえい》のとき、老齢により静かに退役《たいえき》した。②④～⑩

**司馬懿**（しばい）一七九～二五一年【武】
字《あざな》は仲達《ちゅうたつ》。十八王のひとり、殷《いん》王司馬卬《しばぎょう》に連なる名門の生まれ。秀才揃《ぞろ》いの八人兄弟はそれぞれ達という字《あざな》を持ち、司馬《しば》の八達《はったつ》と言われた。一度曹操《そうそう》の召《め》し出《だ》しがあったが病を口実に応じず、二度目の召《め》し出《だ》しでようやく仕官する。肩は動かぬまま、首だけ後ろへ振り向くことができるため、曹操《そうそう》が狼顧《ろうこ》の相《そう》と呼んだ。狡知《こうち》さ故《ゆえ》に曹丕《そうひ》と合い、孫権《そんけん》を扇動《せんどう》し関羽《かんう》を討つよう曹丕《そうひ》の口を通じて曹操《そうそう》に進言させる。また、替《か》え馬《うま》五千頭を用意して、孟達《もうたつ》の寝返《ねがえ》りを電光石火《でんこうせっか》で討ち、諸葛亮《しょかつりょう》に舌を巻かせた。しかし、祁山《きざん》で諸葛亮《しょかつりょう》に翻弄《ほんろう》されると、以後は守りに徹した。情欲が強く、マゾヒスティックな性癖を持ち、揚娥《ようが》という名の愛人を宛《えん》に囲う。曹叡《そうえい》の死後、クーデターを起こして丞相《じょうしょう》となる。長子司馬師《しばし》は父のクーデターに関与、次子司馬昭《しばしょう》が蜀征伐を成し遂げ、孫の司馬炎《しばえん》が最後の魏帝曹奐《そうかん》に禅譲《ぜんじょう》を迫って初代晋《しん》帝へ昇り、呉を滅ぼして三国統一を果たす。⑦⑨～⑬

**荀彧**（じゅんいく）一六三〜二一二年【文】
もと袁紹《えんしょう》に仕えていたが見切りをつけ、曹操《そうそう》に身を寄せる。百万の兵力を持つ青州黄巾軍《せいしゅうこうきんぐん》に対して、三カ月にわたり粘り強く講和《こうわ》を進めた。帝をめぐる考え方は曹操《そうそう》と相容《あいい》れぬものがあったが、長年名参謀《めいさんぼう》として尽くし、誰よりも曹操《そうそう》の戦いを理解していた。文官として破格の禄《ろく》を与えられるが、終生質素な暮らしを好み、財は一族に分け与えていたという。寿春《じゅしゅん》まで従軍して病に倒れたため、曹操《そうそう》が護衛につけた五錮《ごこ》の者《もの》を自分への監視ととらえて毒を呷《あお》った。②〜⑧

**荀攸**（じゅんゆう）一五七〜二一四年【文】
荀彧《じゅんいく》の甥で、傑物《けつぶつ》と言われた。荀彧《じゅんいく》の推挙で曹操《そうそう》に仕官すると、すぐに尚書令《しょうしょれい》（官房長官）を任せられた。荀彧《じゅんいく》には一段劣ったが、帝に対する想いもその分だけ薄く、曹操《そうそう》にとって扱い易かった。しかし、曹操《そうそう》は荀彧《じゅんいく》に接するほど心の内を明かさなかった。荀彧《じゅんいく》の死後、しばらくして病で急死するが、二人に代る臣は現れなかったと言われる。③〜⑧

**甄氏**（しんし）一八二〜二二一年
河北《かほく》一と謳《うた》われた美女。はじめ袁熙《えんき》の妻であったが、鄴城《ぎょうじょう》に一番乗りした曹丕《そうひ》に奪われ、後に正室《せいしつ》に迎えられる。嫡男曹叡《ちゃくなんそうえい》を産むものの、帝に昇った曹丕《そうひ》に対して終生心を閉ざし続けたため皇后《こうごう》にはなれなかった。曹丕《そうひ》より死を賜《たまわ》ると、積年《せきねん》の想いを恋文に綴《つづ》って死後も曹丕《そうひ》を悔恨させ続けた。⑩

**石岐**（せきき）★
宦官《かんがん》であった祖父の代から曹家《そうけ》に仕える諜報《ちょうほう》集団「五錮《ごこ》の者《もの》」の頭目《とうもく》。血で手を汚す仕事のためか、浮屠《ふと》（仏教）の教えに心の安らぎを求め、山中の雑木林に小さな庵《いおり》を結《むす》ぶ隠逸《いんいつ》を好んだ。曹操《そうそう》の謀略の見返りには、各郡に寺の建立《こんりゅう》を所望《しょもう》した。最期の務めとして、五斗米道《ごとべいどう》の張魯《ちょうろ》を普通の人間にするために漢中《かんちゅう》へ入り、鮮広《せんこう》と相討ちした。①～④⑥～⑧

**曹叡**（そうえい）二〇五～二三九年【武】
曹丕《そうひ》の実子。生母は甄氏《しんし》だが、郭皇后《かくこうごう》に育てられる。曹丕《そうひ》の後を継ぎ、二代目魏帝（明《めい》帝《てい》）となる。戦には曹操《そうそう》譲りの感性を発揮し父曹丕《そうひ》を上回るものの、熱中癖があり宮殿造営などにかまける浪費家でもあった。⑫⑬

**曹植**（そうしょく）一九二～二三二年【武】
曹操《そうそう》の末子。若くして文才に秀で、「七歩《しちほ》の詩《し》」などを詠《よ》む。曹操《そうそう》に寵愛《ちょうあい》されたため、次兄曹丕《そうひ》から激しく深く疎《うと》まれた。後継争いで失脚《しっきゃく》した上、酒食乱行が過ぎる、と曹丕《そうひ》より死罪を言い渡される。しかし、母親の取り成しにより安郷公《あんきょうこう》に格下げに留《とど》まるが、わずかな食邑《しょくゆう》で惨めな暮らしを強《し》いられた。⑥

**曹真**（そうしん）?～二三一年【武】
反董卓《とうたく》の兵を挙げた曹操《そうそう》に応じようとした父親がその途次《とじ》で殺され孤児となるが、曹操《そうそう》が目をかけて曹丕《そうひ》とともに養育した。無論、曹丕《そうひ》とは性格を知り尽くした仲。曹叡《そうえい》より軍権を任され、大将軍として漢中《かんちゅう》を攻めるが雨に祟《たた》られ撤兵。病で倒れる。息子の曹爽《そうそう》が勢力を伸ばして魏の実権を掌握するが、司馬懿《しばい》のクーデターによって討たれる。⑪～⑬

**曹丕**（そうひ）一八七～二二六年【武】
魏の初代皇帝（文帝《ぶんてい》）。鄴《ぎょう》攻めでは、河北《かほく》一の美女と謳《うた》われた袁熙《えんき》の妻甄氏《しんし》を狙って、真っ先に城へ乗り込む。暗く峻烈《しゅんれつ》な性格で、実弟曹植《そうしょく》を苛《いじ》め抜いた。曹操《そうそう》の戒《いまし》めを省《かえり》みず、魏帝に昇る。組織を用いた統治に長《た》けたが、軍事の面では曹操《そうそう》に大きく劣り、大軍を擁《よう》した呉への親征では一度目は板とすだれの偽城《ぎじょう》に欺《あざむ》かれ、二度目には寒波に見舞われ闘わずに撤兵している。二度目の親征後、体調を崩したまま四十歳で死去。⑤～⑦⑨～⑫

**張郃**（ちょうこう）？～二三一年【武】
元袁紹《えんしょう》の部将。官渡《かんと》の戦いで曹操《そうそう》へ降《くだ》る。軍閥に関心がなく、常に前線を志願し続けた。街亭《がいてい》の戦いで丘の上に拠《よ》った馬謖《ばしょく》を破るが、諸葛亮《しょかつりょう》の第四次北伐《ほくばつ》の際、祁山《きざん》より撤退する蜀軍を追撃し討たれる。④⑤⑨⑫⑬

**張繍**（ちょうしゅう）？～二〇七年【武】
張済《ちょうせい》の甥。曹操《そうそう》に偽降《ぎこう》し、鄒氏《すうし》を使って曹操《そうそう》を翻弄《ほんろう》し奇襲を仕掛けた後、劉表《りゅうひょう》と手を結ぶ。鄒氏《すうし》に溺《おぼ》れきっていたが、臣下の賈詡《かく》を欲しがった曹操《そうそう》の間者《かんじゃ》に鄒氏《すうし》を殺され呪縛《じゅばく》が解けると、曹操《そうそう》に帰順《きじゅん》した。偽降《ぎこう》した奇襲で長兄曹昂《そうこう》が討たれたことから、曹丕《そうひ》に詰《なじ》られ続け自殺した、ともいわれる。③④

**張遼**（ちょうりょう）一六九〜二二四年【武】

元呂布《りょふ》の部将。下邳《かひ》城で呂布《りょふ》に殉《じゅん》じようとしたところを劉備《りゅうび》と関羽《かんう》に説得されて降伏。曹操《そうそう》の下で呂布《りょふ》譲りの軽騎兵《けいきへい》を指揮し、曹操《そうそう》軍随一の迅速さを誇った。また関羽《かんう》が自決しようとしたとき、説き伏せて形ばかりの降伏をさせる。濡須口《じゅしゅこう》から撤兵中、致死軍《ちしぐん》に襲われた曹丕《そうひ》を庇《かば》うために受けた矢傷がもとで死亡。③〜⑥⑧

**程昱**（ていいく）一四一〜二二〇年【文】

荀彧《じゅんいく》の推挙で曹操《そうそう》に登庸《とうよう》される。軍学のみならず、博識を誇った。朝廷の不穏分子を炙《あぶ》り出すために、曹操《そうそう》と対立する芝居を演じる。袁尚《えんしょう》との戦いでは軍師として十面《じゅうめん》埋伏《まいふく》の計を進言、それ以後は文官に徹し、ひっそりと死んだ。②〜⑦

**典韋**（てんい）？〜一九七年【武】

黄巾軍《こうきんぐん》の曹操《そうそう》暗殺を懸念《けねん》した夏侯惇《かこうとん》がボディガードに用意した男。戟《げき》、剣ともにずば抜けた腕前を持ち、曹操《そうそう》の危機を度々《たびたび》救った。しかし、張繍《ちょうしゅう》らが偽降《ぎこう》して叛乱《はんらん》を起こした際に戦死。全身に二十数本の矢を受け、それでも眼を見開いて死んでいた。②③

## 呉関連の人々

**韓当**（かんとう）？〜二二七年【武】

程普《ていふ》、黄蓋《こうがい》と並ぶ古株の部将。孫堅《そんけん》から孫権《そんけん》まで三代に仕え、荊州で関羽《かんう》を、猇亭《おうてい》で劉《りゅう》備《び》を破る。程普《ていふ》が致死《ちし》軍《ぐん》を組織したとき、若干関与する。張飛《ちょうひ》暗殺に路恂《ろじゅん》が失敗すると、ひとつ手を打つ。夷陵《いりょう》で陸遜《りくそん》が劉備《りゅうび》と対峙《たいじ》したときは、一校尉《こうい》として見守り続けた。①②⑩⑪

**甘寧**（かんねい）？～二二二年【武】
はじめ山賊野党の類《たぐ》いだったが黄祖《こうそ》に身を寄せた後、孫権《そんけん》に降《くだ》り黄祖《こうそ》討伐に導く。赤壁《せきへき》の戦いや濡須口《じゅしゅこう》など曹操《そうそう》との対戦で活躍する。揚《よう》州軍と戦っていた頃、淩統《りょうとう》の父を射殺したことがあり、長く蟠《わだかま》りを持たれていた。合肥《がっぴ》の戦線を支え続けたが、重い病に倒れた。⑥

**黄蓋**（こうがい）？～？年【武】
孫堅《そんけん》に従い董卓《とうたく》討伐に参戦。程普《ていふ》、韓当《かんとう》と並ぶ古株の部将。赤壁《せきへき》の戦いでは、周瑜《しゅうゆ》と工作して曹操《そうそう》に偽降《ぎこう》し「苦肉《くにく》の計《けい》」を演じる。老いても戦場に立つ気力を失っていなかったが、病に倒れた。①⑥

**諸葛瑾**（しょかつきん）一七四～二四一年【文】
諸葛亮《しょかつりょう》の兄。実直な文官として呉を支え、呉蜀同盟の交渉役に就く。しかし、血縁のある諸葛亮《しょかつりょう》とは私的な対話は交わさなかった。⑦⑩⑪

**潜魚**（せんぎょ）★
間者《かんじゃ》。孫賁《そんほん》の推挙で孫策《そんさく》に引き立てられ、七人の手下を抱える。孫策《そんさく》が剣の柄《つか》に青い布を巻いておくと現れる。②④⑥

**孫堅**（そんけん）一五六～一九二年【武】
予州刺史《しし》。呉郡出身。字《あざな》は文台《ぶんだい》。十七歳で海賊を退治し、校尉《こうい》の任に就く。黄巾《こうきん》の乱を平定し、長沙太守《ちょうさたいしゅ》となる。反董卓《とうたく》連合軍に加わるが、鮑信《ほうしん》に抜《ぬ》け駆《が》けされた上、袁術《えんじゅつ》から兵糧《ひょうろう》が届かず苦々しくも撤兵。董卓《とうたく》が焼き払った洛陽《らくよう》で、伝国《でんごく》の玉璽《ぎょくじ》を手にする。長子孫策《そんさく》を初陣《ういじん》させた劉表《りゅうひょう》戦で流れ矢を受け死亡。羊毛を紡《つむ》いだ赤い幘《さく》がトレードマークだった。①

**孫夫人**（そんふじん）？～二二二年
孫権《そんけん》の妹。政略結婚の人質として、父娘ほど齢《とし》の違う劉備《りゅうび》に嫁《とつ》がされる。覚悟を決めた輿入《こしい》れでは、剣を佩《は》き、薙刀《なぎなた》を持たせた侍女《じじょ》たちを引き連れた。劉備《りゅうび》が益州へ向かうと、呉へ里帰りし、それ以後戻ることはなかった。⑧

**孫賁**（そんほん）？～？年【文】
孫堅《そんけん》の表向きには従兄《いとこ》とされたが、実は実兄にあたる。主に財政面と謀略を担当。孫堅《そんけん》の死後、伝国《でんごく》の玉璽《ぎょくじ》を保管し、若き孫策《そんさく》を陰ながら支えた。①②④

**太史慈**（たいしじ）一六九～二〇九年【武】
字《あざな》は子義《しぎ》。はじめ劉繇《りゅうよう》に仕え、曲阿《きょくあ》では孫策《そんさく》と一騎打ちを交わし、槍の穂先が孫策《そんさく》の首を掠《かす》めたほど。しかし、劉繇《りゅうよう》が破れると、乞《こ》われて孫策《そんさく》に帰順《きじゅん》する。海軍船の試航中、何者かに襲われ孫権《そんけん》を死守する。②～⑤

**張昭**（ちょうしょう）一五六〜二三六年【武】
孫策《そんさく》に採り入れられ、孫権《そんけん》の幕僚としても貢献する。曹操《そうそう》との戦いでは、はじめ講和派だったことから曹操《そうそう》の諜略を受けるふりをして、黄蓋《こうがい》に偽降《ぎこう》させた。致死軍《ちしぐん》を使った張飛《ちょうひ》暗殺など汚れ役を一手に請《う》け負《お》い、孫権《そんけん》の影として尽くした。②〜⑦⑨〜⑪⑬

**程普**（ていふ）？〜？年【武】
黄巾《こうきん》の乱の頃から孫堅《そんけん》、孫策《そんさく》、孫権《そんけん》と孫家《そんけ》三代に仕える。韓当《かんとう》、黄蓋《こうがい》と並ぶ古株。赤壁《せきへき》の戦いでも大功を立て、江夏《こうか》の太守《たいしゅ》となる。気骨な軍人だけに、若き周瑜《しゅうゆ》が山越族《さんえつぞく》討伐で実力を見せるまでは口をきこうとしなかった。路恂《ろじゅん》が指揮する致死軍《ちしぐん》の面倒をみるが、病で死んだ。①②⑦⑧

**幽**（ゆう）★
周瑜《しゅうゆ》の愛人。叛乱《はんらん》を起こし平定された山越族《さんえつぞく》の長《おさ》の娘。巫術《ふじゅつ》の使い手で、潜魚《せんぎょ》とは別に間諜《かんちょう》を請《う》け負《お》い、自ら頭目《とうもく》として働いた。弟路恂《ろじゅん》に山越兵《さんえつへい》からなる致死軍《ちしぐん》の鍛練を指示し、領内における山越族《さんえつぞく》の地位を確保させた。周瑜《しゅうゆ》の没後、死んだと伝えられたが、致《ち》死軍《しぐん》が張飛《ちょうひ》暗殺に失敗すると韓当《かんとう》の指示を受け、何景《かけい》という女に成りすまし張飛《ちょうひ》を口移しで毒殺する。暗殺と引き換えに、周瑜《しゅうゆ》の子種である路輔《ろほ》が列公《れっこう》に取り立てられる、という密約があった。⑥〜⑧⑩

**陸遜**（りくそん）一八三〜二四五年【武】
字《あざな》は伯言《はくげん》。赴任《ふにん》してひと冬過ごした石頭関《せきとうかん》の気候を書き留めていたことから、赤壁《せきへき》の戦いで周瑜《しゅうゆ》に勝ち運をもたらせた。軍権を任された夷陵《いりょう》の戦いでは、血の小便を流しながら耐えに耐え、劉備《りゅうび》軍を見事誘い出し潰滅《かいめつ》に近い損害を与えた。孫策《そんさく》の娘を娶《めと》り、孫権《そんけん》の義弟にあたるが、富国主義の孫権《そんけん》に苛立《いらだ》ちを覚える。⑦～⑬

**凌統**（りょうとう）一八九～二三七年【武】
父は、江夏《こうか》で甘寧《かんねい》に討たれた凌操《りょうそう》。親子二代で孫家《そんけ》に仕え、赤壁《せきへき》、南郡を周瑜《しゅうゆ》とともに戦う。呉に帰順した甘寧《かんねい》を長らく父の仇《かたき》と憎み続けた。周瑜《しゅうゆ》の抱いた天下への夢を継ごうとするが、合肥《がっぴ》でほぼ全滅に近い損害を受ける。⑥～⑧⑩～⑫

**呂蒙**（りょもう）一七八～二一九年【武】
字《あざな》は子明《しめい》。孫権《そんけん》に従った黄祖《こうそ》討伐では先鋒《せんぽう》を務め、病死した魯粛《ろしゅく》の後を継ぎ、西部方面の総指揮官となる。若い頃は武勇ばかりで無学であったが、孫権《そんけん》に諭《さと》され兵法・史書を学んで「呉下《ごか》の阿蒙《あもう》に非《あら》ず」と魯粛《ろしゅく》に評された。関羽《かんう》を討ち、荊州を平定するが、病に倒れる。⑥⑨

**魯粛**（ろしゅく）一七二～二一七年【文】
字《あざな》は子敬《しけい》。周瑜《しゅうゆ》に推《お》され、孫権《そんけん》の幕僚に入る。益州攻めの前、天下二分を唱える周瑜《しゅうゆ》に対して諸葛亮《しょかつりょう》と同じ天下三分論を唱え対立。劉備《りゅうび》、関羽《かんう》、諸葛亮《しょかつりょう》に胸襟《きょうきん》を開いて蜀と呉の同盟に尽力《じんりょく》し、荊州の領有をめぐる紛争にも病軀《びょうく》を押して奔走《ほんそう》した。⑤～⑨

**路恂**（ろじゅん）★【武】
幽《ゆう》の異母弟。死ぬことを恐れぬ、山越族《さんえつぞく》からなる奇襲部隊致死軍《ちしぐん》を指揮する。周瑜《しゅうゆ》の最期を看取《みと》った、とも言われる。張飛《ちょうひ》暗殺を担《にな》うが、隙《すき》が見つからないため張飛《ちょうひ》の妻、董《とう》香《こう》と息子の張苞《ちょうほう》を襲う。駆けつけた張飛《ちょうひ》の蛇矛《じゃぼう》を受け、胴から両断された。⑧⑩

**路輔**（ろほ）★【武】
周瑜《しゅうゆ》が山越族《さんえつぞく》の長《おさ》の娘、幽《ゆう》に産ませた遺児《いじ》。丹陽郡《たんようぐん》か新都郡《しんとぐん》の太守に望んだ山越族に推《お》され、張昭《ちょうしょう》の養子に入る。⑩

## 後漢関連とそのほかの人々

**爰京**（えんきょう）★
華佗《かた》の弟子で、曹操《そうそう》の治療を引き継ぐ。夏侯惇《かこうとん》に槍の手《て》解《ほど》きを受け、鍼《はり》の感覚を磨いた。曹操《そうそう》の死後、医術を極めるため諸国を放浪。劉備《りゅうび》の延命に尽くし、薬草を採取しに入った山で隠遁《いんとん》する馬超《ばちょう》、諸葛亮《しょかつりょう》に巡り合うなど、乱世の推移を見守った一人。同時に三本の鍼《はり》を打つ技を見た劉備《りゅうび》が連弩《れんど》を連想したことから、自らの鍼《はり》を連鍼《れんしん》と呼ぶ。⑥〜⑧⑩⑪⑬

**袁術**（えんじゅつ）？〜一九九年【武】
字《あざな》は公路《こうろ》。袁紹《えんしょう》の従弟《いとこ》。名門を鼻にかけた吝嗇家《りんしょくか》。反董卓《とうたく》連合軍を組んだ際、先鋒《せんぽう》の孫《そん》堅《けん》に兵糧《ひょうろう》を渋るなど意地も悪い。若き孫策《そんさく》を飼い殺しにし、伝国《でんごく》の玉璽《ぎょくじ》を献上させた。民に重税を課しては横暴享楽に興《きょう》じ、果ては皇帝を僭称《せんしょう》する。呂布《りょふ》を手《て》懐《なず》けるため、持ちかけたひとり息子と呂布《りょふ》の娘の縁談は失敗。大軍を率いて呂布《りょふ》を攻めるが、軽く撃破されて潰走《かいそう》する。犬猿《けんえん》の仲であった袁紹《えんしょう》と手を組み直した曹操《そうそう》戦への行軍中、大量の血を吐いて絶命《ぜつめい》。将が将なら臣も臣で、袁術《えんじゅつ》の死後、兵は運んでいた財宝を奪い合って四散したという。①②

**袁紹**（えんしょう）?～二〇二年【武】
字《あざな》は本初《ほんしょ》。「四世三公」の名家に生まれた後漢の群雄。何進《かしん》が討たれた際、宦官《かんがん》を殺戮《さくりく》しまくり宮中を血の海にした。曹操《そうそう》とは字《あざな》で呼びあった幼馴染《おさななじみ》でともに西園八校尉《せいえんはちこうい》を務めたが、宦官《かんがん》嫌いの袁紹《えんしょう》は根底では曹操《そうそう》と相容《あいい》れなかった。老獪《ろうかい》な根回しを得意とし、戦を嫌う武人と呼ばれた。その一方で、平然と死に兵を使った。公孫瓚《こうそんさん》を破って河北《かほく》四州を制し、中原《ちゅうげん》の覇者《はしゃ》となる。帝には見向きもせず、幽州牧《ゆうしゅうぼく》に次子の袁熙《えんき》、青州《せいしゅう》に長子の袁譚《えんたん》、冀州《きしゅう》に末子の袁尚《えんしょう》を、并州《へいしゅう》に甥《おい》の高幹《こうかん》を配した血の結束による自らの王家を夢見た。しかし、官渡《かんと》の戦いで曹操《そうそう》が仕掛けた十面埋伏《じゅうめんまいふく》の計《けい》を受け、潰走《かいそう》中に吐血《とけつ》。鄴《ぎょう》で病床に就《つ》くも絶命《ぜつめい》。後継を指名しなかったため、後々家督《かとく》争いに発展。結局、袁家《えんけ》の血は途絶えた。①～⑤

**王允**（おういん）一三七年～一九二年【文】
後漢の司徒《しと》（最高職。三公《さんこう》のひとつ）。董卓《とうたく》の横暴を憂《うれ》い、心ならずも呂布《りょふ》やその妻瑤《よう》を阿《おもね》って、呂布《りょふ》に董卓《とうたく》を斬らせるよう仕向けた。前例と建前《たてまえ》一辺倒の政事処理は不評であった。①②

**何進**（かしん）?〜一八九年【武】
もとは肉屋だったが賄賂《わいろ》で宮中入りさせた異母妹が皇后《こうごう》となり、王朝内に勢力を持つに到った。霊帝《れいてい》（劉宏《りゅうこう》）の死後、少帝《しょうてい》（劉弁《りゅうべん》）を擁《よう》した外戚《がいせき》として政事の実権を握ろうとするが、宦官《かんがん》と敵対。董卓《とうたく》らが洛陽《らくよう》入りする前に十常侍《じゅうじょうじ》に討たれる。献帝《けんてい》（劉協《りゅうきょう》）を推《お》した董太后《とうたいごう》を自殺に追いこんだという。

**華佗**（かた）?〜二二〇年
麻沸散《まふつさん》（麻酔《ますい》）を使った外科手術や鍼《はり》を得意とする名医。素っ気ない物言いから疎《うと》まれていた曹操《そうそう》へ開頭手術を勧め、「おまえの頭の中を見たくなった」と逆に頭蓋《ずがい》をかち割られた。用心深くもあり、肌に離さず持ち歩いていた医術書を獄中で焼却している。⑤
⑥

**献帝・劉協**（けんてい・りゅうきょう）一八〇年〜二三四年
何皇后《かこうごう》に毒殺された王美人《おうびじん》を生母に持つ。九歳のとき、少帝《しょうてい》の代りに陳留王《ちんりゅうおう》より即位、後漢最後の皇帝となった。はじめ董卓《とうたく》に、後々は曹操《そうそう》に擁護されるが、しばしば実権を得ようと宮中クーデターを画策《かくさく》。いずれも失敗し、その度《たび》に冷遇された。曹操《そうそう》の死後、曹丕《そうひ》に帝位を禅譲《ぜんじょう》し、食邑《しょくゆう》一万戸の山陽公《さんようこう》に降格。二人の娘は、魏帝となった曹丕《そうひ》の後《こう》宮《きゅう》へ入れられ、その日のうちに犯された。④

**公孫瓚**（こうそんさん）?〜一九九年【武】
字《あざな》は伯珪《はくけい》。幽州将軍《ゆうしゅうしょうぐん》。同じ盧植《ろしょく》門下の劉備《りゅうび》を客将として迎える。美麗にして美形美声の持ち主で、白い具足《ぐそく》に身を固め、白馬の騎馬隊を率いて「白馬将軍《はくばしょうぐん》」と呼ばれた。性格は明るく、決断力に優れていたが、粗雑で自信家でもあった。弟の公孫越《こうそんえつ》は、領土の分割を求める使者として袁紹《えんしょう》に赴《おもむ》き首を刎《は》ねられた。公孫瓚《こうそんさん》自身は袁紹《えんしょう》と争い続け、最期まで籠城《ろうじょう》して惨死《ざんし》する。①

**皇甫嵩**（こうほすう）?～一九五年【武】
後漢の官僚。黄巾賊《こうきんぞく》討伐で功績を得るが、盧植《ろしょく》と同じく宦官《かんがん》から要求された賄賂《わいろ》を拒み、免職された。勅命《ちょくめい》により呂布《りょふ》が董卓《とうたく》を討つと、長安の軍を掌握して郿塢《びお》を攻めた。①

**胡郎**（ころう）★
海西の浜で赤兎《せきと》に近づき蹴倒《けたお》されたところを呂布《りょふ》に認められ、そのまま赤兎《せきと》の世話係となる。曹操《そうそう》戦で赤兎《せきと》が傷を負うと、呂布《りょふ》に乞われた成玄固《せいげんこ》とともに赤兎《せきと》を連れ立って白《はく》狼山《ろうさん》へ向かう。その後、広大な牧場を守る烏丸《うがん》の隊長に成長。馬を届けた際、曹操《そうそう》より仕官を誘われるが、断っている。②③⑪

**蔡瑁**（さいぼう）?～?年【武】
荊州刺史《しし》劉表《りゅうひょう》の部将。劉表《りゅうひょう》の後妻となった妹の蔡《さい》夫人を擁《よう》し、外戚《がいせき》として荊州の実権を掌握する。劉表《りゅうひょう》に招かれた劉備《りゅうび》を疎《うと》ましく思っていた。劉表《りゅうひょう》の死後、曹操《そうそう》に降《くだ》り、荊州水軍の指揮官となるが赤壁《せきへき》の戦いで死亡。⑤

**司馬徽**（しばき）一七三年～二〇八年
荊州の隠遁《いんとん》学者。水鏡《すいきょう》先生とも呼ばれる。裕福な長者の家に育ち、一生を学問に捧げた。

門下ではないが、流浪を好んだ徐庶《じょしょ》、臥竜鳳雛《がりょうほうすう》と喩《たと》えられた諸葛亮《しょかつりょう》、龐統《ほうとう》などが出入りしていた。⑥

**朱儁**（しゅしゅん）?～一九五年【文】
黄巾《こうきん》の乱で功績をあげた後漢の官僚。字《あざな》は、公偉《こうい》。出身は、孫権《そんけん》と生まれ故郷が近い会稽郡上虞県《かいけいぐんじょうぐけん》。かなりの堅物《かたぶつ》で、皇甫嵩《こうほすう》同様に宦官《かんがん》へ賄賂《わいろ》を渡さなかったために免職となる。①

**少帝・劉弁**（しょうてい・りゅうべん）一七〇～一八九年
何進《かしん》の妹、何太后《かたいごう》と霊帝《れいてい》との間に生まれる。霊帝《れいてい》亡き後、幼くして即位するが、わずか五カ月で政権を得た董卓《とうたく》に追われ弘農王《こうのうおう》へ降格。後に、何太后《かたいごう》とともに毒殺された。性格は暗愚で気骨も胆力もなく、臣下にも恵まれなかった不運の人。

**鄒氏**（すうし）?～?年
董卓《とうたく》の部将だった張済《ちょうせい》の妻。張済《ちょうせい》が流れ矢に当たって死ぬと、義弟張繡《ちょうしゅう》の女となる。偽降《ぎこう》した張繡《ちょうしゅう》より人質として差し出されるが、その色香《いろか》に溺《おぼ》れた曹操《そうそう》は張繡《ちょうしゅう》らに襲われて敗走、長子曹昂《そうこう》を失っている。妖艶《ようえん》な美貌を持つ鄒氏《すうし》は幼い頃から後宮《こうきゅう》で媚術《びじゅつ》を仕込まれ、後に袁紹《えんしょう》の幕僚である田豊《でんほう》から間者《かんじゃ》としての手解《てほど》きを受けていた。③

**鮮広**（せんこう）★【武】
漢中《かんちゅう》に拠《よ》った五斗《ごと》米道《べいどう》と深い関係を持つ隠士《いんし》。二代目教祖張衡《ちょうこう》の親友でもあった。武術に長《た》け、張衡《ちょうこう》の息子で後に五斗《ごと》米道《べいどう》軍を指揮する張衛《ちょうえい》に武術を仕込む。張衛《ちょうえい》は母親と鮮広《せんこう》の間に何か深い繋《つな》がりを感じ取っていたが、鮮広《せんこう》は曹操《そうそう》の間者石岐《かんじゃせきき》と相討ちしてしまう。張衛《ちょうえい》の父か否かは、最期まで名乗らずじまいであった。③⑤⑦⑧

**張衛**（ちょうえい）?~二一五年【武】
張魯《ちょうろ》の弟。実質的に五斗米道《ごとべいどう》軍を指揮し、一時、曹操《そうそう》に追われた馬超《ばちょう》を匿《かくま》う。曹操《そうそう》の漢《かんち》中《ゆう》侵攻を受け、五斗米道《ごとべいどう》軍の武装解除後も山岳地へ逃亡。天下への夢を抱き続け、伝国《でんごく》の玉璽《ぎょくじ》を持つ袁綝《えんりん》を擁《よう》して挙兵しようとするが失敗。馬超《ばちょう》によって右腕を斬り飛ばされる。その後も二千ほどの兵を率いて、賊徒まがいの行為をしながら叛乱《はんらん》に加わり続けるが、編入を望んで呉の領域へ入り、朱桓《しゅかん》の騎馬隊に撃破される。③⑤~⑨⑪⑬

**張燕**（ちょうえん）?~?年【武】
黄巾《こうきん》の乱に乗じて蜂起《ほうき》した黒山軍《こくざんぐん》の頭目《とうもく》。長年にわたって独立勢力を維持し、公孫瓚《こうそんさん》と結んで袁紹《えんしょう》をさんざん苦しめたが、戦わずして曹操《そうそう》に降伏。曹操《そうそう》は、黒山《こくざん》八万兵を降兵とせず、自軍に編入させた。⑤

**張角**（ちょうかく）?~一八四年
太平道《たいへいどう》の教祖。三十六の方（教区）に分けた信者を一斉蜂起《いっせいほうき》させた黄巾《こうきん》の乱は、四百年続いた漢王室が滅び、三国鼎立《ていりつ》へ向かう乱世のきっかけとなった。③

**張松**（ちょうしょう）?~二一二年【文】
益州牧劉璋《えきしゅうぼくりゅうしょう》に冷遇された臣下。字《あざな》は、永年《えいねん》。対五斗米道《ごとべいどう》軍の援軍と称して、劉備《りゅうび》の益州奪取を画策《かくさく》する。しかし、益州入りした劉備宛《りゅうびあて》の密書が兄張粛《ちょうしゅく》に見つかり斬首《ざんしゅ》された。荊州にいた劉備《りゅうび》を訪ねる際、張飛《ちょうひ》が牧場で野戦料理を作っていたところを通りかかり、肉を振る舞われている。⑧

**張魯**（ちょうろ）？～？年
五斗米道《ごとべいどう》の開祖、張陵《ちょうりょう》の孫にあたる三代目教祖。山深い漢中《かんちゅう》を本拠に五斗米道《ごとべいどう》の自治領域を望んだが、時をかけて心に取り入った曹操《そうそう》の間者石岐《かんじゃせきき》の働きで曹操《そうそう》に降伏。③⑦⑨

**陳宮**（ちんきゅう）？～一九八年【文】
才に優れ曹操《そうそう》より信任されたが、陶謙《とうけん》遠征で曹操《そうそう》が不在中、流浪していた呂布《りょふ》を招き入れて濮陽城《ぼくようじょう》を手中に収めてしまう。曹操《そうそう》に追われて劉備《りゅうび》を頼るが、またも隙《すき》を狙って徐州を奪う。これは、陶謙《とうけん》より徐州を押し付けられた劉備《りゅうび》の苦肉《くにく》の策でもあった。呂布《りょふ》を討った曹操《そうそう》は、兵糧《ひょうろう》集めに特異な才を持つ陳宮《ちんきゅう》を惜しみ、再度の臣従《しんじゅう》を勧めたが、陳宮は呂布《りょふ》に殉《じゅん》じた。②③

**丁原**（ていげん）？～一八九年【武】
并州刺史《へいしゅうしし》。何進《かしん》に呼び出され、洛陽《らくよう》の執金吾《しっきんご》（警視総監）となる。呂布《りょふ》の養父を気取っていたが、董卓《とうたく》と結託《けったく》した呂布《りょふ》に殺される。口うるさく、融通《ゆうずう》のきかない面が命取りとなった。①

**田豊**（でんほう）？～二〇〇年【文】
袁紹《えんしょう》の参謀。後継者の件でも異議を唱え、袁紹《えんしょう》より反感を買い、官渡《かんと》の戦いの後に処断された。民政に手腕を発揮する一方、曹操《そうそう》を肉欲に溺《おぼ》れさせた鄒氏《すうし》に間者《かんじゃ》としての訓練を施《ほどこ》していた。③

**陶謙**（とうけん）一三二〜一九四年【武】
徐州刺史《じょしゅうしし》。徐州へ疎開していた曹操《そうそう》の父、曹嵩《そうすう》を部下が殺したことから、曹操《そうそう》に攻められ殺戮《さつりく》される。黄巾軍《こうきんぐん》の徐州入りを避けるため兵糧《ひょうろう》を援助したり、叛乱《はんらん》を起こした天帝《てんてい》教（教祖は闕宣《けっせん》）に見せかけて略奪を働くなど、悪辣《あくらつ》な振る舞いを見せる。老いてもなお狡猾《こうかつ》で、幼い息子たちに領地を引き継がせるため、豪族が犇《ひし》めく徐州を一旦、徳の将軍劉備《りゅうび》に譲る申し出をする。

**董承**（とうしょう）?〜二〇〇年【文】
董貴妃《とうきひ》の兄で、董太后《とうたいごう》の甥にあたる外戚《がいせき》。帝より密勅《みっちょく》を取り付け、曹操《そうそう》を逆臣として討とうとするが、逆に不敬罪《ふけいざい》として告発される。処刑されたのは、一族合わせて四十六名、総勢六百名近くに及んだ。

**董卓**（とうたく）?〜一九二年【武】
乱世の始まりには河東《かとう》の太守《たいしゅ》に過ぎなかったが、何進《かしん》が宦官《かんがん》に殺されると、少帝《しょうてい》を擁《よう》して洛陽《らくよう》入りする。その数は三万とも十万とも噂されたが、実質一万弱であった。間もなく暗愚な少帝《しょうてい》を廃し、代りに献帝《けんてい》を擁《よう》して政治の実権を握る。虚栄を張り、横暴を極め、享楽を欲し、一日に羊一頭を平らげた、と言われた。反董卓《とうたく》連合軍が結成されると洛陽《らくよう》の街を焼き払い、民百五十万を率いて長安《ちょうあん》へ強引に遷都《せんと》する暴挙も厭《いと》わない。王室の墓をも暴《あば》き、長安を模《も》した郿塢《びお》に、あらゆる財宝と二十年分の食料を溜《た》めこんだ。しかし、自らが帝に昇ろうとした矢先、王允《おういん》より詔書《しょうしょ》を奪った呂布《りょふ》に斬られた。①②

**董陵**（とうりょう）★【武】
劉表《りゅうひょう》の臣下で、西城の守兵長。魏興郡《ぎこうぐん》の太守《たいしゅ》となるべきはずの豪族。五斗米道《ごとべいどう》討伐に派遣された張飛《ちょうひ》へ名馬招揺《しょうよう》を貸し与える。娘の董香《とうこう》は、張飛《ちょうひ》に嫁《とつ》いだ。⑤

**馬騰**（ばとう）?～二一一年【武】
字《あざな》は、寿成《じゅせい》。名将馬援《ばえん》の子孫で、馬超《ばちょう》の父。韓遂《かんすい》らと挙兵し、反董卓《とうたく》連合軍に参加。樵《きこり》から身を立て、涼州《りょうしゅう》の大将にまでなる。晩年、一族を率《ひき》いて朝廷に出仕。帝からの信任も厚く、宮中の衛尉《えいい》（朝廷の警護の役）ながら度々《たびたび》帝に謁見《えっけん》していた。関中十部軍《かんちゅうじゅうぶぐん》を率いる息子の馬超《ばちょう》に苦戦した曹操《そうそう》によって一族郎党とともに斬首《ざんしゅ》される。⑥⑦

**孟達**（もうたつ）?～二二八年【武】
劉璋《りゅうしょう》より冷遇を受け、張松《ちょうしょう》、法正《ほうせい》らと劉備《りゅうび》の益州入りを進める。陸遜《りくそん》に追われた関羽《かんう》からの救援を受け付けず、魏へ降《くだ》って寝返りの達人と呼ばれた。曹丕《そうひ》の死後、諸葛亮《しょかつりょう》からの誘いを受けると切り取った片袖を送り、蜀へ寝返ろうとした。しかし、司馬懿《しばい》に先手を打たれ、馬上で槍を受け絶命する。⑧⑨⑫

**劉焉**（りゅうえん）?～一九四年【武】
益州牧《えきしゅうぼく》。五斗米道《ごとべいどう》に洛陽《らくよう》への道を塞《ふさ》がれた、と称して消息《しょうそく》を絶ったが、その実、張魯《ちょうろ》の母に溺《おぼ》れて漢王朝からの離脱を目論《もくろ》んでいた。

**劉璋**（りゅうしょう）?～二一九年【武】

劉焉《りゅうえん》の息子。益州牧《えきしゅうぼく》。五斗米道軍《ごとべいどうぐん》に悩まされ劉備《りゅうび》を招くが、逆に成都《せいと》を包囲され無血開城《むけつかいじょう》する。息子の劉循《りゅうじゅん》は、軟弱な性格ながら劉備《りゅうび》軍相手に一年間籠城《ろうじょう》を続け、兵糧《ひょうろう》も気力も尽きて降伏する。⑨

**劉表**（りゅうひょう）一四二～二〇八年【武】
前漢皇族、魯《ろ》の恭王《きょうおう》の末裔《まつえい》。若い頃は、儒学者としても知られた。何進《かしん》に従い荊州刺史《けいしゅうしし》となる。晩年は、自分が産んだ劉琮《りゅうそう》を後継に画策する後妻蔡《さい》夫人の言うがままであった。①③④⑥

**霊帝・劉宏**（れいてい・りゅうこう）一五六～一八九年
後漢十二代皇帝。十二歳で即位するが、政治の実権を宦官《かんがん》に握られ、ひたすら一生を遊行に興じるほかなかった。このため漢王朝は弱体化して黄巾《こうきん》の乱が起こり、乱世へと導くこととなった。

**盧植**（ろしょく）？～一九二年【武】
黄巾賊《こうきんぞく》討伐の最高責任者に任命されるが、宦官《かんがん》に賄賂《わいろ》を贈らず解任される。劉備《りゅうび》も門下にいたことがあった。

# 北方三国志年表

| 西暦 | 国内 | 国外 |
|---|---|---|
| 一八四 | 黄巾《こうきん》の乱《らん》、起きる | 卑弥呼《ひみこ》が邪馬台国《やまたいこく》の女王に（倭国《わこく》） |
| 一八九 | 霊帝《れいてい》、没《ぼっ》す。大将軍何進《だいしょうぐんかしん》、宦官《かんがん》に殺害される。董卓《とうたく》、少帝《しょうてい》を廃《はい》し陳留王《ちんりゅうおう》を即位《そくい》（献帝《けんてい》） | |
| 一九〇 | 群雄《ぐんゆう》が反董卓《とうたく》連合に結集《けっしゅう》。董卓《とうたく》、洛陽《らくよう》を焼き払い、長安《ちょうあん》に遷都《せんと》 | |
| 一九一 | 袁紹《えんしょう》、韓馥《かんふく》から冀州《きしゅう》を奪う | |
| 一九二 | 呂布《りょふ》、董卓《とうたく》を殺害。曹操《そうそう》、兗州刺史《えんしゅうしし》となり、青州黄巾賊《せいしゅうこうきんぞく》を討伐《とうばつ》。李傕《りかく》と郭汜《かくし》が王允《おういん》を殺害、実権を掌握《しょうあく》。孫堅《そんけん》、荊州《けいしゅう》侵攻の途上《とじょう》で戦死 | コンモドゥス帝暗殺（ローマ） |
| 一九三 | 袁術《えんじゅつ》、揚州刺史《ようしゅうしし》を殺し、淮南《わいなん》を治める。曹操《そうそう》、徐州《じょしゅう》に侵攻 | |
| 一九四 | 陳宮《ちんきゅう》、呂布《りょふ》を担《かつ》ぎ兗州《えんしゅう》で曹操《そうそう》に造反《ぞうはん》。劉備《りゅうび》、徐州牧《じょしゅうぼく》となる | |
| 一九五 | 曹操《そうそう》、兗州《えんしゅう》を奪回《だっかい》。李傕《りかく》と郭汜《かくし》が抗争《こうそう》。献帝《けんてい》、長安《ちょうあん》を脱出 | |
| 一九六 | 劉備《りゅうび》、呂布《りょふ》に徐州《じょしゅう》を乗っ取られる。曹操《そうそう》、献帝《けんてい》を許《きょ》に迎える。孫策《そんさく》、会稽郡《かいけいぐん》を制圧 | |

| | | |
|---|---|---|
| 一九七 | 曹操《そうそう》、張繍《ちょうしゅう》の偽計《ぎけい》に敗走。袁術《えんじゅつ》、皇帝を名乗る | |
| 一九八 | 曹操《そうそう》、徐州《じょしゅう》を攻略、呂布《りょふ》・陳宮《ちんきゅう》を討伐《とうばつ》 | |
| 一九九 | 公孫瓚《こうそんさん》、袁紹《えんしょう》軍の前に敗死。袁術《えんじゅつ》、寿春《じゅしゅん》で死去。劉備《りゅうび》、曹操《そうそう》に造反《ぞうはん》、徐州《じょしゅう》を奪回《だっかい》。曹操《そうそう》と袁紹《えんしょう》が官渡《かんと》で対峙《たいじ》 | |
| 二〇〇 | 董承《とうしょう》ら朝廷内の造反《ぞうはん》が露見《ろけん》。孫策《そんさく》、暗殺される。劉備《りゅうび》、曹操《そうそう》に敗れ、袁紹《えんしょう》の元へ。曹操《そうそう》、官渡《かんと》で袁紹《えんしょう》を破る | マヤ文明興《おこ》る（中米） |
| 二〇一 | 劉備《りゅうび》、汝南《じょなん》で曹操《そうそう》に大敗、劉表《りゅうひょう》の元へ | |
| 二〇二 | 袁紹《えんしょう》、病《やまい》に死す。袁譚《えんたん》、袁尚《えんしょう》らが後継《こうけい》争い | |
| 二〇四 | 曹操《そうそう》、袁尚《えんしょう》を破り冀州平定《きしゅうへいてい》 | |
| 二〇五 | 曹操《そうそう》、袁譚《えんたん》を破り青州平定《せいしゅうへいてい》 | |
| 二〇七 | 劉備《りゅうび》、諸葛亮《しょかつりょう》を三顧《さんこ》の礼《れい》で迎える | |
| 二〇八 | 孫権《そんけん》、仇敵黄祖《きゅうてきこうそ》を討伐《とうばつ》。荊州劉氏《けいしゅうりゅうし》が曹操《そうそう》に降伏《こうふく》。劉備《りゅうび》、長坂《ちょうはん》で曹操《そうそう》軍の追撃《ついげき》を逃れる。劉備《りゅうび》と孫権《そんけん》が同盟《どうめい》。曹操《そうそう》軍三十万が赤《せき》壁《へき》で大敗 | |
| 二〇九 | 周瑜《しゅうゆ》、曹仁《そうじん》軍を斥《しりぞ》ける | |
| 二一〇 | 周瑜《しゅうゆ》、益州《えきしゅう》侵攻を目前に病死 | |
| 二一一 | 曹操《そうそう》、馬超《ばちょう》を破り関中平定《かんちゅうへいてい》。劉備《りゅうび》、劉璋《りゅうしょう》に乞《こ》われ益州《えきしゅう》に援軍 | アントニヌス勅法発《ちょくほうはっ》布《ぷ》（ローマ） |
| 二一二 | 劉備《りゅうび》、劉璋《りゅうしょう》に反旗《はんき》を翻《ひるがえ》す | |

| | | |
|---|---|---|
| 二一三 | 曹操《そうそう》、魏公《ぎこう》に昇る | |
| 二一四 | 馬超《ばちょう》、劉備《りゅうび》の麾下《きか》に。劉備《りゅうび》、益州征都《えきしゅうせいと》を征圧《せいあつ》 | |
| 二一四 | 孫権《そんけん》・劉備《りゅうび》が荊州《けいしゅう》領有を巡《めぐ》り対立 | |
| 二一五 | 曹操《そうそう》、漢中《かんちゅう》を掌握《しょうあく》。孫権《そんけん》、合肥《がっぴ》で張遼《ちょうりょう》軍に大敗 | カラカラ帝、大浴場を建設（ローマ） |
| 二一七 | 孫権《そんけん》、曹操《そうそう》に臣下《しんか》の礼《れい》 | |
| 二一九 | 劉備《りゅうび》、曹操《そうそう》軍を斥《しりぞ》け漢中《かんちゅう》を占領《せんりょう》。孫権《そんけん》、関羽《かんう》父子を倒す | |
| 二二〇 | 曹操《そうそう》、病のため死去。曹丕《そうひ》、献帝《けんてい》より帝位禅譲《ていいぜんじょう》（魏《ぎ》建国） | |
| 二二一 | 劉備《りゅうび》、蜀《しょく》を建国、帝位につく。張飛《ちょうひ》、暗殺される。劉備《りゅうび》、荊《けい》州《しゅう》に出兵 | |
| 二二二 | 劉備《りゅうび》、夷陵《いりょう》で陸遜《りくそん》に大敗 | |
| 二二三 | 曹丕《そうひ》、濡須口《じゅしゅこう》で呉《ご》軍に敗退。劉備《りゅうび》が死去、劉禅《りゅうぜん》が二世皇帝に | |
| 二二四 | 呉蜀が和睦《わぼく》 | |
| 二二五 | 諸葛亮《しょかつりょう》、南征《なんせい》 | |
| 二二六 | 曹丕《そうひ》、病のため死去。曹叡《そうえい》、第二代皇帝に | ササン朝創立（ペルシア） |
| 二二七 | 諸葛亮《しょかつりょう》、第一次北伐《ほくばつ》 | |
| 二二八 | 司馬懿《しばい》、反乱寸前の孟達《もうたつ》を奇襲《きしゅう》。諸葛亮《しょかつりょう》、街亭《がいてい》で敗退。陸遜《りくそん》、曹休《そうきゅう》を破り合肥《がっぴ》奪う | |
| 二二九 | 諸葛亮《しょかつりょう》、第三次北伐《ほくばつ》。孫権《そんけん》、皇帝に即位 | |

| | | |
|---|---|---|
| 二三〇 | 曹真《そうしん》、漢中《かんちゅう》に侵攻 | 卑弥呼《ひみこ》、魏に使者を派遣。「親魏倭王《しんぎわおう》」の印を授《さず》かる（倭国《わこく》） |
| 二三一 | 諸葛亮《しょかつりょう》、第四次北伐《ほくばつ》。諸葛亮《しょかつりょう》、司馬懿《しばい》と祁山《きざん》で対峙《たいじ》 | |
| 二三四 | 諸葛亮《しょかつりょう》、第五次北伐《ほくばつ》。諸葛亮《しょかつりょう》、司馬懿《しばい》と五丈原《ごじょうげん》で対峙《たいじ》。諸葛亮《しょかつりょう》、陣中で没す | |
| 二三九 | 曹叡《そうえい》が死去、曹芳《そうほう》が第三代皇帝に | ササン朝、インドに侵攻（ペルシア） |
| 二四一 | 呉蜀が魏に侵攻。司馬懿《しばい》、呉軍を撃退 | |
| 二四七 | 曹爽《そうそう》、政権を掌握 | |
| 二四九 | 司馬懿《しばい》、クーデターで政権奪取 | 卑弥呼《ひみこ》没（倭国《わこく》） |
| 二五一 | 司馬懿、病のため死去 | |
| 二五二 | 孫権《そんけん》が死去、孫亮《そんりょう》が二世皇帝に | デキウス帝、キリスト教迫害（ローマ） |
| 二六三 | 魏軍が蜀に侵攻。劉禅《りゅうぜん》、魏に降伏（蜀漢滅亡） | |
| 二六五 | 曹奐《そうかん》が司馬炎《しばえん》に帝位禅譲《ていいぜんじょう》（魏滅亡・晋《しん》建国） | |
| 二七九 | 晋軍が呉に侵攻 | 女王が西晋に朝貢《ちょうこう》（倭国《わこく》） |
| 二八〇 | 孫皓《そんこう》、晋《しん》に降伏（呉滅亡・晋《しん》が天下統一） | |

第五章

# 三国志通信

北方氏撮影

単行本付録版『三国志通信』（第一版）は、図版にイメージ写真を使っておりましたが、今回の再録版（第二版）では、より内容がわかりやすいよう周辺地図に差し替えております。ご了承ください。

# 三国志通信

発行：角川春樹事務所
「三国志」一の巻 付録
1997年12月28日発行
編集 すぎたカズト
制作 第三眼工房

■黄巾賊、漢王朝誅滅か
■霊帝、崩御す
■打倒董卓に諸侯参集！
■洛陽灰燼に帰す

## 蒼天已に没し、黄天まさに立つべし！

## 黄巾賊、漢王朝誅滅せんとす

### 八州で三十万人以上が一斉蜂起

【冀州魏郡＝一八四年】太平道師張角の逮捕が火蓋を切って、農民や流民などの信徒三十万人が全国的な規模で一斉に蜂起した。張角はすでに病死したが、各地で黄巾賊残党を名乗る叛乱が相次いでいる。

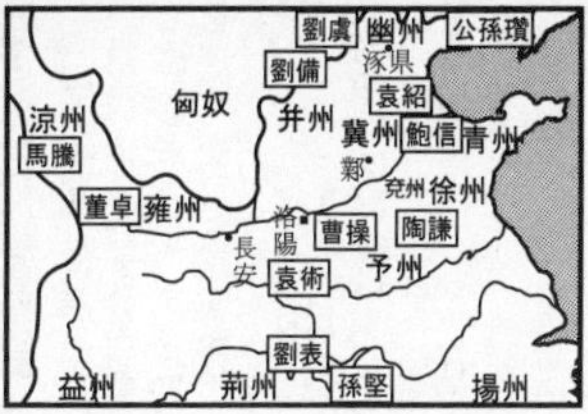

黄巾賊蜂起時の群雄

黄色い布を目印に用いた黄巾賊の叛乱は、このところ急速に勢力を拡大していた太平道への弾圧に端を発する。

八州二十八郡にまたがり、信徒は数十万を越える太平道の道師張角は自らを「天公将軍」と称し、「蒼天已に没し、黄天まさに立つべし。歳は甲子にあり、天下大吉」というスローガンを掲げ、朝廷転覆を画策していた。

しかし、予告された甲子の三月五日目前に内通者が出現。首謀者のひとり馬元義は斬首、捕らえた張角も病死したため、大乱は意外に早く治まった。

討伐軍の武将の中には「いずれも流民や貧農が蜂起したもので、朝廷の腐敗政治が改められない限り叛乱は継続する」と見る者もいるが、討伐の最高責任者に任命された盧植が宦官へ賄賂を怠ったために解任されるなど、朝廷内の混迷は終わりそうもない。

## 討伐の功労者、続々と任命される

### 長沙郡太守に孫堅が赴任

【長沙郡】別部司馬の孫堅（そんけん）が、長沙郡の太守を命じられた。孫堅は就任後、一月足らずでこれを平定し、その実力を示した。しかし、この度の太守任命は、莫大な資産を背景にした孫堅の裏金工作によるものという。

### 済南郡の相には曹操

【済南郡】沛国譙県出身の曹操（そうそう。字は孟徳）は、皇甫嵩、朱儁の下で潁川、汝南、陳国の乱を討ち、済南郡の相に任命された。若年より兵法書に親しみ、『孫子』に注釈をつけるほど。祖父は宦官の曹騰、父の曹嵩は曹家に養子入りし、買収して太尉の地位を得た。

## トピック

### 劉備、役人を暴行し出奔

【中山国安喜県】県尉の職にあった劉備（りゅうび）が、巡回中の督郵（監察官）を殴り倒し出奔した。督郵はさらに柳の木に縛り上げられ、劉備と義兄弟の関係にある張飛から鞭打ちを受けた。近年、役人の腐敗には目に余るものがあるが、安喜県を訪れた督郵も賄賂を強要してやまず、劉備の堪忍袋の緒が切れて殴りつけるに至った模様。日頃から人心に尽くしていた劉備を解任しないでほしいと住民百名ほどが陳情に集まった矢先の出来事であった。

劉備は涿県出身で、字は玄徳。義兄弟の関羽と張飛とは、山賊に奪われた六百頭の馬を信都へ運んで以来の縁。黄巾賊討伐の義勇軍に参戦し兵を拡大した後、安喜県の県尉となる。

# 霊帝、崩御す

【洛陽＝一八九年】後漢王朝第十二代皇帝の座にあった皇帝劉宏が、治世が乱れるさなか嘉徳殿で没した。諡（おくりな）は霊帝とされる。十二才で即位し霊帝は権力の実権を握れず、遊興にその生涯を捧げた。

## 劉弁、少帝に即位
### 新帝争いに宮中はまたも清濁対立

霊帝の世継ぎに、何皇后を生母とする劉弁が即位した。これで、十一代皇帝桓帝の十五才、霊帝の十二才とまたも少帝即位が続くこととなった。

霊帝の実子には、他に王美人から生まれた陳留王の協皇子がおり、朝廷内で弁皇子を推す外戚の何進と協皇子を望む宦官の蹇碩との間で激しい擁立争いから互いの暗殺計画など陰惨な争いが繰り広げられていた。

また、陳留王協皇子を養育していた霊帝の母董太后は新帝争いに巻き込まれ自殺している。かつて、陳留王協皇子の生母王美人は何皇后に毒殺されたという経緯もあり、協皇子の心中が懸念される。

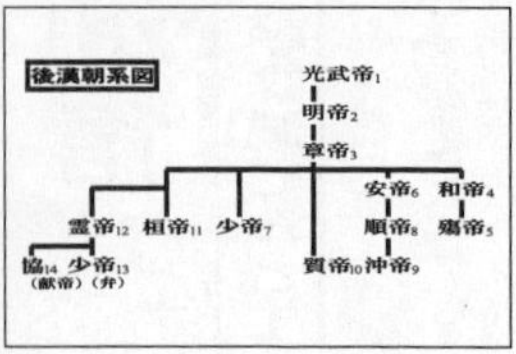


## 何進大将軍、宦官に暗殺さる

【洛陽＝一八九年】黄巾賊討伐の最高指揮官の地位にあった何進（かしん）将軍が、宦官の手によって暗殺された。何進は賄賂で宮中入りさせた異母兄妹の何太后が霊帝の皇子劉弁を宿したことから、朝廷内で幅を利かせるようになった。この度の霊帝崩御にあたり、王美人を母とする劉協を立てる宦官と新帝争いで険悪な立場にあった。

元来、肉屋を生業としていた何進は、朝廷内での権力を高めるために、董卓や袁紹と通じていたが、董卓の洛陽入城を待たずして絶命した。混迷腐敗の続く洛陽の都は、なおも権力を渇望する群狼たちの血で血を洗う抗争が続くと予想される。

## 宦官二千名を粛清
### 青年将校袁紹が指揮

【洛陽＝一八九年】司隷校尉の袁紹は、弟の袁術と曹操らと共に宮中内の宦官二千名を殲滅した。

四代続けて三公（太尉・司空・司徒）を輩出した名門の出身である袁紹ら「清流派」と宦官の「濁流派」はかねてから対立していたが、何進大将軍暗殺が引き金となって宮中の清濁二派の対立が激化していた。特に袁紹は、名門の血に憧れていた何進から懇意にされていた。

## 董卓、少帝を押さえる

【洛陽】洛陽郊外で陣を張っていた董卓が、張譲と段珪に拉致された少帝を無事保護した。少帝捜しに血眼になっていた曹操、袁紹らが見守る中、少帝を守護した董卓軍の公称兵三万（推定一万）が洛陽へと入城した。

## 劉備、公孫瓚に加わる

【幽州】義勇部隊として転戦していた劉備が、二百の兵と共に公孫瓚の客将に加わることとなった。公孫瓚は劉備と同じ盧植門下であるが、すでに将軍の地位を得ていた。劉備が公孫瓚の申し出に応じた背景には、兵たちの待遇への配慮もあったと思われる。兵一千を預かり、公孫瓚の第二軍となった劉備は、遼西郡で善戦を果たした。

## 曹操、洛陽より出奔す

【洛陽】深夜、城門より火の手が上がり、暴れ牛六～七百頭が暴走する騒ぎが起こった。この騒動に乗じて、西園八校尉の任にあった曹操が出奔し、譙へ逃げ延びた。曹操の出奔は、董卓の専横に耐えかねた袁紹や袁術に続くものと思われる。

# 打倒董卓に諸侯参集！

## 曹操の檄文に次々と結集
## 反董卓軍盟主は袁紹に

【酸棗＝一九〇年】専横極まる董卓へ異を唱える群雄が、曹操の呼びかけに応じて各地より結集した。兵の数は総勢三十万を越す。盟主には西園八校尉の袁紹に決まった。

公称三万と言われるがわずか一万の兵で洛陽入りを果たした董卓は、少帝を押さえ傍若無人に振る舞い、袁紹をはじめ多くの武将が見限って洛陽を出奔していた。

譙へ落ち延びた曹操は「忠義」の旗を掲げ打倒董卓の檄文を飛ばし、十八名の群雄が結集し、参会により袁紹が盟主に、参謀に曹操、各軍の軍糧には袁術が選ばれた。

## 董卓、少帝を廃位
### 陳留王協皇子を新帝に

【洛陽＝一八九年】洛陽へ我が物顔で入城して一月。早くも董卓は、即位して五ヶ月という少帝を廃位にした。替わって、異母弟の陳留王協皇子を新帝に担ぎ上げた。

殺害された弘農王弁皇子は性格的に弱く、しばしば臣下の前でも失態を見せることがあった。しかし、それだけで董卓が帝の首をすげ替えるほどの権力を掌握したことに、反董卓軍集結の檄文を飛ばした曹操も「董卓がそこまでの人格だとは」と驚きを隠せないでいる。

## 連合軍、汜水関に苦戦す
### 互いの利権を懸念し足並み揃わず

### 先鋒の孫堅は後退

【荊州】反董卓連合の先鋒として、長沙太守の孫堅が難関で知られる汜水関を攻めた。しかし、一足先に鮑信の弟鮑忠が夜襲をかけ損ない、敵は警戒を強めていた。

孫堅は緒戦で好戦するも、袁術からの兵糧が届かず苦戦を強いられ、遂に後退を余儀なくされた。孫堅の幘を被って影武者を演じた祖茂が身代わりとなり、孫堅は辛くも生還することができた。

後日、孫堅に運ぶべき兵糧が、袁術の配下の者によって着服されていたことが判明。これに関わっていた二十名はすぐに斬首された。

なお、夜襲に失敗した鮑忠は落命した。

続いて、兵糧の一件で失態を演じた袁術が二万の兵を率いさせ兪渉を第二軍に送るが華雄の兵に討ち取られた。

### 劉備、二百騎で首級得る

兪渉惨敗の知らせが届くと連合軍の本陣は一時重い空気に包まれた。これを公孫瓚の客将劉備がわずか二百騎で華雄の首を討ち取ると宣言。一笑にふされる中、黄巾賊討伐で劉備の兵捌きに注目していた曹操が劉備を推した。

この無謀とも思える出陣に華雄の兵は侮ったのか、敵陣をかき乱した関羽、張飛は華雄の首をあげて凱旋。見守っていた孫堅二万の兵は「劉」の文字を旗めかして帰還する劉備の兵を喝采をもって出迎えた。

### 赤兎駆る呂布に騒然

華雄を失った董卓は五万の兵を汜水関へ送り、自ら十数万の兵を率いて虎牢関へ出陣した。反董卓連合軍は二手に分かれてこれを討たんとするのに対し、虎牢関に現れた呂布の騎馬隊はかの張飛も舌をまくほどの鮮やかさを見せて防ぎ返した。

◇　◇　◇

## 故事蘊蓄

刎頸（ふんけい）の交わりというものがある。趙の上卿藺相如（りんしょうじょ）と名将廉頗（れんぱ）が交わした互いに首をはねられても悔いはないという篤い交友に由来する。

▼并州の刺史丁原には、父子の契りを交わした都尉に呂布がいる。強靭な呂布の振るう戟にかなう者はいない。呂布は年上の細君瑶（よう）と名馬赤兎だけを愛した。▼武将としての呂布は何人にも心許すところなく、董卓に乞われれば、義父丁原の首を手土産に寝返った。呂布はこの後も平然と主を鞍替えして戦を渡り歩いたが敵味方から嫌われ覇者となることはなかった。

# 洛陽灰燼に帰す

## 無謀な遷都

【洛陽＝一九〇年】反董卓連合軍の壁が思いの外強固なことを知った董卓は討伐を恐れ、汜水関、虎牢関にそれぞれ三万の兵を残し、洛陽を引き上げ長安へ強硬に遷都した。

## 董卓の暴虐非道ここに極まる

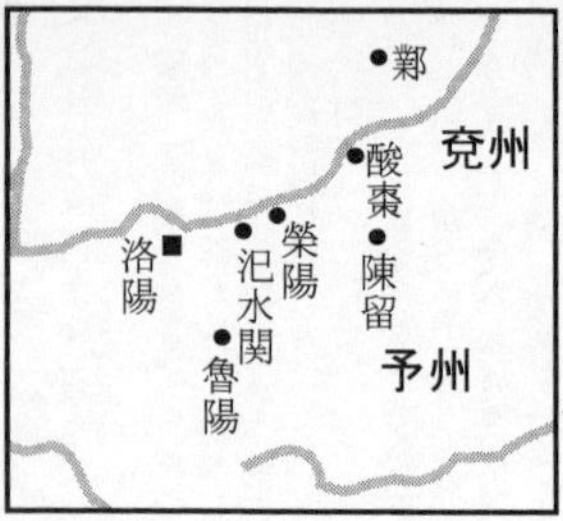

汜水関の戦い

### 洛陽焼き払い陵墓を暴く

遷都を強行させるべく洛陽へ戻った董卓は、反対する者の首を即座に刎ね、商人から財を取り上げるとこれも斬首した。洛陽の民百五十万は、長安再建のために強制移住となった。董卓は民の帰順と連合軍の洛陽占拠を防ぐため都一帯に火を放ち、歴代の陵墓までを暴いて眠っていた財宝のすべてを略奪した。

後漢王朝の要であった洛陽の都は、新を破った光武帝が前漢王朝の廃都を再建したもの。建武元年（二五年）からおよそ二百年近く栄えた。

### 曹操、単独で董卓攻める

洛陽焦土を、いち早く見抜いた曹操は連合軍盟主の袁紹に上奏するものの、己の利得ばかりを計る群雄に業を煮やし、単独で挙兵し洛陽を脱した董卓軍へ挑んだ。しかし、殿軍の呂布に討ち返され、兵三千を失って敗走。曹洪に退路を推された曹操は、肩に矢を受けるが夏侯惇に助けられ一命を取り留めた。

### 連合軍の反目始まる

董卓討伐と、目指していた洛陽を失った連合軍は、互いの勢力争いに走り始めた。まず伝国の玉爾を手にしたという孫堅と劉表が対峙。盟主となって顔を潰した袁紹は新たな帝の擁立に失敗。公孫瓚をだしに冀州乗っ取りを謀るが、対立した公孫瓚下の客将劉備によって撃退された。

## 長安も無政府状態

【長安】廃虚同然であった長安へ遷都した董卓は「太師」の位を名乗り天子まがいにふるまい、長安郊外に巨大な城壁を築き二十年分の糧を蓄え終生の享楽に備えるなど専横も日増しに増長するばかり。

捕らえた捕虜三百名を生きたまま切り刻み、人肉汁を作って宴を催すなど殷紂夏桀の暴君をしのぐ残虐淫行ぶりである。また、遷都に伴い五銖銭を廃止、劣等な貨幣を造幣したために経済危機に陥った。

## 人望篤き劉備に趙雲慕う

【青州】袁紹を破った劉備の陣中を公孫瓚について いた趙雲が慕って訪れた。趙雲の惚れ込みようは、張飛が焼き餅をやくほど。旅立つ劉備に趙雲は涙して同行を求めるが、劉備はまだ若い趙雲に世間の風に吹かれてほしいと再会を誓って別れた。

**孫堅**（そんけん＝一五六〜一九二年）揚州呉郡出身。字は文台。名高い兵法書『孫子』を記した孫武の子孫を自称。十七才で海賊を退治し、校尉の任に就く。会稽郡の許昌の乱、黄巾の乱を平定し、二十八才にして長沙の太守となる。一九一年、焼失した洛陽にて、伝国の玉爾を手にしたといわれる。しかし、襄陽郊外の峴山にて、劉表の配下黄祖兵の矢を受け死亡。息子に孫策、孫権がある。

# 呂布、董卓を誅伐す！


三国志通信

発行：角川春樹事務所
「三国志」二の巻 付録
1997年12月28日発行
編集 すぎたカズト
制作 第三眼工房


■呂布、董卓を誅伐する
■曹操、陶謙に仇討ち
■天子争奪に群雄割拠す
■劉備、呂布に降る！

## 逆臣董卓を討てと密勅

### 王允が画策、董卓派の汚名晴らす

【長安＝一九二年】洛陽を焼き払い、太師と称して帝の位まで手中に収めようとしていた董卓が、腹心の呂布によってあっさりと討ち取られた。背後で周到な画策していたのは王允。

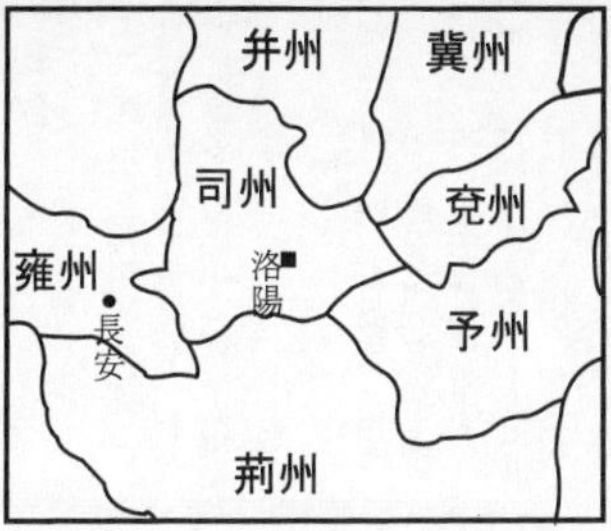


洛陽から長安へ

このところ妻瑶氏の病苦を理由に出仕を休んでいた呂布が、久しぶりの護衛をと董卓へ近づき、宮中へ入ったところで董卓を誅伐した。

董卓は呂布へ剣を抜いて抵抗したが、呂布の振るった刃に首を刎ねられた。勅書を抱いた誅伐と知ると董卓は「父子の契り」を訴えたが、配下へ参ずる時に義父丁原の首を平然と土産にした呂布の冷血を忘れていたようだ。

呂布は勅書を王允から受け取ったと証言しているが、董卓が瑶氏にあてこすって後宮の若い女を呂布へ贈っていたことに対する反目があっての董卓斬首だと思われる。

誅伐の背景には、王允の暗躍が伺われ、「董卓が瑶氏を侮辱している」「呂布麾下の騎馬隊を董卓が横取りする」などと入れ知恵し、細君思いの呂布を煽動したとする見方が強い。王允は政事を一手に掌握し、対立していた文官の蔡邕を投獄した。

## 長安に平穏戻るか

董卓誅伐の噂はたちまち長安の隅々まで知れ渡り、恐怖政治におののいていた民に笑顔が戻った。董卓の一族郎党及び董卓派の官僚たちは一斉に粛清され、董卓の砦郿塢は血の海に染まった。

董卓を討った呂布は長安全軍の指揮を託されたがこれを断り、麾下の騎馬隊を引き連れて長安を脱した。長安全軍の指揮には代わって皇甫嵩が就き、軍の再編にあたった。しかし、専横の味をしめた董卓の残党が盛り返し、王允を斬首。またも長安は暴虐の都へ戻った。

**董卓**（とうたく＝？～一九二年）隴西郡出身。字は仲穎。地方長官として涼州の異民族鎮圧にあたった。何進の召喚により洛陽に乗り込んだところ、朝廷は何進が殺される造反のさなかであった。董卓は混乱につけ込み、帝をいち早く擁し、武力によって都を制圧した。

その後、少帝を廃し、幼い献帝を立てたほか、洛陽を焼き払い、長安への遷都を無理矢理行なうなどの圧政により、漢王朝は急速に力を失った。権勢を極めた董卓であったが、司徒王允にそそのかされた腹心の呂布により、刺殺された。

# 曹操、陶謙に仇討ち

## 白の喪章、無念の血で紅く染まる

【酸棗＝一九三年】戦火を避け徐州へ逃げ延びていた曹操の父、曹嵩が陶謙の兵に惨殺された。知らせを受けた曹操は全軍を率いて徐州へ遠征、十余城を破り陶謙を敗走させる。

陶謙は徐州牧の任にありながら、天帝教の闕宣を煽動して叛乱を起こさせ、それに乗じて自軍の兵に略奪を働き、隣接する青州黄巾軍の侵攻を避けるために兵糧を流すなど、かねてから曹操の敵意を買っていた。父、曹嵩が陶謙の兵に殺害されたことを知った曹操は全軍に白い喪章をつけさせて徐州を攻め、陶謙軍殲滅を計った。

曹操の殺戮ぶりに陶謙は何度も「父上の死は不慮の出来事」と記した竹簡を差し出すが、先鋭の青州五万の兵を先頭に追撃する曹操は陶謙を、郯城へ追い込んだ。しかし、兵糧が尽きたため、いったん濮陽へと引き上げた。

### 陶謙の援軍に劉備が参戦

各地を流浪しながら義勇兵に応じていた劉備が、曹操に追いつめられた陶謙に乞われ徐州へ入った。

余命幾ばくもない陶謙は徐州を劉備へ譲ることを申し出た。徐州は豪族の力が強く、困難な割には実のない領地ではあったが、無位無冠を通してきた劉備はこれを受け、徐州の牧となった。

## 曹操、黄巾軍と講和

【濮陽＝一九二年】再び活発化した黄巾軍に手を焼いていた曹操だが、この度青州百万の黄巾軍と講和した。

講和にあたったのは曹操の名臣荀彧。字は文若。名門の風を吹かせてその実動こうとしない袁紹を見限って曹操へ仕官していた。

女、子供、老人を含む百万の黄巾軍に苦戦するうちに、曹操は民の義憤と心情を痛感し、民の信仰を許し、挙兵に及んだ罪状を不問とすることを条件に講和を申し出た。

黄巾軍は、これを三月に渡って根気よく講和を説き続けた荀彧の人格に打たれ、申し出に応じて教練を受けた兵五万を曹操へ預けた。一年分の兵糧を与えられた黄巾軍は青州へ戻り帰農した。

## 陳宮、呂布を担ぎ曹操に造反

【兗州＝一九四年】曹操の下で思わぬ商才を発揮して濮陽を任されていた陳宮が呂布を招き入れ、第二回目の陶謙遠征で曹操不在となった兗州を手中に収めた。

長安を出奔した呂布は一時袁紹に身を寄せていたが水が合わず、戦場を流浪していたところを造反組の張邈と意気投合したといわれる。陳宮は武将を操作して天下を狙っていたが、曹操は才覚に優りすぎることから、戦だけを望む呂布を担ぎ上げた模様。

急遽、荀彧と程昱に守られる鄄城へ戻った曹操は濮陽を攻め、烈風のごとき呂布の騎馬隊に当初は苦戦するが、馬止めの柵を築き、定陶をはじめ徐々に領土を奪還していった。戦いは持久戦に持ち込まれ、次第に陳宮の分が悪くなった。

## 故事蘊蓄

◇　◇　◇

かの孔子が理想と称えた人物に周公がある。殷を制したが国としての基盤はまだ弱い。磐石にすべく、周公は握髪吐哺（あくはつとほ）で人と会った。「洗い髪も途中で握り、食事中も吐き出して面談するほど忙しく人材を捜すこと」をいう。▼曹操もまたせわしく人と会った。有能な人物を見極め、臣下に登庸する。袁紹を見限った荀彧も懇談して才気を知り得た。結果、三万で挑んだ黄巾軍百万をも平定できた。荀彧は程昱、郭嘉を曹操へ引き合わせた。▼曹操もまた、握髪吐哺で人と会い、良臣才臣を多く得た。人の縁を紡ぐことで、天運は招かれる。だが、運だけは吐哺してならない。

# 天子争奪に群雄割拠す

## 翻弄される帝
## 政事の飾りか

【洛陽＝一九五年】諸侯相乱れるなか、董卓残党に蝕まれていた長安で、またも献帝の争奪が激化した。討伐司令官に任命された樊稠を暗殺した李傕は献帝を拉致し、同じく董卓残党の郭汜と激しい対立を展開。やはり董卓残党の張済が弘農郡への行幸を条件に和睦を進めたものの南匈奴や賊なども入り乱れての献帝争奪戦が繰り広げられた。一時は献帝の生存も危ぶまれたが、河内郡太守張揚の出兵でようやく献帝は安邑に落ちついた。なお、献帝は洛陽を恋しがっているという。

群雄が諸国で競う

## 牽制し合う群雄
### 曹操も兗州取り戻す

群雄の中で一大勢力を築いている袁紹は冀州、并州、青州を治め、公孫瓚が幽州、荊州が劉表、漢中郡に張魯など、自軍の損失を恐れて表立った動きを見せようとは考えていないかのようだ。

目立って争っているのは、曹操と呂布。一時は曹操に追われた呂布＝陳宮も再び兗州の定陶を奪い返すが兵糧に苦しみ、結局徐州の劉備へ降った。これで曹操は一年余りかかって兗州を取り戻すこととなった。

陳宮と組んで造反を企てた張邈は、呂布軍から抜け出したところを部下に討たれた。弟張超に託された張邈の一族も曹操の執拗な追撃にあい抹殺された。

また曹操は、董卓残党による争奪戦に生命の安否が危ぶまれた献帝の許昌移送を計ったが叶わなかった。

## 孫策、曲阿に立つ

【丹陽郡＝一九五年】父孫堅を失い袁術の下に身を寄せていた孫策は、曲阿の劉繇を攻めこれを破った。二十歳の孫策に与えられたのはわずか千二百の兵。

孫堅軍は袁術軍に吸収されていた。孫策の出陣を知った周瑜をはじめ山賊夜盗のたぐいが援軍に加わり兵は五千にふくれあがるものの、武具が揃わずに棍棒木盾の擬兵で牛渚を破った。劉繇を蹴散らした孫策は建業に本拠を得、丹陽郡を押さえるまでになった。劉繇の殿軍であった太史慈が乞われて孫策の武将に降った。

## トピック
### 徳の将軍劉備、水面下の工作か

【徐州】徐州を得たものの豪族たちの勢力が強く次第に重荷になり始めていた劉備は、袁術軍との出陣にかこつけて徐州を客将呂布に押しつける模様。

出陣する劉備軍は二万足らず、一方出兵を拒否した徐州の豪族勢力は合わせると六万に達する。本拠地の下邳城には張飛と陶謙の遺臣曹豹が残るが万一の事態に備えて、劉備は小沛に駐屯する呂布に留守を頼んだ。

しかし、裏切りの常習犯呂布と曹操不在の兗州を一度は盗んだ陳宮。この二人に留守を預けるのは、泥棒に追い銭に等しい。

なお、劉備は文官麋竺の妹嬿を第二夫人とし、下邳城に先の妻子を招き入れたばかりであった。

# 劉備、呂布に降る！

## 背景に劉備の周到な策が

### 新帝争いに宮中はまたも清濁対立

【徐州＝一九六年】揚州の袁術へ劉備が出陣している間に、客将として徐州の留守を守っていた呂布が下邳城を乗っ取った。事実上、劉備は呂布の門下へ降ることになった。しかし、その背景には劉備の周到な策が巡らされていた。

### 呂布、徐州の豪族を斬首

小沛にて劉備の留守を守っていた呂布に、下邳城で張飛が陶謙の遺臣曹豹を殴り殺したという知らせが届いた。

呂布が下邳城に駆けつけた時には、すでに張飛は逃げ出した後であった。

当初は劉備に義理立てして主のいない徐州を守るかに見えた呂布は、陶謙、劉備が手を焼いていた豪族を一堂に集め一斉に斬首に及ぶとそのまま徐州を制してしまった。

八万の袁術軍に押される形で徐州へ戻るが、すでに下邳城は呂布のもの。劉備は小沛へ降る他なかった。こうして呂布は豪族の雑兵も含め十万に迫る兵を難なく得た。

まさに軒を貸して母屋を取られると、徳の将軍劉備は世間から同情を買った。

しかし一方で文官糜竺と劉備が画策、手に余った徐州を曹操、袁術へ渡さぬための工作だったとする見方もある。本来死守すべき張飛が曹豹を撲殺するとすぐに劉備の下へ逃げ込んでいた。劉備も強く張飛を咎めることはなく、劉備画策説を裏付けるかのようだ。

もっとも、下邳には劉備の妻子が居しており、主の家族を見捨て逃げた張飛は二重の意味で主の命を裏切る行為のはずで、依然真相は謎に包まれている。

## 献帝、洛陽から許昌へ

### 曹操、猿芝居で帝を擁す

【許都＝一九六年】洛陽にいた献帝が、賊の出没を理由に許昌へ移られ、遷都して、許都とした。洛陽には霊帝の母董太后の甥にあたる董承の五千と郭嘉二万が駐屯していたが、横行する賊退治に夏侯惇の兵三万が援軍として一時派遣されていた。賊が沈静化したため夏侯惇は許昌へ帰還したが、再び賊の出没が頻発したため、ついに献帝は音をあげ、曹操自ら許昌へ帝を迎えに上がることとなった。

これで曹操は公然と献帝を擁す立場になったわけだが、廃墟同然の洛陽に出没する賊騒ぎは曹操の猿芝居であったといわれる。

また曹操は帝を招聘に出向く途上で、鮑信の臣下で賊徒に関わっていた許褚と再会し、自軍へ加えた。許褚は典韋と互角に戦うほどの腕力と武芸の持ち主で、劉備の関羽張飛に匹敵する武将を得たと曹操は上機嫌であった。

## 孫策、会稽郡制圧

### 水軍、孫権の初陣に勝利もたらす

【会稽＝一九六年】苦節三年、袁術の配下を耐えた孫策は見事会稽を制圧し、降兵一万、騎馬六百を得て弟孫権十四歳の初陣を勝利で飾った。

「孫」の旗を担った兵二万五千の孫策軍は、意表を突いて会稽を一気に攻めると厳白虎を討ち、郡都の山陰を落とした。孫策の軍律は厳しく、賊は皆殺し、略奪した兵も即座に斬首するなどとても二十一歳の武将とは思えない。

若手の孫策には、父孫堅についていた程普、黄蓋、韓当の旧知の武将、太史慈の旗本五百騎、そして、周瑜率いる水軍五千兵に加え、丹陽郡の文官張昭と間者の潜魚など多くの人材が集まっていた。

果たして孫堅の遺志を継ぐ孫兄弟がどこまで勝ち進めるかが、諸侯の中で話題となっている。

# 袁術、皇帝を僭称！

# 三国志通信

発行：角川春樹事務所
「三国志」三の巻 付録
1997年12月28日発行
編集 すぎたカズト
制作 第三眼工房

■袁術、皇帝を名乗る
■真昼の情事に曹操火傷す
■乱世の徒花、呂布散る
■白馬将軍、袁紹に敗れる

## 伝国の玉爾を物証に
### 孫策出陣の陰に孫賁が手渡す

【寿春＝一九七年】帝の位を切望していた袁術が、ついに自らを天子と僭称（せんしょう）。孫家より得た伝国の玉爾が、かねてから帝まがいに振る舞っていた袁術を助長させた模様。

呂布の戦い

袁術は字を公路といい、古代から伝わる予言書にその名が「漢に代わる帝」として示されていると主張していた。

その袁術に、出陣費用の形に孫策の伯父孫賁が亡くなった孫堅から預かっていた伝国の玉爾を差し出したことから、この度の帝位即位に拍車がかかった。

この伝国の玉爾とは、董卓に焼失させられた洛陽の都で孫堅が入手したもの。この玉爾を手にした者は国を手にする、といわれる。

今回の知らせにも乱世の群雄たちは袁術の愚考が増したとし、袁術天子即位を容認する動きは見られていない。

袁家は代々三公を輩出して来た名家で、袁紹とも同じ血筋に当たる。

## 呂布、胡を射って和睦
### 劉備征伐の影に袁術の縁談工作あり

【徐州＝一九六年】小沛の劉備の元へ紀霊率いる袁術軍が攻め込むにあたって、あの呂布が和睦を申し入れた。今回の袁術軍遠征は、先の劉備軍揚州遠征に対する報復であるが、この劉備遠征中に曹操に撃退され小沛へ身を寄せていた呂布が太守不在につけ込み徐州を奪い取った記憶は新しい。その呂布が袁術軍と劉備軍との和睦を申し立てた背景には、袁術より呂布の一人娘へ縁談が持ち込まれていたことが判明。呂布及び陳宮ら徐州陣営は、袁術からの縁談話が呂布と血縁を結ぶことで、劉備征伐への加勢を封じようとする工作とみて話を延ばし延ばしにしていた。一方で、小沛は明らかに下邳の属城であり、呂布は黙って見過ごせないのが実状であった。

文官一人を伴った劉備紀霊和睦の会談は予想通りこじれるが、結局、呂布が二百歩先の戟の胡を矢で射ってみせ、紀霊に和睦を応じさせた。

### 小沛を追われた劉備 曹操へ助けを乞う

袁術の遠征軍三万に呂布よりの和睦を得た劉備が、今度は許都の曹操へ降った。前回徐州を寝取られた時のように今回も張飛が北方より買い付けた呂布の騎馬を勝手に奪ったことが表向きの理由。

# 白昼の情事に曹操火傷す

## 張繍軍、偽の降伏で曹操の暗殺を企む

【淯水＝一九七年】降伏したと見せかけていた董卓残党の張繍が白昼堂々と曹操暗殺を企て、本陣を奇襲。人質の張済夫人鄒（すう）氏も曹操の警戒を緩めるための工作と判明。

張繍討伐に遠征していた曹操が、いったんは降伏した張繍の奇襲を受け命辛々の脱出劇を演じた。

張繍は董卓残党張済の甥にあたり、劉表を攻めた際に戦死した張済の兵を引き受けて、近頃は袁紹の援助下にあった。

曹操が十万の兵で遠征すると、張繍はあっさり降伏。無血で宛城を手に入れた曹操は、屯田政策の一貫として兵たちに測量を命じる一方で、人質として差し出された張済未亡人の鄒氏と懇ろになっていた。

張繍一味の奇襲を受けた時も、曹操は鄒氏と房事の最中であった。曹操護衛の典韋や曹操軍を事前に混乱させておくなど張繍は周到な計画を組み、帰順降伏のため武器の携帯も許されていた。

混乱した宛城から脱した曹操は淯水に逃げ延びたが、曹操は息子の曹昂と甥の曹安民を失い、白昼の情事は手痛い火傷に終わった。

なお、張済未亡人の鄒氏は張繍と結ばれており、一説には鄒氏が張繍に張済を殺害させた、ともいわれる。

## 孫策、逆臣袁術を誹謗し絶縁す

【会稽＝一九七年】これまで袁術の配下として苦汁をなめて来た孫策が、袁術の「天子」僭称に及び、絶縁状を突きつけた。

会稽を制圧してから着実に勢力を伸ばしてきた孫策がどの段階で袁術と手を切るか、群雄の中でも話題となっていたが、知らぬは毎月の兵糧を受け取っていた袁術ばかり。今回も徐州の呂布殲滅に繰り出す公称三十万（推定十五万）の遠征軍に三万を出兵しろと要求していた。

しかし、孫策の父孫堅は漢王室再興のために挙兵した上での戦死。天子を自称する袁術は「逆臣以外のなにものでもない。ひと粒も米も送らない」と孫策は絶縁を決意。

これで孫策は荊州の劉表の脅威にもさらされることとなった。

## 呂布、袁術全軍を一気に撃退

### 鬼神のごとき騎馬隊に曹操も蒼白

【徐州＝一九四年】一方的に縁談話を蹴った呂布に激怒した袁術が十五万の兵を挙げて寿春から出兵した。七路に分かれての徐州遠征は、まさに呂布殲滅。到底徐州五万の兵に勝ち目はないと思われていたが、呂布は麾下三百五十の騎馬隊を率いて張勲の陣を一気に突き抜け、袁術の本陣を撹乱。袁術の大軍はひるがえって敗走し、呂布は大量の武器の他、二千余りの騎馬を得た。

劉備と呂布の不和に勅定を取り付けて仲裁した曹操は援軍要請に備えていたが、呂布自ら先陣切って十五万の袁術を蹴散らしたと聞くに及び動揺を隠せなかったという。

◇　◇　◇

### 故事蘊蓄

「孫子」に「始め処女の如く、終わりは脱兎の如し」とある。燕の国に攻められた窮鼠を噛んだ斉の国の田単（でんたん）は、奇策「火牛の計」をもって敵を敗走させた。▼まず敵の戦意を緩めるために間者を使って敵の士気をくじく一方で、城内の兵を隠し女子供老人ばかりを見せて敵の警戒を解き、偽りの降伏をする。完全に油断した燕軍が城内へ入ろうとした時、群牛千頭の尾に火を放った。爆走する牛の角には剣が縛り付けられている。泡を喰った燕軍は潰走した。▼始めは処女のように振る舞う鄒氏に溺れ、張繍の襲撃で脱兎の如く敗走した曹操。火牛さながら尻に火がついた情事の顛末。

# 乱世の徒花、徐州に散る

## 敗れざる誇りに呂布死す

### 劉備、曹操を駆り立て徐州乗っ取りを晴らす

【徐州下邳＝一九八年】曹操と連帯した劉備の挑発を受けて、呂布が小沛を攻め劉備、夏侯惇を撃退。新兵器を隠し持った曹操は十七万の大軍で遠征し下邳城を包囲した。赤兎を曹操の奇策に失った呂布は、降伏を乞う曹操の声を無視して戦場に散った。

### 漁夫の利狙う劉備の不穏な動き

一時、身を寄せていた曹操の下より徐州小沛へ戻っていた劉備と徐州に居座ってこれを得た呂布との決戦がついに起こった。

発端は、劉備が前歴のある張飛を使って呂布の兵糧倉を荒らさせたことに始まる。

劉備は豪族の勢力が強かった徐州を呂布に寝取らせ、軍勢が整ったところで取り戻す腹でいたが、主殺しで名高い呂布のこと。集めた豪族の首を一斉に刎ね飛ばし、十五万の袁術軍を鮮やかに撃退してみせた呂布に劉備の懸念は深まっていた様子。呂布の心中を伺うため、下邳を訪れたばかりであった。

曹操の威を借り、一万に軍勢を増やした劉備を討つことは献帝を擁する曹操との対峙を意味する。恐れを知らない呂布はいずれ雌雄を決する敵とばかり、曹操との決戦を望む形で小沛を攻めた。迎え討つ劉備は決別の意を示すべく城外にて陣を張り呂布を待ったが、疾風のごとき呂布の騎馬隊に翻弄され劉備は旗を掲げて小沛城へ逃げ込んだ。

## 曹操の「ともに天下を目指そう」を拒絶

### 無敵の騎馬隊討伐に新兵器を考案

袁術の十五万を上回る全軍十七万で遠征した曹操は、馬止めの柵を二重、三重に張り巡らせ自らの退路をも塞ぐ形で魚鱗の陣を敷き呂布討伐に臨んだ。馬止めの柵を乗り越えて攻め込んだ呂布の騎馬隊は、土中に仕込んだ槍を受け初めて撤退した。

戦いが持久戦に持ち込まれると、城内で曹操に寝返った降兵が陳宮と高順を拉致して逃亡。呂布は陳宮を見捨てるに忍ばず騎馬を駆って敵陣へ向かったが、わずかに及ばず矢の雨に倒れた。

呂布の騎馬隊に感服していた曹操は「ともに天下を目指そう。天下平定のちは、二州の主となって貰う」と懇願するが、呂布は「敗れざる誇り」を理由に降伏を拒絶していた。悪名を馳せた呂布だが、意外にも義に殉じた武人では、との傷ましい死を惜しむ声も多い。途中から呂布討伐を曹操に肩代わりさせた劉備は最後まで呂布の「主殺し」にこだわっていた、という。

### 鬼の武将、赤兎延命に再び強弓を射る

曹操の新兵器に深傷を負った愛馬赤兎の延命を計るために、また呂布は奇想天外な行動を取り、曹操、劉備を驚愕させた。

呂布は強弓で、城塔から四百歩離れた物見台で見物する曹操の隣に置かれた鎧へ向かって矢を放ち、見事鎧を射抜くと劉備臣下で烏丸の飼馬術に長じた成玄固を所望。服毒した赤兎の救命を依頼した。

両軍併せて二十三万を越える軍勢の前で、敵将の首より愛馬の救命を重んじる呂布に「私の命は馬より下ということか」と曹操は唖然として嘆いたという。

# 白馬将軍公孫瓚、敗死

## 袁紹三十万で易城を包囲

### 黒山賊への密書奪い偽の狼煙上げる

【幽州＝一九九年】長らく敵対していた袁紹が、ついに宿敵公孫瓚を破った。幽州勢力を失っていた公孫瓚は、黒山賊張燕へ援軍を託すが、密書を袁紹に奪われ、偽の狼煙（のろし）によって敗北を喫した。公孫瓚は袁紹の手に落ちるのを好まず家族と共に自害した。

公孫瓚は幷州黒山の賊軍、張燕と連携して河北四州を制する袁紹に抵抗を続けて来た。執拗な袁紹の遠征により、公孫瓚は幽州全土を落とされ、わずか五千の兵で易城に篭もっていた。それでも公孫瓚には勝算があった。

易城は何重もの土堤や櫓を持つ難攻不落の城。しかも三百万石の兵糧を蓄えていた。持久戦に持ち込み、後は張燕の援軍を待って、袁紹を挟み討ちする計画。しかし、張燕への密者が袁紹の手に落ち、偽の狼煙により易城を開門した公孫瓚は袁紹の伏兵に大打撃を受ける。一方、袁紹は地中深く横穴を掘って、易城落城に及んだ。

公孫瓚は、遼西郡令支県出身。字は伯珪。盧植の弟子で劉備とは同門。美形美声で知られ、「白馬義従」なる白馬で揃えた騎馬兵を従えたことは有名。異民族の鮮卑制圧、黄巾賊討伐で名を上げ、奮武将軍となった。

## 袁紹曹操決戦か？

### 皇淑劉備へも徐州奪回の根回し

【幽州＝一九九年】幽州の公孫瓚を破った袁紹が、いよいよ曹操を封じる構えを見せている。

河北四州を押さえる袁紹は長子の袁譚に青州、次子の袁熙に幽州、末子の袁尚に冀州、甥の高幹に幷州と、それぞれ州牧に任じる動きがある。

曹操に許都へ連れ戻された劉備にも袁紹は使者を送った。劉備は、呂布より奪取した徐州に自軍の武将を置いたため、曹操を疎ましく思っていた。

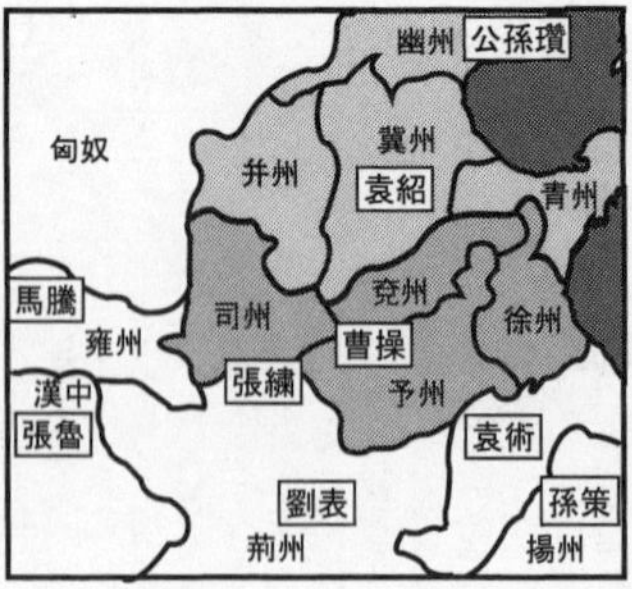

袁紹VS曹操

曹操との決戦にあたり益州の守りを固めている五斗米道の動きが懸念されるが、袁紹は張衛にも親書を送り、戦に備え和睦を装っている。現在、張衛は涼州より買い入れた騎馬一千を教練し、ゆくゆくは五千の騎馬隊をもって漢中を死守する勢いである。

また劉備は、中山靖王の末裔であることが正式に認められ、献帝より皇淑と呼ばれる。

## トピック

【廬江郡皖県】孫堅が挙兵した長沙郡の奪回、江夏郡の仇敵黄祖を討つべく揚州の水路を整備していた孫策が、腹心の周瑜と共に皖の大商人橋公（きょうこう）の姉妹を娶った。

姉妹の名は大喬と小喬。この二十歳と十九歳の姉妹は、皖の町で二喬と呼ばれる評判の美人姉妹。

孫策らが姉妹を見初めたのは三年前で、まだ江東を制したばかりの頃。姉妹の名前を知らぬ二人は、その時着ていた袍の色で「青、黄」と呼び分けていた。

天下の覇業へ挑む武将とはいえ、孫策はまだ弱冠二十四歳の好青年。

名を明かして、頭越しに得ることを快く思わず、市場に来ていた二喬姉妹を周瑜と共に船でさらう形での求婚となった。

# 三国志通信

発行:角川春樹事務所
「三国志」四の巻 付録
1997年12月28日 発行
編集 すぎたカズト
制作 第三眼工房

■劉備、曹操へ反旗
■朝廷内で造反が発覚
■関羽、曹操へ下る
■官渡の戦いで曹操に勝運

## 劉備、曹操へ反旗翻す

# 徳の将軍、徐州奪回

【徐州＝一九九年】袁紹との決戦により手勢が限られていた曹操軍より客陣した劉備が、反旗を翻して徐州を奪回した。呂布に領地を引き渡して以来、三年ぶりの徐州制圧となる。

### 苦節三年の徐州入り
#### 袁紹曹操対立の機に乗じて画策

官渡における袁紹曹操の決戦を目前にして、寿春を放棄した袁術軍が北上し始めた。すでに曹操は主だった武将を配置しており、朱霊一万の兵と共に劉備五千の兵を徐州へ派遣させた。

すでに謀反の決意を固めていた劉備は、袁術の頓死で四散した残兵の掃討を理由に朱霊を許都へ返すと駐留していた車冑を破った。

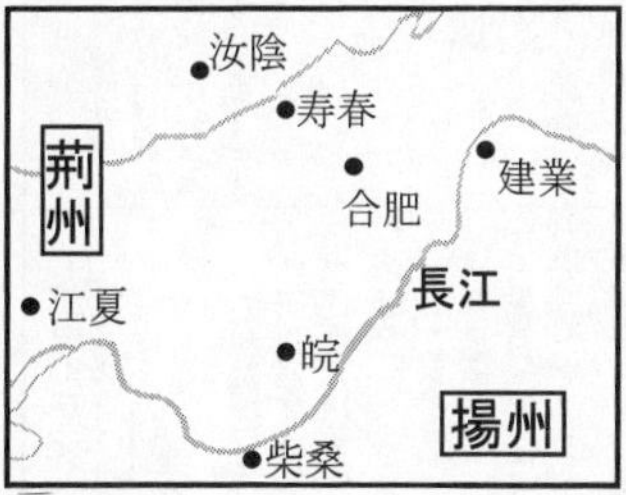


孫策の江夏出陣

### 哀れ、袁術頓死す
#### 行軍中の輿車に吐血

【揚州＝一九九年】「天子」僭称まで傍若無人を働いたあの袁術が、青州の袁譚へ身を寄せる途中、大量の血を吐いて死亡した。死因は病死。日頃からの荒淫奢侈がたたった模様。

袁術は圧政により民や兵を飢えさせる一方で、連日飽食の宴に明け暮れていたため、呂布、曹操に連敗するや急速に勢力を失っていた。長年敵対していた同族の袁紹が曹操との決戦に備え、まさに「死に兵」として袁術を招き寄せた果ての最期であった。

### 孫策、仇敵黄祖を討ち逃す

【揚州＝一九九年】呉侯孫策が江夏を攻め、念願の仇敵黄祖討伐に出た。孫策は周瑜と併せて六万、平定した豪族を含めた総勢十万を越える兵で、尋陽の劉勲に続いての出陣。

黄祖軍は襄陽の劉表から四万の援兵を受けた九万。勢いに乗った孫策に敗れるが辛くも逃亡。孫策は、仇敵を逃したものの十艘にも余る戦利品を得た。

黄祖は襄陽郊外で孫堅を討ったおり一度は捕虜となるが、劉表軍の手に落ちた孫堅の遺体と引き替えに返還された。それだけに孫策、孫権兄弟にとって、まさに弔い合戦であった。また、生前の孫堅から赤い幘を賜ったことのある周瑜は、遺品の赤い幘を被っての出陣であった。

# 朝廷内の造反が露見

## 「偽」の勅書で曹操暗殺を計画

【予州許都＝二〇〇年】献帝の外戚である董承らが「偽」の勅書により曹操誅伐を謀っていたことが判明。捕縛者は六百名にものぼり、首謀者の一族は斬首、その首は城門に晒された。なお、董承は客将であった劉備にも接触しており、事件への関与があったかどうか真相が問われている。

### 首謀の董承 劉備にも接触

首謀者の董承は「帝と外戚関係にあり、曹操を暗殺して帝を擁立しようと画策していた」とされ、曹操は造反に関与していた者全員を捕縛し、首謀者は一族諸とも斬首させた。

今回の造反劇は、袁紹との決戦で曹操が許都を留守にしていた間に計画されたものだが、全軍を挙げての戦いで手一杯であったはずの曹操がいかに造反計画を知り得たかは現在のところ明らかにされていない。今回の事件そのものも、朝廷内の反曹操派を一掃するための曹操の陰謀とも噂され、敵を炙り出すためにあえて不敬を装う曹操のしたたかさは計り知れない。

また首謀者の董承は、画策当時、客将として許都に滞在していた劉備にも接触しており、実際に劉備が曹操暗殺を引き受けていたことも考えられ、その発覚を恐れて徐州の反旗に至った可能性も否定できない。

# 妖婦鄒氏怪死の陰に賈詡暗躍か

## 淫奔から目覚めた張繍は曹操へ下る

【荊州南陽郡】曹操討伐に臨み袁紹の要請で穣県の張繍の元に劉表が援兵を率いた矢先、張繍の枕元で妖婦鄒（すう）氏が腸を引き裂かれて怪死する事件が起きた。

殺害された鄒氏は董卓残党張済の未亡人であるが、実は袁紹の送り込んだ手の者とする見方が強い。幼少から後宮で房術を仕込まれた鄒氏は張繍をたらし込み、曹操暗殺を企てたとされる。

事件には張繍の軍師賈詡が絡んでいるとされ、その背後には鄒氏の妖艶ぶりに命を失いかけた曹操が糸を引いている模様。張繍が偽の降伏をしたおり、曹操は賈詡の才気を強く買って、最近接触を求めていたという。それを裏付けるかのように、張繍は六千の兵をもって曹操へ降り、賈詡は執金吾に任じられた。

また劉表は事件の後、速やかに兵を引き上げ、出兵の動きを見せていない。

# 小覇王孫策、志半ばで死す 世継ぎは弟の孫権

【揚州＝二〇〇年】元呉郡太守許貢（きょこう）子息一味の襲撃を受け、討逆将軍孫策が死亡した。袁術に通じているとして孫策に断罪されたのを恨んでの犯行と思われる。

一味は、しばしば好んで護衛を離れ単独で遊牧する孫策を逢蘭なる村娘を使って暗殺の好機を狙っていた。首謀した許貢の息子は襲撃時に孫策に斬り殺されたが、他の襲撃犯は船を使って逃亡し捕まっていない。

孫策の字は伯符。亡き父孫堅の遺志を継ぐべく袁術の元で三年間雌伏時代を過ごすが、会稽を制して以来、めざましい戦いぶりで揚州一帯に勢力を伸ばした。曹操不在中の許都を攻め、献帝を擁護する計画が準備中であった。背後に曹操が潜んでいるかは不明。

弱冠十九歳で孫軍四万を受け継いだ孫権は、孫策死亡に乗じた混乱が拡がるのを防ぐため、ただちに全軍による屯営行進を行い、五割の減税を施行、また反抗的な豪族の一人を見せしめのため打ち首にした。孫権は若年より聡明で知られ、すでに孝廉の資格と奉議校尉の称号を有している。

## 曹操自らの進軍に呆然

# 劉備、小沛より潰走

【徐州下邳＝二〇〇年】官渡の戦いに張り付いていたはずの曹操が、突如小沛の劉備を遠征。虚を突かれた劉備は小沛を捨て袁紹の下へ敗走、下邳の関羽も降伏した。

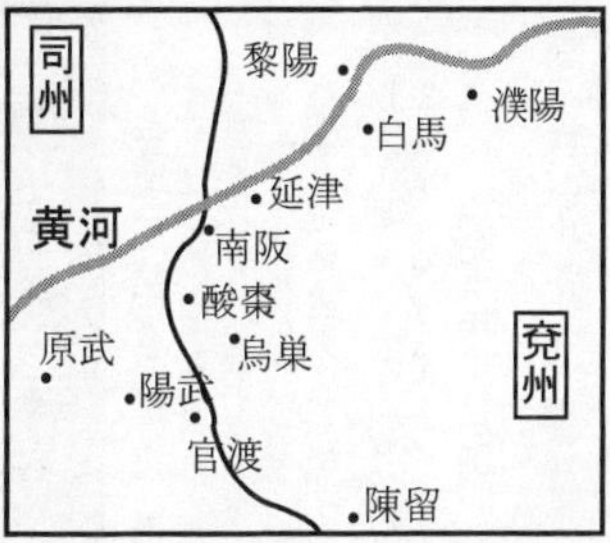

官渡の戦い

### ■神出鬼没

劉岱、王忠の曹操討伐軍三万を軽く撃退した劉備は、袁紹の元へ使者孫乾を送り、連合を組んで許都へも乗り込む意気込みでいた。再度、曹操軍三万兵が遠征して来たが、劉備は意に止めず張飛、趙雲を出陣させた。先鋒の騎馬隊をうまくかわした曹操軍は騎馬二千で本陣を直撃。しかも指揮をとるは曹操自らとあって、劉備はただちに全軍を袁紹の下へ撤退させ、下邳の関羽にも「逃げよ。城を守って討ち死にしてはならぬ」と伝令を飛ばした。袁紹三十万と対峙の最中だけに曹操自らの討伐は予想外の出来事。まさしく神出鬼没の曹操に一長の勝運があった。

# 関羽雲長、曹操へ

### ■死だけが道にあらず

下邳を守る関羽は、劉備敗走の伝令を聞いてもにわかに信じようとはしなかった。あくまで下邳を死守しようとする関羽の元へ、曹操が遣わしたのは張遼。呂布の臣下であったが、降伏を潔しとせず主君を追って自決するところを「死だけが道にあらず」と関羽へ降伏を進言するにはまさに適任。すでに小沛が没し、劉備の二夫人が人質となっていることからも「帰順せずとも降伏を」と説得。関羽は二夫人の警護が出来るなら、と降伏に応じた。

常日頃から関羽の武将としての能力と義に篤い任骨を買っていた曹操はいずれ臣下へと懐柔すべく、関羽に青竜偃月刀の帯刀さえ許す厚遇で客将として迎えた。

# 顔良の首で購う

### ■天下の義士

袁紹との戦いで、曹操は白馬を顔良に押さえられた。援軍を送れば、袁紹全軍が攻め込んで来ると思われた。いわば、白馬は決戦の士気を左右する戦の要、一気に粉砕する必要があった。

曹操は自ら一万の騎馬隊で出陣。敵の包囲軍を撹乱するが、名の知れた顔良だけに崩れた形勢をすぐに立て直しにかかる。張遼と共に参戦していた関羽は三百騎預かると、瞬時に顔良の首級を挙げた。

◇　◇　◇

## 故事蘊蓄

喉から手が出るほど関羽を欲しがった曹操は、劉備二夫人に館と従者十名、侍女六名を用意するなど関羽の要求するままに厚遇した。▼関羽は「忠臣は二君に仕えず」と曹操の懐柔に応じる素振りはない。しかし、義に篤い関羽は曹操の厚遇に対し、一功をなして礼する構え。▼白馬の戦いで袁紹臣下の顔良を討った関羽は、これにて恩義を返したとして軟禁されていた劉備二夫人を連れだって出奔した。袁紹といえば、主君劉備の陣営。それを恩に報いるために武将の首級を挙げた。曹操は関羽を「天下の義士」と称え、追跡に一日の猶予を与えた。

# 官渡の戦い天運は曹操に

【官渡＝二〇〇年】大軍三十万率いた袁紹を十余万の曹操がついに撃破、中原の覇者へまた一歩近づいた。大局の官渡を抜け出し、決戦の引き金となった袁紹軍機密の補給庫を自ら敵兵に偽装して襲撃した曹操の大胆さは、総攻撃を仕掛けた袁紹の度肝を抜くに十分であった。

## 野望貫いた覇気

### 攻防半年余りの末、袁紹を壊滅

### 延津の戦いで文醜討死に

袁紹軍の文醜六千兵が、あっけなく敗れた。副将に劉備が後詰めの兵四千を率いていたものの、救援は叶わなかった。

文醜惨敗の要因は、南阪を攻めるはずの文醜が攻撃寸前に曹操の輜重隊を襲ったため兵に混乱が生じ、曹操の伏兵に討たれた。帰陣した劉備は軍議で文醜援護せしことを追求される一幕もあったが、この件で袁紹軍の機運を見極めた劉備は袁紹へ進言し、曹操の背後をにらむ荊州劉表の元へ派遣されることとなった。劉表は鄒氏怪死以来、兵を引き上げていた。

### 機密の兵糧烏巣を襲撃

戦況が見えず、苛つきを見せ始めた袁紹は田豊など士気の低い臣下を檻に入れ、手枷足枷するほど。また陣内をうろつく箏曲を弾く遊び女さえ曹操の罠と思しき人物は即刻斬首した。

袁紹が幾万幾千の矢で連日攻撃すれば、曹操は投石機を考案しての応戦。果てしない攻防戦が続いた。

事態の推移を決定したのは、許攸の寝返りによる。袁紹軍の莫大な兵糧が烏巣に隠されていることを知った曹操は自ら袁紹軍になりすまして、烏巣を奇襲。

すぐさま官渡へ引き返すと、総攻撃を仕掛けた袁紹軍と対決。覇気に乗った曹操軍は袁紹軍を三方から包囲、すでに足並みが崩れていた袁紹軍は、張郃の降伏によって敗走を余儀なくされた。曹操はあくまで苦境を越えて戦勝を導いた。

## 劉備、荊州へ

### 機に応じ変に応ず

【荊州】黄巾賊討伐の義勇兵として長く流浪してきた教訓なのか、またも劉備は巧みに戦況を乗り越え、大敗を喫した袁紹の元から事前に逃げ出し、荊州の地に駐屯する。しかも、袁紹より劉表宛の親書も取り付けている周到ぶり。

一時、劉備は汝南周辺を連帯した豪族たちと撹乱していたが、曹操軍が南下して来ると、南陽郡の新野へ移った。劉表との交渉で兵糧二万兵分の支給を得て、曹操の荊州遠征防御を請け負うこととなった。

## 孫権、早くも曹操の謀略を暴く

【揚州】急逝した兄の孫策に代わって会稽太守に任じられた孫権が、陣営に立ち登った不穏の煙をたちどころに消去した。

孫権の叔父に当たる孫輔(そんほ)が、曹操の臣下、荀彧と書簡を往復させ、曹操五万兵を引き込み、孫権に代わって揚州牧に封じる密約を結んでいたことが判明。謀事に関与した臣下四十二名は捕らえられ、造反に連署した豪族七名は斬首。刑罰を受けた者は総数で二百名を越えた。

しかし、孫権は叔父である孫輔には温情を示し、周瑜の反対を押し切って辺境の南野への流罪に留めた。今回示された孫権の鮮やかな処置は瞬く間に揚州一帯へ知れ渡り、新太守は「厳しさの中にも温情篤い」と評判。孫輔は南野への軍船に乗ったとされるが、実は桟橋で何者かの刃を受けたとも伝えられている。

# 三国志通信

発行：角川春樹事務所
「三国志」五の巻 付録
1997年12月28日発行
編集 すぎたカズト
制作 第三眼工房

■曹操、袁紹に破竹の連勝
■河北の覇王、袁紹死す
■軍師徐庶、劉備に招かれる
■袁家分裂、続々と曹操へ降伏

## 袁紹曹操対戦再び 曹操、破竹の連勝！

【倉亭＝二〇一年】官渡の戦いでは十余万の曹操に敗れた袁紹が、またも河水に集結。曹操はこれを二十万の兵で応戦。勝運に乗った曹操は袁紹軍を撃退した。

劉備、官渡から汝南へ

領内の不平分子を一掃した袁紹軍が河水集結の知らせを受け、曹操は夏侯惇十二万の兵を派遣。十五万の兵で決死の覚悟を見せる袁紹に、曹操はこれを二十万の兵で応戦した。

曹操は、文官程昱の策を採り、八度に渡る夜襲を仕掛けてる間に全軍を十面に伏兵させた。誘いに乗った袁紹軍を先鋒の夏侯淵、総指揮の曹洪が追撃に出た。伏兵の連続に袁紹軍は見事総崩れとなった。

しかし、袁紹の首級を逃したことから戦線は膠着化を見せた。官渡の戦いのように持久戦に持ち込まれるのを危惧した曹操は、陣を払って許都へ戻った。連戦を強いられてきた曹操に兵糧の蓄えは少なく、兵の慰労と屯田政策が目下の課題とされた。

一方、袁紹は「曹操三十万の兵を受けても一年は持ちこたえる」と豪語しているが、大将軍である袁紹自身が病状に伏したとも伝えられる。

### 哀れ田豊断罪

官渡の戦いにあたって袁紹に異議を申し立てていた参謀の田豊が処刑された。田豊は、字を元皓、鉅鹿群出身。田豊が官渡の戦いに加わっていないことを知った曹操に、袁紹の敗北を確信させたほどの参謀であった。田豊は、河北四州を袁譚、袁尚、袁熙、高幹に分割し末子の袁紹を世継ぎに据えようとする袁紹に「勢力争いの要因になる」と進言して不信を買い、官渡の戦いの間、雨ざらしの牢へつながれていた。

## 張飛、五斗米道相手に大暴れ 駿馬招揺と妻を得る

【荊州魏興郡＝二〇一年】劉表の食客となった劉備軍から派遣された張飛が益州より進入する五斗米道軍討伐を任され、大いに暴れ回っている。

当初、劉表軍一万の後詰めとして出陣した張飛だが、山道に迷い込んで五斗米道の張衛に襲撃されるに及び、いったんは捕らえた五斗米道の捕虜を放して後をつけわずか三千の兵で劉表軍を救援した。

魏興郡は山深く、間道を知り尽くした五斗米道軍が逆に張飛軍に蹴散らされたのに戸惑ったほどであった。

一万五千の五斗米道軍侵攻の知らせを受けた張飛は、劉表軍の武将董陵より駿馬招揺を借り受け、騎馬隊を率いてこれを撃退した。

五斗米道の道師張魯は益州に五斗米道国建国を進めており、益州の劉璋（りゅうしょう）と敵対。軍事面を担当した弟の張衛が信徒を教練して強力な騎馬隊を編成した。

また張飛は招揺を得た縁で董陵の娘董香を娶ることとなった。

# 袁紹敗北の果てに死す

## 栄光叶わず。後継者は未定

【冀州濮＝二〇二年】河北四州を制し群雄最大の勢力を誇った大将軍袁紹が死去した。宿敵曹操と雌雄を決した官渡の戦いで惨敗、深く痛手を負ったことから病いを高じていた。三度河水に集結した曹操軍を迎え討つ矢先であった。

四代続けて三公（太尉・司空・司徒）を輩出した名門袁家に生まれた袁紹は字を本初といい、若く司隷校尉に任じられた。皇子の外戚にあった大将軍何進に信任され、宦官勢力による何進暗殺が起きると曹操と共に宮中の宦官大虐殺を行った。しかし、帝を擁護した董卓とそりが合わず洛陽を出奔し冀州にて挙兵。名門袁家の名の下に、すぐさま三万の兵が集まった。袁紹は名門の血筋にこだわるあまり、時に理不尽な行動を起こし、自分の意に反する者は田豊のような忠臣でも断罪してしまう。

自ら皇帝を僭称した従兄弟の袁術とは犬猿の仲であったが、曹操との決戦に備え一兵でも多く欲しいとなると勢力を落とした袁術にも同族のよしみで手を差し伸べた。

河北四州を制し、三十万の大軍で臨んだ曹操との戦いに敗れると、名門の高慢さが打ち砕かれるように気力も萎え、失意のうちに病死となった。

## 曹操、喪を装い袁家内紛に着火

【鄴＝二〇二年】河水を渡河して黎陽城を攻めようとしていた曹操は、袁紹悶死の知らせが届くと全軍を陳留まで撤退させた。青年時代に袁紹と禁裏につとめたこともある曹操は、喪に服すとして許都へ戻り、出兵した兵たちは屯田を再開した。

しかし、袁尚袁譚が対立するに及び曹操は河北へ出兵。黎陽を守る袁譚五万に、袁尚率いる三万兵が援兵。袁尚袁譚が出揃ったところで、曹操自ら十万兵で出陣した。

袁兄弟の確執は確実で足並みはそろわず、あっけなく黎陽は曹操軍に陥落した。策士曹操は故意に袁尚袁譚を逃がし内紛を助長させる構え。

**袁譚**（えんたん＝？〜二〇五年）河北の大将軍袁紹の長子。字は顕思。四州にまたがる領国のうち、青州刺史に任命され、領地経営に当たっていた。袁家内部の後継者争いで末子の袁尚に敗れ、袁家の仇とも言える曹操に投降。しかし、曹操の威を借りた身勝手な勢力拡大行動が災いして、妻子とともに斬刑に処せられた。

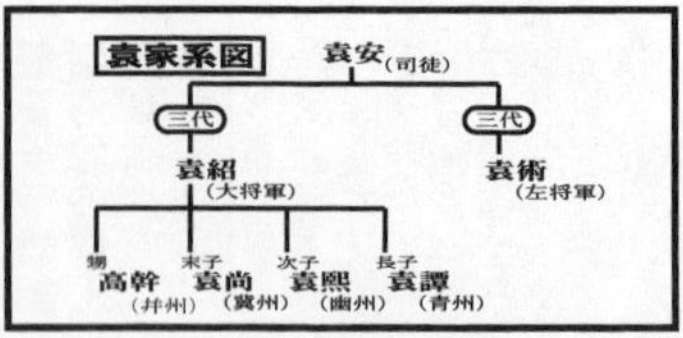


## 袁尚袁譚、世継ぎ争い激化

【揚州＝二〇二年】世継ぎを指名しないまま袁紹が他界したため、袁家内では世継ぎをめぐって骨肉の争いへと発展。生前、袁紹は世継ぎを末子の袁尚に与える腹づもりで、青州を長子の袁譚に、幽州に次子の袁熙、并州に甥の高幹を治めさせたが、田豊や沮授が指摘したように、袁尚と袁譚が真っ向から対立することとなった。また袁紹の正室、劉夫人が喪中にありながら側室五名を惨殺した。側室に対する劉夫人の憎悪は深く、鬼籍に入っても袁紹と見（まみ）えぬよう、顔中に刺青を施し、乳房等を切り刻む残酷ぶり。袁尚は醜聞を恐れ、側室の一族を抹殺させたという。

# 劉備、曹操の奇陣を破る

## 軍師徐庶、劉備へ

【汝南郡】河北四州の制圧を試みる曹操が西平に出兵し、曹仁の軍が劉備軍と激突した。

継嗣争いに陥った袁家から共通の敵を崩すことで袁尚袁譚の内紛を煽ろうとする作戦と思われる。

豪族の食客として流浪していた徐庶が、曹操軍と汝南郡を攻防中の劉備に乞われて幕下入りすることとなった。

一日に三つ城を落とす勢いで南陽郡をほぼ手中に治めた曹操軍は、汝南郡西平に五万を引き連れ本陣を敷いた。一方、劉備軍は六千。後詰めに劉表軍三万が控えるが、兵の士気は低い。

劉備軍の陣中を見舞った徐庶は、六千を五万と想定して戦に臨む劉備に興味を示し、曹操軍が敷いた八門金鎖陣を破る策を伝えた。この陣は一見隙だらけに見えるが、誘い込んだ兵を呑み込んで打ち倒すという曹操考案の奇陣。兵法に通じた徐庶はこれを見破り、張飛四百騎、趙雲八百騎の騎馬隊を突っ込み、関羽の歩兵で崩れた布陣を破らせた。

徐庶は字を元直。兵学剣術に長じ、応累の賊徒だった末弟を助けたこともある。

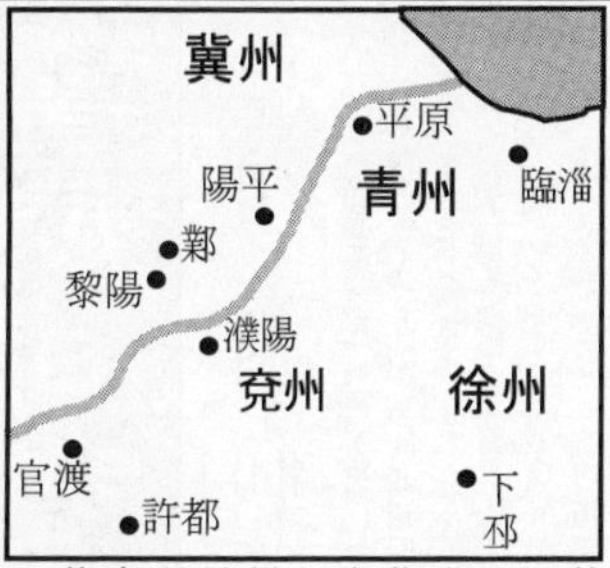

袁尚、袁譚の争い

# 孫権水軍で江夏を攻める

## またも黄祖討てず

【江夏＝二〇三年】仇敵黄祖討伐を悲願とする孫権が大水軍を整え、江夏を攻めるが、黄祖水軍を潰滅したものの、丹陽郡で山越族の叛乱が起きたため孫権はやむなく撤退。勝利の西風にのりながらも、悪運強い黄祖の首級を挙げることは叶わなかった。

孫権の水軍は、二万の兵を運ぶ大型軍船だけでも百艘を数え、最大級の楼船は三層構造を持ち、五百の兵を輸送できた。孫策が暗殺され、孫軍を引き継いで三年。魯粛に豪族を取りまとめさせている間に水軍増強に取り組んでいた。陸軍も民政を充実させることにより豪族を帰順させ、豪族の兵を孫権軍に組み込んでいき、建業から巴丘まで制圧するに至った。

総大将の孫権は二十五艘十八団の艨衝を率いて周瑜の水軍指揮で、六万の黄祖水軍と対決。迂回した七十五隻の艨衝が黄祖の旗艦に突っ込み、見事黄祖水軍を殲滅した。

しかし、劉表軍の援兵を得た黄祖が城内へ逃げ込んだため、孫権は山越族鎮圧を優先させた。江夏を落とし、江陵への遠征基地とすることは見送られた。

### 故事蘊蓄

大国秦を前に燕へ攻め込もうとする趙の恵文王を燕の蘇氏が諭した時の逸話に「漁夫の利」がある。▼趙の国と燕の国の間を流れる易水のほとりでのこと。一匹の鷸(しぎ)が殻を開いた蚌(どぶがい)を見つけてついばんだ。蚌は殻を閉じて、鷸のくちばしを挟み込んで放さない。鷸は、蚌が干上がるのを待って、これを放そうとしない。蚌と鷸は互いに頑なになって争っていたが、そこへ漁夫が現れ、蚌と鷸の両方を手に入れてしまった。▼袁紹の世継ぎを争う袁尚と袁譚は、さながら蚌と鷸だ。漁夫という曹操がいることを忘れている。曹操にしてみれば、「両虎相争えば、一方が必ず傷つく」だろう。残念なのは、蘇氏のような人物を袁紹が断罪したことだ。田豊である。

# 曹操、河北を次々と平定

## 冀州、青州を制し、中原の覇を睨む

【冀州鄴＝二〇三年】決定的な亀裂に至った袁家の支配地を曹操は意気揚々と制圧し、河北四州の完全制覇へ向かった。袁紹という巨大な柱を失った袁家の内情は意外にももろく、疑心に満ちていたことが露見した戦いであった。

■水没

袁紹と雌雄を決した官渡の戦いで降伏した張郃、高覧、許攸などを曹操は受け入れたが、中でも許攸は袁紹の最高機密と引き替えに冀州を要求するほどの貪欲さを見せた。

その最高機密とは鄴城が漳水の水面より低地にあるということ。長い年月をかけて氾濫を重ねるうちに漳水は土砂を運び、鄴城より水面が上がってしまっていた。重大な内容だけに袁紹以下数名だけが知る機密であった。

曹操は漳水のほとりに水門を築かせ鄴城を水没させた。しかし、許攸は傲慢な振る舞いが祟って許褚に斬り殺された。

■意地

水没程度では鄴城は落ちなかった。何しろ用心深い袁紹の本城だっただけに防御に抜かりはなく、審配という武将が死守する勢いで篭城している。

そこへ内紛を切り上げ七万の兵を引き連れて袁尚が行軍して来るものの、夏侯惇が出陣するとすぐに降伏。とみせかけ、袁尚は中山へ逃亡した。

一方、審配は最後の最後まで必死に抵抗を試み、捕らえられ断罪を言い渡されても鬼のような面構えは平然としたままこれを受け、数少ない袁紹軍の意地を見せた。

今回、曹操は息子曹丕（そうひ）を引き連れ、張郃に預けていたが、鄴城へ一番乗りを果たした曹丕は、河北一の美女とうたわれる袁熙の妻甄氏を頂戴した。

なお、曹操は叛乱を押さえるため、冀州の税を一年間免除すると公約した。

## 袁家、またも降伏

### 名門の誇り何処へ

【冀州勃海郡】鄴を落とした曹操の次なる標的は南皮に立て篭もった袁譚。

張遼、張郃、曹洪の三万兵を送った。先鋒の指揮には曹丕が任じられ、騎馬二千、歩兵八千をもって攻め込み、これに許褚の一千騎が後詰めする形で落城させた。

これで曹操は冀州に続き、青州をも制したことになるが、并州の高幹が早くも降伏の兆候を示している。

内紛に明け暮れ、わずかな攻めであっさりと降伏する袁紹の遺児たちに、かつての臣下たちも難色を見せ、袁譚に至っては張郃が断罪を進言するほど。

今回の袁家分裂を目の当たりにした曹操は世継ぎについて自戒したというが、長子の曹丕は十七歳にして袁譚の妻子斬首を命じたほどの器量を見せ曹操の太子を自認しているかのようだ。

## トピック

### 劉表も袁家の二の舞か

荊州刺史の劉表も老齢に入り、後継者指名に頭を悩ましている。

劉表には先妻から生まれた長子劉琦（りゅうき）と後妻蔡氏の次子劉琮（りゅうそう）がいるが、問題は蔡氏の弟蔡瑁。外戚という立場から老いた劉表を尻目に荊州内で幅を利かせている。

実力のある者を疎み、私欲深く才気に欠ける蔡瑁がのさばれるのも、荊州には大きな戦がないためだ。

袁家内紛を見るように世継ぎ争いは御家断絶に成りかねない。

劉表の食客である劉備も事態を見守っている。

# 三国志通信

発行：角川春樹事務所
「三国志」六の巻 付録
1997年12月28日発行
編集 佐藤公龍
制作 第三眼工房


■諸葛亮、劉備の幕下に
■孫権、仇敵黄祖を討伐
■劉備、長坂で曹操軍に敗北
■魯粛が諸葛亮と会談

# 諸葛亮、劉備の幕下に

## 劉備軍が最強の軍師を加える

【隆中＝二〇七年春】荊州牧劉表のもとに駐屯している豫州牧劉備が新たに諸葛亮という人物を幕下に迎えることとなった。

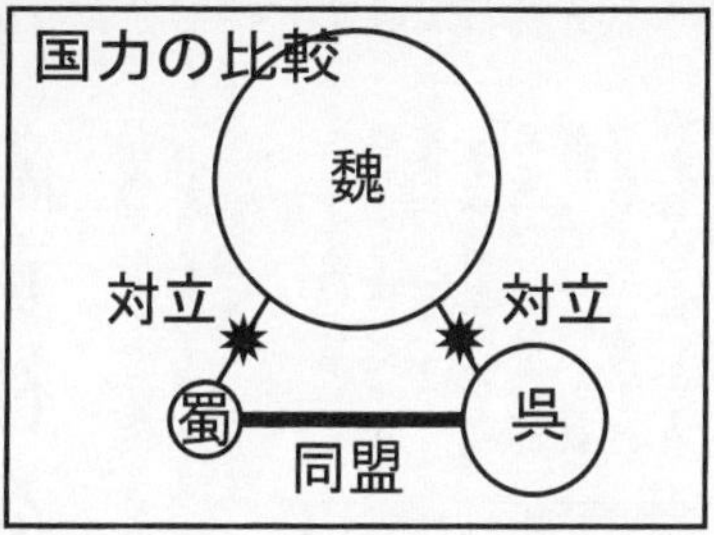

三国による天下三分

新たに幕下に入った諸葛亮という人物は弱冠二十七歳の青年である。琅邪郡陽都県出身で字は孔明。彼は幼くして父と死別、以後叔父である諸葛玄の任地豫章郡の南昌に赴き、その後、叔父の旧知の仲である劉表を頼って荊州の襄陽に移住した。

仕官の経験は全く無く、襄陽西郊の隆中に移り住んで以来晴耕雨読の生活を続けていた。春秋時代の名宰・管仲、戦国時代の名将・楽毅を理想の人物として仰ぎ、朝夕、春秋時代の政治家・晏嬰の故事を唱った民謡「梁父の吟」を口ずさむのを常としており、周囲の者も臥竜（眠れる龍）として一目置くという。

この諸葛亮に会うことを劉備に進言したのは幕下にいた徐庶である。劉備の元を去り、曹操の元へ行くことになった徐庶から高く推薦され、「諸葛亮にはこちらから会いに行くべきであり、無理に連れてくることはできません、どうか将軍自らお出ましください」と懇願されたため、自ら会見に出向くことを聞き入れ、三顧の礼を尽くした。会見の際に諸葛亮が提案した話を要約すると次のようになる。

曹操の軍事的才覚は飛び抜けており、しかもいまや百万を越す軍勢を率いているのでさしあたり敵対するのは賢明とはいえない、その前に、父兄の築いた地盤と有能な部下に恵まれている江東の孫権とまず同盟を結ぶこと。漢土を三分し、物産に恵まれる荊州を根拠地とし、それから西の天与の米倉といわれる益州を領地として手中に収める。

この提案を聞いた劉備は大いに感銘し、諸葛亮は即刻幕下に入ることとなった。

## 徐庶、曹操に士官

徐庶が曹操に士官することがほぼ確定的になった。徐庶は劉備の元を去るにあたり諸葛亮という人物を推薦した。徐庶の母が曹操の捕虜となっていることが曹操陣への士官を決断させた大きな理由に違いないが、元来義侠心に富む徐庶の今後の動向が注目される。

# 孫権、仇敵黄祖を討伐

【夏口＝二〇八年春】呉の孫権が父の仇敵である江夏太守黄祖討伐に成功した。黄祖は城を捨て逃亡を企てたが、まもなく捕らえられ連行された。十六年前に父孫堅を殺害された恨みを晴らしたこととなった。

江夏太守・黄祖は今から十六年前に劉表の命を受け、孫権の父・孫堅と戦った。その際に孫堅は黄祖軍の矢に射ぬかれて亡くなった。それ以来、孫権は黄祖を父の仇敵として夏口を攻撃する機会をうかがっていた。

今回の孫権の総攻撃に対して黄祖陣営も対応早く都督・陳就に命じ水軍を動かし呉陣営へ先制攻撃をしかけた。しかし、逆に呉の都尉・呂蒙の働きで先鋒を打ち破り陳就の首級を挙げることに成功した。勢い付いた呉軍は黄祖が立てこもる夏口へ急いだが、夏口の入口には二隻の艨衝(駆逐艦)が船首と船尾から太いロープを巨石に巻いて錨替わりにして横に並べ水上要塞を作っていた。

黄祖軍は船上からは矢を大量に放ったために呉軍は一時前進できずにいたが、偏将軍の董襲と淩統率いる鎧を二重に着た百人の部隊が船の下に潜り、董襲自身も巨石を巻いていたロープを断ち切ることに成功し、見事敵の艨衝を動かすことができた。

呉軍はここぞとばかりにいっきに攻め込み黄祖軍の防衛線は間もなく突破された。夏口の城はほどなく陥落、黄祖は城陥落直前に逃亡していたが敢えなく見つけられ、孫権の前に連行された。生き残った黄祖の配下数万はそのまま捕虜となり、ここに孫権は十六年来の父の仇を無事討ち果たすことができた。

## 曹操が丞相に就任

【鄴＝二〇八年】司空・曹操は光武帝以後途絶えていた丞相と御史大夫の官職制度を再び執ることを発表した。曹操自らは丞相に就任し、御史大夫については未定。即断即決が求められる戦時体制としては有効であり、このことからも近く丞相・曹操の大きな遠征が予見される。

## 荊州の劉表が死去

【襄陽＝二〇八年】荊州牧劉表が悪性腫瘍のため死去した。享年六十六歳。山陽郡高平出身で魯の恭王の末孫であり、若い頃は儒者として名を轟かせ、党錮の禁を逃れた。その後、大将軍何進の幕下に入り荊州刺史に任ぜられ、袁術の前衛部隊に所属していた孫権の父・孫堅を討った。

劉表は生前、次子の劉琮を偏愛して、長子の劉琦を遠ざけていたため、後継者争いが生じており、当分の間は正式な跡目相続は期待できそうにない。内情に詳しい者は長子劉琦は劉琮側の謀殺を恐れ、父の遺業を継ぐためとして江夏太守着任をよそおい、夏口へ逃亡したと話している。

## 故事蘊蓄

三顧の礼。諸葛亮の「出師の表」の中の「三たび臣を草廬に顧み」とあることから生まれた言葉。劉備が新野から隆中へ三度足を運び出馬を要請したという意味として解釈されているがこれを否定する説もある。▼諸葛亮は器量不足の劉表に絶望して自ら劉備を訪ねて軍備拡張の方策を献じて認められたという。また二度ほど諸葛亮に会いに行ったが会えず、三度目に会いに行ったときに初めて言葉を交わすことができたとも。▼事実はともかく、諸葛亮自身が著したと言われる「出師の表」中では「劉備自身が三度自分の陋屋に足を運んだ」と断言している。ことから考えてもやはり劉備が三度諸葛亮のもとを訪れ礼を尽くしたということが妥当な解釈と言えそうだ。

# 劉備、長坂で曹操軍に敗北

## 荊州劉氏は降伏

### 劉備の妻子にも危機

【長坂＝二〇八年】先に荊州に侵攻した丞相曹操率いる追尾軍五千騎が長坂で豫州牧劉備を急襲、民間人を含め数万に及ぶ被害者が出たもよう。

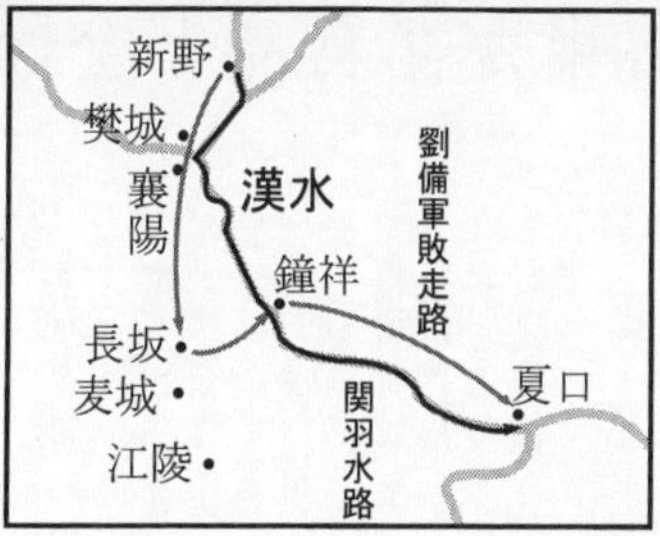


長坂の戦い

荊州侵攻にあたり劉家の幼主・劉琮を担いだ降伏派の前面降伏を受け入れた曹操軍は無傷のまま襄陽に入った。曹操は劉琮を青州牧に任じて国替えを命じ、劉表の大将・文聘を江夏の太守に取り立て兵を以前のまま指揮させ荊州水軍の軍事力すべてを手中に入れた。

襄陽の北の樊城に客将として徹底抗戦の構えを見せていた豫州牧劉備もこの曹操の突然の行動に驚き、曹操の軍が北方一三〇キロまで迫ったと知るやいなや急遽同地を引き払い南へと撤退した。

曹操は大量の軍事物資が貯蔵されている南の江陵を劉備軍に占領されては面倒と思い軽騎兵五千を率いて後を追った。

劉備の軍勢は十万を越える避難民を抱えていたこともあって動きがとりにくく、当陽県長坂橋で追いつかれ壊滅状態に陥った。妻子を見失い敗走する劉備の危機を救ったのが義兄弟の張飛である。

伝えられたところでは張飛はわずか二十騎を従えただけであったが、それらを後方の森に潜ませ、それから馬の尻尾を木の枝にくくりつけて走らせた。土煙りが濛々と上がるのでいかにも大軍が待機しているように錯覚した曹操軍は動揺し、ついに算を乱して逃げ出したという。

窮地を脱した劉備は東方へ向かい漢水のほとりで樊城から南下してきた関羽率いる水軍と合流、劉表の長子劉琦の駐留する夏口へと向かった。

## 趙雲、劉備の子を救出

【長坂＝二〇八年】曹操軍と劉備軍の長坂での戦いの際に、猛将趙雲が劉備の長子・阿斗を救出した。

十万を越える避難民のなかで劉備の妻子を見失った趙雲は群がる敵勢に対して単騎で引き返し、彼らを探し求めた。

やがて、王安に保護され、長子阿斗を守っていた二夫人を発見した。

糜夫人は足を負傷していたので阿斗を趙雲に託した後、自ら井戸に身を投げたと伝えられるが無事だった模様。趙雲は阿斗を懐に隠すと群がる敵勢を斬り抜けたとも伝えられるが、乱戦で詳細は不明。

無事長子を趙雲から受け取った劉備は「大切な将軍をこの子のために無くすところであった」と言い、我が子ながら地に投げ捨てたとも伝えられている。

# 軍事同盟へ動き

## 魯粛が諸葛亮と会談

### 諸葛亮は徹底抗戦を主張

【当陽＝二〇八年】曹操軍が南下を続け荊州をほぼ手中に収めた。江南地方を制覇するための次なる標的は揚州を狙うことであろう。この度、荊州の情勢を探るため、名目上は劉表の弔問に派遣されてきた魯粛が長坂から敗走してきた劉備と諸葛亮に出会うことができた。

そこで急遽、今後の対策を練る上での非公式ながらの会談が行われた。魯粛はこの席で孫権幕下の文官たちのほとんどが曹操軍との講和を主張していると述べ、講和で時を稼ぎ、戦の準備を整えるとの策を披露した。

それに対し諸葛亮は時間がかかれば曹操が荊州に腰を落ち着けてしまう可能性が強くなり、そのような状況になればおそらく益州の劉璋も曹操側になびき揚州は完全に孤立すると孫権側の提案に懸念を示した上で、劉備軍と同盟を結び曹操軍との徹底抗戦を要請したもよう。

今後、劉備軍は劉琦の水軍一万と合流し、夏口まで行ったあと、魯粛と諸葛亮は孫権と直接謁見することが予定されている。果たして孫権、諸葛亮直接の話し合いで無事同盟が結ばれるか否か注目していきたいところである。

### 周瑜の天下二分戦略

非公式ながら呉の将軍・周瑜が密かに天下二分計画を企んでいることが分かった。

周瑜は益州劉璋を軽く見てこれを落とせば揚・荊・益の三州を手中にできると考え、そうすることで北の曹操と天下を二分できると思っているらしい。また、もし先に曹操が荊州を落としても、揚州と益州の両方から攻め込めばかならずや追い出せると自信満々であるという。戦略的には長江から水軍で攻める形となり、このような目論見は戦略的には多少異なるが孫策も生前に思い描いていたふしがあると周瑜は述べている。

## 曹操軍三十万突破

### 大軍が江陵を進発、長江南下

【江陵＝二〇八年秋】長坂で劉備軍を破った曹操軍はさらに長江を下る進路をとりはじめた。

このまま進み陸口に上陸すれば孫権が駐屯している柴桑にたどりつくまでは時間の問題と言えそうだ。曹操軍の総勢は少なくとも三十万を超えるものと思われる。

江南地方遠征にあたり参謀から持久戦を提案されたが、曹操はあくまでも軍事的な方法をとる見方が強い。すでに孫権へは降伏するよう書状が出されていると言われているが、はたして孫権がそれを受け入れるかどうかは未だ不明である。今後の両者の動向が注目されるところだ。

## 馬騰、衛尉として入朝

【三輔＝二〇八年秋】猛将として名高い前将軍馬騰が老いを理由にこのたび衛尉として宮門の警護にあたることとなった。

一九二年には征西将軍に任じられたが、長安襲撃に失敗しその後は涼州に逃げ帰っていた。後に槐里侯に封じられ、胡や鮮卑の侵入を防ぎ、任地の安定に貢献、民衆からも厚い敬愛を受けていた。

今後は長子で豪傑で知られる馬超が後を継ぎ父の配下である騎馬軍団を統率していくこととなった。

# 孫劉軍事同盟成立


三国志通信

発行：角川春樹事務所
「三国志」七の巻 付録
1997年12月28日発行
編集 佐藤公龍
制作 第三眼工房


■孫劉軍事同盟成立
■曹操軍三十万赤壁で大敗す
■曹操、必死の逃亡
■周瑜、曹仁軍を撃破

## 曹操軍30万と連合軍6万の対決

【柴桑＝二〇八年秋】長坂で丞相曹操の南征部隊に大敗を喫した豫州牧劉備は孫権と軍事同盟を締結した。伝えられたところによると、劉備は夏口へ逃げる途中に呉の使者魯粛に出会い、孫権との軍事同盟を申し入れるために参謀の諸葛亮を柴桑に派遣した。

諸葛亮は孫権との謁見の際に「劉備軍は相手が百万であろうが男の志と誇りを持って戦う」と口上した。その後、諸葛亮は次々と講和派の幕僚達を論破していった。

この諸葛亮の言動に多少刺激を受けた孫権だったが、やはり曹操との戦に勝機があるとは思えずどうしたものかといらだちながら思案にくれた。数日後、会議の際に突然周瑜が現れ断固として戦う意思を声高々に声明した。それを聞くや孫権も目前の机を自らの剣で一刀両断し「降伏を唱えるものはこの机同様に処する」と剣を高々とかかげた。こうして孫権・劉備の連合軍の礎ができあがった。

## 長江挟み、両軍が布陣

【石頭関＝二〇八年】南征軍三十万率いる丞相曹操と孫権・劉備連合軍六万が長江南岸の赤壁で対峙。

曹操軍は江陵から長江を南下、ようやく陸口に到着したがあいにく濃い霧に阻まれて方向を見失い、洞庭湖北の湿原地帯で数日の間さ迷うはめになった。そこに連合軍側が急襲し、曹操軍の形勢はにわかに崩れた。そのため連合軍側が先に陸口を占領、その後、陸口近くの石頭関（＝赤壁）で両軍は初めて本格的に戦闘を開始した。戦闘は主に長江の水上で始まったが、水上戦に勝る連合軍側が終始優位に進んだ。

敗退後、曹操軍は全軍対岸の烏林に移動、そこに本格的に陣を築き、岸には船を連結させて大要塞を作っているという。このままでいくとこれからは持久戦になる見通しがかなり強い。またある事情通によると曹操軍側には現地の風土病にかかった者が多数出ているらしく、この疫病は住血吸虫病の一種と見られ、感染後一ヵ月で発病、高熱が出た後、死に至るという。この病が曹操陣営で蔓延すれば軍の士気が弱まることは必至である。しかし曹操軍は三十万を超え、連合軍側の数をはるかに上回り武力的にも依然優位である状況に変わりはない。今後の両軍の動向が気になるところ。

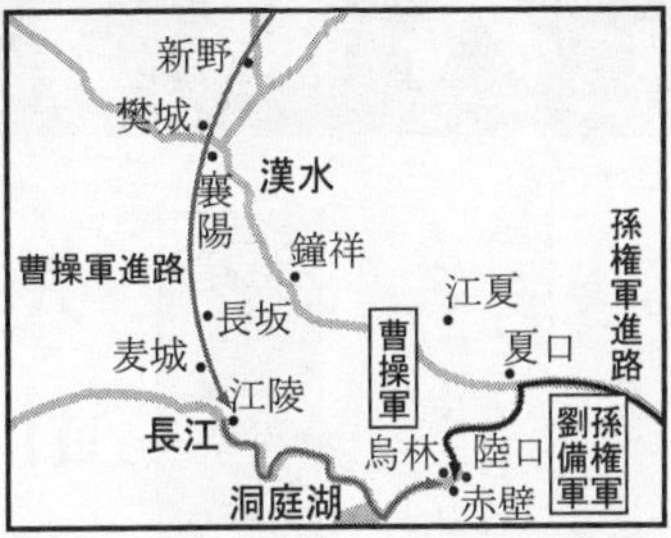


赤壁に両軍が布陣

# 赤壁で大敗す

## 火計により曹操軍は炎上

## 曹操の江南平定は頓挫か

【石頭関＝二〇八年十二月】石頭関で曹操率いる南征軍と孫権・劉備連合軍の戦闘が行われた。連合軍側の「火攻め」による奇襲作戦が成功、三十万に及ぶ南征軍はほぼ壊滅状態に陥った。丞相曹操はこの窮地を脱し、江陵方面へ逃亡したものと見られる。このことで、一応曹操の江南制覇の野望は大きく頓挫することになった。

長江中流に軍船と軍船を連結させて水上に巨大な要塞を築いた曹操軍の総勢は三十万を超えていた。対する孫権・劉備連合軍の兵力は周瑜率いる三万の江南水軍、劉備軍率いる一万数千の騎馬隊を中心にほぼ六万と見られ、戦況は圧倒的に曹操軍優位で進むと思われた。

しかし、連合軍側の指揮をとった周瑜の「火攻め」作戦の成果が実り見事曹操軍に勝利することができた。

この成功の影には老将・黄蓋と周瑜の共謀があった。周瑜は老将・黄蓋と共謀し前もって偽りの投降書を曹操に送っておいたのである。

そこで今回、いざ、投降と見せかけて火船でもって敵要塞を焼き討ちにする作戦をとったのだ。

黄蓋はあらかじめ魚油をまいた薪を積んだ軽船十隻を率いて、降伏の印である将旗を掲げ、投降をよそおい水上要塞に近づいた。要塞から二里ほどの所で黄蓋は船に火を掛けた。

予想通りに東南の強風が吹き始め、風に煽られた火船は見事水上要塞に突入、瞬く間に水上要塞は火の海と化した。さらに炎は北岸の曹操陣営まで燃え拡がり、曹操軍は焼死する者、溺死する者が多数出た。

周瑜率いる別動隊も北へ逃れる陸上の曹操軍を追いかけ壊滅的なダメージを与えたと伝えられている。

結果的に見ると水上行動において不慣れだった曹操軍が状況的に不利だったことは否めない。また、情報どおり曹操陣営に疫病が流行っていたことも、全軍の戦意・士気の低下を招いていたと考えられる。

いずれにせよこれで曹操軍の軍事力は少なくとも半減したと考えられる。この結果曹操念願の江南平定の目算は崩れたと見てよいだろう。なお、今のところ曹操自身の消息は不明であり、今後の情報が気になるところだ。

# 曹操軍三十万

## 曹操、必死の逃亡

【華容道＝二〇八年十二月】連合軍の火攻めの難を逃れた曹操は途中泥沼地帯に迷い込んだ可能性が高まった。おそらく地形的にも馬で逃げるのは困難と思われるゆえ徒歩での敗走となったのは必至。

一方、連合軍側は張飛と趙雲が追撃の歩を進めており、曹操の軍にとってはまさに絶体絶命の危機が近づいていたと言えそうだ。

曹操の敗走路

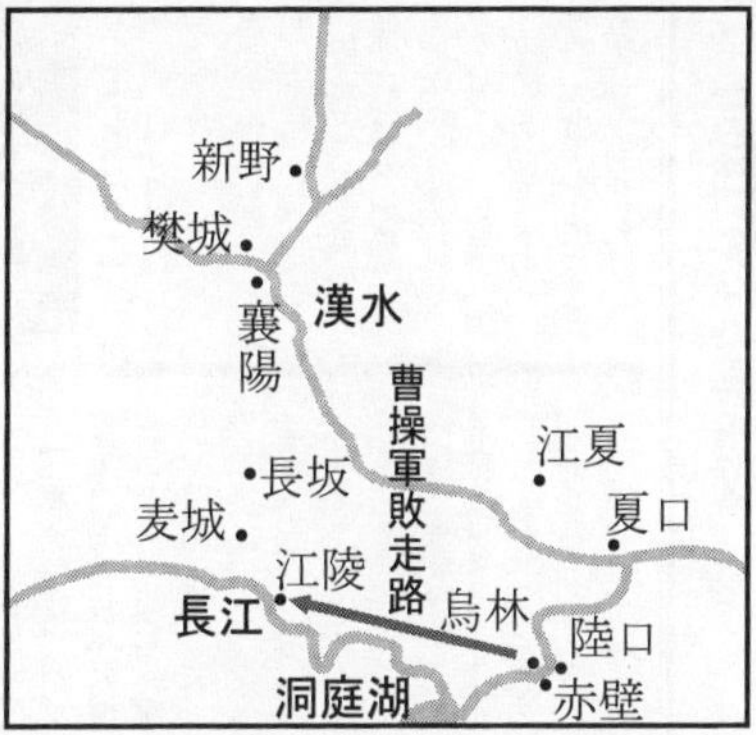


## 解説

決戦の赤壁の戦いに孫権・劉備連合軍は快勝した。兵力的に見て曹操軍が三十万、連合軍が約六万、この軍事力の差は誰が見ても曹操側に有利と言うだろう。ところが蓋を開けてみると曹操軍の大敗に終わった。しかも戦闘に主に加わったのは周瑜率いる精鋭軍で劉備軍の兵はほとんど目立つ働きをしていない。

　では勝因は何かと言えば、まず周瑜と黄蓋の苦肉の計が見事功を奏したこと、曹操軍に疫病が流行っていたことなど諸々な理由が考えられるが、東南の風が強く吹いたということを忘れてはならない。これが大きく戦況を支配した。この地域では冬に東南の風が吹くということは一、二日しかないからである。ある連合軍側の者の話では、この日諸葛亮が「天帝から風を借り受ける」と江岸に七星壇を築き祈りを捧げたところにわかに風が吹き出したという。もし、これが事実だとしたら諸葛亮の祈りこそこの戦いの第一の勝因だ。

## 曹操は無事生還

【江陵＝二〇八年十二月】石頭関（＝赤壁）で孫権・劉備連合軍に大敗を喫した丞相曹操の生存が確認された。曹操は烏林から華容を北に抜け、途中劉備軍の追撃をどうにかくぐりぬけたもよう。

　四日後に江陵でその姿が確認された。

## 劉備荊州南部攻略

【油江口＝二〇九年】劉備が荊州南部四郡の武陵、桂陽、長沙、零陵を降伏させた。名目上は劉琦の布令であったが、実際は劉備の布令であることは間違いない。これで劉備は事実上荊州を支配したことになり、油江口に陣を構え公安と改名、州都とした。

# 劉備・孫権の妹と結婚

## 同盟関係、さらに強固に

【京城＝二〇九年】荊州南部を手にした劉備が孫権の妹と結婚することが判明した。これにより赤壁の戦いで同盟を結んだ関係がより一層堅固なものとなった。

この結婚は孫権側からの話であり、劉備の幕臣からの勧めも強くあったので決意したと見られる。年は離れているが、すでに周囲には仲睦まじい姿を見せているとか。事情通はこれは明らかに政略的な婚姻であり、今後友好関係が進むと見ている。これで江南地方はいまだに南下をあきらめない丞相曹操にとっても最も手強いものとなった。

## 周瑜、矢傷で病床

【江陵＝二〇九年】周瑜が曹操軍追撃の際に夷陵で負傷していたことが判明した。流れ矢が鎖骨の下に刺さったものだが傷は深いとの情報も入っている。現在は江陵で療養中であるが、夕方になると熱を出すという状態が続いている。ある情報によれば軽い咳が止まらなくなることもあるそうで、結核にかかっている可能性も考えられると話している。

## 黄忠・龐統が劉備陣営に参加

【長沙＝二〇九年】劉表のもとに仕えていた元裨将軍・黄忠が劉備のもとに加わった。長沙の韓玄の配下にいた黄忠であるが劉備軍の関羽の説得が功を奏した。黄忠は弓の名手で知られている。今後の活躍に大きな期待が寄せられる。また、孔明とともに才能が嘱望されていた龐統が、軍師として加わり、劉備陣営は人材でさらに厚みを増した。

# 周瑜、曹仁軍を撃破

# 曹仁軍の奇襲、裏目に

【江陵＝二〇九年】曹操側の最南端の拠点江陵城を攻囲していた左都督周瑜が行征南将軍曹仁を遂に破った。

この戦いは攻城戦であったために半年ほど要した。戦力的にもほぼ互角と見られていたが、行征軍の小規模な奇襲を何度か繰り返し、周瑜側が追い返すという形で進んでいた。そこで周瑜は自分の傷がもとで瀕死の状態に陥っているという情報を曹仁側にわざと流させた。

曹仁側はその知らせに飛びつき、かなりの勢いで奇襲をかけた。それを聞いた周瑜はここぞとばかり立ち上がった。あらかじめ曹仁軍の動きを予想していた周瑜の騎馬隊は左右から挟み込むようにし、中央から旗本一千騎を率いて周瑜自ら敵軍になだれこんだ。瞬く間に曹仁軍は敗走して江陵城は陥落した。

なお周瑜は騎馬隊四千、歩兵二万の追撃部隊を編成し襄陽付近まで敵軍を追うように指示を出したもよう。

## 故事蘊蓄

▼「苦肉の計」
わざと自分の身を責めて敵の目を欺くことを指す。

赤壁の戦いの前に曹操側が送り込んできた偽投降者の裏をかくために、まず示しあわせたうえで黄蓋を鞭打って偽投降者を欺き、その黄蓋が偽投降書を曹操側に送り、またもやまんまと欺くことに成功した。これで曹操軍の士気が緩み火攻めの作戦が成功したわけで、勝負の分かれ目であった。

▼「水魚の交わり」
きわめて親密な仲のよいことを指す。

劉備と諸葛亮の間柄を示した言葉であるが、諸葛亮がはじめて幕下に入ったとき、あんな若造が兄貴の前ででかい面をとの言葉を耳にした劉備が「孔明は水わたしは魚のようなもの、なぜわかってもらえぬ」といったことから由来された。

# 三国志通信

発行：角川春樹事務所
「三国志」八の巻 付録
1998年2月18日発行
編集 すぎたカズト
制作 第三眼工房

■周瑜、益州遠征目前に死す
■曹操、馬超・韓遂を撃破
■益州奪取へ劉備、劉璋に反旗
■曹操、魏公を拝命

## 益州遠征を目前にして
# 周瑜、志半ばに死す

【揚州巴丘＝二一〇年】天下二分を賭けて益州遠征へ向かっていた周瑜が、白帝城攻めを目前に死亡した。かねてから周瑜は病魔に侵されており、療養を待たずして三十六歳の生涯を閉じた。

### 孫権陣営、動揺隠せず

周瑜はこの度、建業を訪ね、孫権より益州遠征の承諾を取り付けると、自慢の水軍及び山越族から成る致死軍を率いて、益州遠征に出ていた。

江州から白帝城までの水路を制圧するという周瑜の策は、曹操をもってしても万全と評すほどの出来映え。ただ、周瑜自身の病状が懸念されていた。

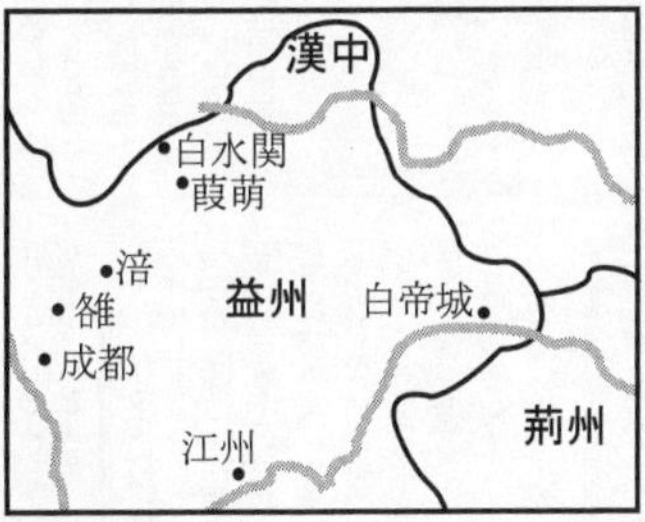


周瑜の益州遠征

## 周瑜後任に魯粛を
### 軍事民政ともにこなす才

周瑜の遺言により後任には軍事も民政もこなせる魯粛が当たることとなった。

孫家自ら益州を制圧し、天下二分に持ち込み、いずれは曹操と五分で決する、と考えていた周瑜に対し、魯粛は劉備に益州を奪らせ、天下三分で曹操に戦いを挑むべき、と二人の意見は食い違いを見せていた。

しかし、袁術を見限って周瑜に招かれた魯粛は、常に周瑜の病状を案じていた。周瑜も気心の知れた魯粛に後を託したかったと思われる。

## 孫軍、致死軍を認可

程普がひそかに山越族三千兵を調練させていた致死軍の全貌が明らかになった。

元来、山岳民族である山越族はゲリラ戦に優れ、しかも「致死軍」の名の通り死をも恐れぬ蛮勇ぶりを示す。

直接、指揮を取るのは、山越族の長の子息である路恂という若者で、周瑜の愛人幽（ゆう）の異母弟に当たる。

**周瑜**（しゅうゆ＝一七五～二一〇年）廬江郡出身。字は公瑾。孫堅を慕い、同い年でもあった孫策とは無二の親友で、大喬・小喬の美人姉妹を共に娶ったほど。孫策の死後も、孫権を盛り立て、周瑜率いる水軍は赤壁で曹操を敗走させた。

# 曹操、馬超を撃退す

## 策士曹操、韓遂を誘い水に離間計る

【司州潼関＝二一一年】長安を越え、東征に出た馬超率いる関中十部軍十三万兵と曹操の征西軍十五万が対峙し、関中十部軍を打ち破って馬超を敗走させた。曹操は血気盛んな馬超を挑発するために、獄中に捕らえていた馬騰一族の斬首を征西前に命じていた。

### 馬超、あわや曹操を討ち損なう

曹操への怒りに燃える馬超は、河水を渡渉しようとする曹操を急襲し、その首をはねるところまで迫った。

危険を察知した張部の騎馬隊が素早く応戦にはせ参じた。曹操には常に許褚が警護していたが、馬超の槍が折れなければ、曹操の生命も危うく、曹操陣営はずいぶんと肝を冷やしたと伝えられる。

一時は曹操の首先に刃を立てた馬超ら関中十部軍も、曹操十万援軍の流言に講和を求める他なかった。

曹操の離間の計は着々と進み、特に寝返りが懸念されている韓遂と曹操が二人だけで懇談するに及び、馬超の不信感は大いに高まった。

結果として馬超は決戦を望み、曹操に蹴散らされた。曹操軍は敗走する馬超を二日間追ったが、捕らえられずに終わった。

# 劉備、劉璋に乞われ益州へ援軍

## 五斗米道討伐が名目の出兵に疑問の声も

【益州葭萌＝二一一年】三万の兵と、軍師龐統、黄忠、魏延の二将軍を率いた劉備が益州入りし、益州牧劉璋（りゅうしょう）は自ら涪まで出迎え、法正、孟達の二人の武将と数千の兵を預けた。

今回の劉備軍三万出兵は、荊州視察という名目で劉備へ近づいた張松ら劉璋臣下からもたらされた話で、曹操の張魯討伐の動きに及んで、かねてから主君の人望に見切りをつけていたこともあり、劉備を益州の新たな牧として招こうという画策があった。

# 銅雀台が落成。副丞相は曹丕に

【冀州鄴＝二一〇年】東洋随一を誇る銅雀台がこの度竣工した。首都としては帝がお住まいになられる許都が定められてはいるが、実質的な丞相府の機能は、曹操の館となる銅雀台に移されることとなった。ただ、曹操自身は赤壁で破れ、覇業に遅れを取っている故、飾りたてただけの銅雀台を快いとは感じていないと伝えられる。

また、銅雀台完成の翌年、曹操は正式に曹丕を副丞相に任命した。曹丕の字は、子桓（しかん）。幼少から文武に秀で、曹操の後継者候補としても一歩前に出た形になった。

曹操は自ら十五万の兵を率いて関中十部軍征伐へ出るため、留守となる鄴を曹丕に守らせることにした。

## 故事蘊蓄

三本足に両耳のついた青銅の釜を鼎（かなえ）という。古来、帝位の証とされた。▼衰えつつあった周の定王に楚の荘王が攻めたてた。定王の使い、王孫満に荘王は、鼎の重さを問うた。楚は辺境の異民族を制し、周にとって代わろうとの勢いであった。これに王孫満は「帝位は徳によるもの。鼎の大きさ重さは後からついて回るもの。衰えたとはいえ、周の鼎はまだ問われるものではない」と答えた。▼先の権力者を淘汰し、代わって制覇しようとする時、またはそれを成そうとする者を揶揄する時、「鼎の軽重を問う」という。曹操は覇業を昇り詰め、漢王朝に代わって新たな帝にならんことを望む。一方でまた、曹操に対し「鼎の軽重を問う」という声が聴こえてきそうだ。

# 徳の将軍劉備、益州奪取へ豹変

【益州葭萌＝二一二年】五斗米道討伐を名目に益州へ援軍を派遣していた劉備が一転して劉璋へ反旗を翻し、益州制圧に動き出した。

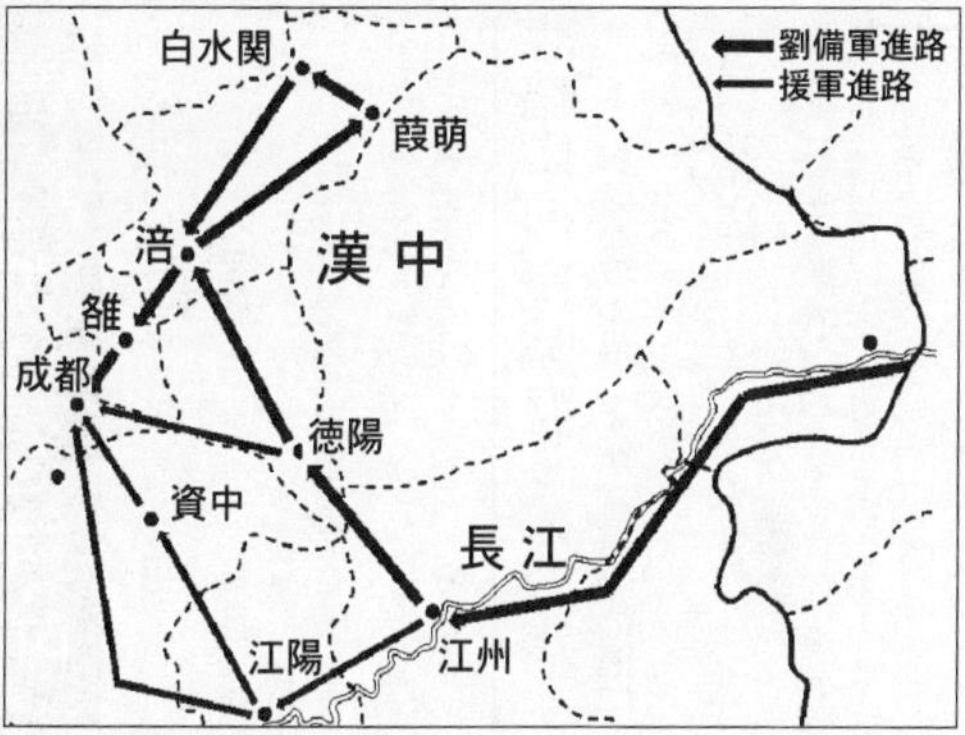


劉備軍の益州攻略

益州入りし、「共に漢王室に連なる血筋の劉一族」と劉璋に手厚くもてなされながらも、葭萌に腰を下ろした劉備は、五斗米道討伐に動くことなく、逆に益州奪取後を考慮して民政に力を入れ人民を懐柔していた様子。

白水関を守り、劉璋軍では強硬派の楊懐（ようかい）と高沛（こうはい）の二将は、再三に渡って五斗米道討伐を促したが、劉備が応じることはなかった。

虎視眈々と豹変の機会を伺っていた劉備を反旗に走らせたのは、皮肉にも曹操の合肥攻防であった。

合肥を侵攻する孫権から援軍要請が届き、劉備は「一旦、兵を荊州に返す」と劉璋に伝えるが、事情を知らぬ張松は、劉備へ書簡を送ろうとしてそれが発覚し、斬首された。

密通発覚を恐れて音信を断っていたのが、かえって仇となった。

これをもって劉備は楊懐と高沛の二将を討ち、たちまち劉璋の成都へ向かって攻めたてた。

長年、乱世とは縁遠く野戦の経験に乏しい劉璋軍は敵ではなく、命令系統も整っていない。連戦連勝、破竹の勢いで劉備軍は勝ち進んだ。

すでに劉璋の冷遇に愛想を尽かしていた武将豪族も多く、当初、三万に過ぎなかった劉備軍は倍の六万にふくれあがるまでになった。

今後心配されるのは、劉璋の篭城である。城攻めは通常三倍の兵力が要るとされ、野戦が不得意とはいえ、合肥から発せられた援軍要請の件もあって、劉備は時間をかけた戦を避けなければならない。

## 濡須口攻防戦膠着す　曹操、合肥へ撤退

【揚州合肥＝二一二年】周瑜を失って益州遠征を頓挫するなど小康状態を見せていた孫権が、濡須口より再び曹操へ兵を挙げた。

揚州軍十三万率いる孫権は周瑜より受け継いだ水軍を巧みに動かし、曹操と睨み合いに持ち込み、大将としての技量を大いに感じさせている。

また、周瑜が結成したとされる致死軍が曹洪の兵一千を闇討ちすると、曹操は糧道の警護に一万の兵を割き、輸送も昼間に限らせるなど厳重な警戒体制を敷いた。

濡須口まで攻めたものの戦線膠着に見切りをつけた曹操は、潔く合肥まで撤退し、孫権の出方を待つ模様。

# 曹操、魏公を拝命

## 冀州十郡で「魏」国

【冀州鄴＝二一三年】いよいよ丞相曹操に、魏公の尊号が与えられた。曹操は事実上、冀州十郡を領土とし、魏国を建国したことになる。

すでに帝の前でも帯刀が許される剣履上殿が与えられ、位としては皇家と同等となっていた曹操が、再三の勅命に応じ、献帝より「魏公」を賜ることになった。

魏国を打ち立て、覇業の完成に帝とならんとするは、曹操が公言してはばからないところであったが、合肥の戦線から呼び戻されての授与に、曹操自身、献帝の内心を訝しげに思っているとも伝えられる。

## 謀略山河、馬超怒りの敗走

### 冀城を攻め落とすが、夏侯淵の罠に

#### 大胆不敵！白昼の特攻作戦

【涼州＝二一三年】潼関で曹操を討ち損なった馬超は、長安に残った夏侯淵十万の兵と争っていたが、冀城をわずか二千の兵で落とした。

白昼堂々、馬超は自ら剣だけを佩き、九名の部下と共に抜け穴を伝わって冀城内に忍び込み、一気に曹操配下の韋康の首をはねた。

冀城落城にあたっては、関中十部軍の一武将で、一時、李堪が冀城を治めていた李堪の元校尉、牛志という男が手引きした。抜け穴はこの時に、牛志の指揮で掘られたという。

#### 驚天動地！裏切り、偽装、罠。

端は、文官の楊阜らの出奔に始まった。兵糧に関わる問題だけに、馬超は逃亡先の上邽へ全軍を挙げて攻めるが、罠と判明。冀城へ逃げ帰るも、留守を守っていた梁寛が寝返っての二重の罠。たちまち馬超軍は、夏侯淵十万の兵に取り囲まれた。

馬超は、すべての兵に生き延びることだけを命じ、無念の敗走となった。

夏侯淵は涼州で馬超が孤立するように、時をかけて根深く謀略を仕掛けていた。陰謀戦にかけては、曹操の方が上手であった。

## 劉循、劉備に降伏

【益州雒城＝二一三年】一年に渡って篭城していた劉璋の息子、劉循が劉備に投降した。この間、民政を重視した劉備は、劉循に幕舎を与え、兵もねぎらった。

苦戦していた雒城と成都攻めに、荊州より援軍が続々と届き、劉備の益州制圧はほぼ確実となった。

**荀彧**（一六三～二一二）潁川郡出身。字は文若。将来を嘱望され、袁紹に招かれたが、大将としての器を見切り、曹操の元に身を寄せた。その後は、程昱とともに曹操を補佐し、曹操幕下で名参謀ぶりを発揮。青州黄巾賊の戦いで粘り強い講和をみせるなど、長年に渡り曹操を支え尽くした。一方で、帝をめぐる考え方は曹操とは相容れず、曹操が魏公の地位に昇ることにも強く反対していた。晩年は、尚書令の地位にあったが、曹操の孫権討伐に従い、寿春まで随行したところで病に伏していた。死因は服毒自殺と伝えられるが、細目は不明。尚、後任には同門の荀攸が引き継ぐ。

**龐統**（一七九～二一四）襄陽郡出身。字は士元。若くして水鏡先生こと司馬徽にその才能を評価され、諸葛亮の「臥龍」と並んで「鳳雛」と呼ばれ、名声を高めていた。荊州牧となった劉備より耒陽県の役人を任じられるが、勤めを果たさぬので一旦は解雇されるも、魯粛、諸葛亮の推薦で再び登庸されるようになった。軍略の才能を認めた劉備が益州攻めに伴い、龐統は行軍の過程でその成果を挙げていった。しかし、雒城を包囲した戦いの折りに流れ矢に当たり戦死した。

# 劉備、無傷の益州制す

## 天下三分の計、確立へ

# 三国志通信

発行：角川春樹事務所
「三国志」九の巻 付録
1998年3月8日発行
編集 すぎたカズト
制作 第三眼工房

■益州を劉備が制圧す
■曹操、漢中攻略へ
■孫権が魏王曹操に臣下の礼
■関羽雲長、荊州に死す

## 劉璋が降伏、条件は城内すべての助命

【益州成都＝二一四年】残すは成都を落とすだけに迫っていた劉備が、劉璋の降伏により益州を全面的に制した。これにより許都の曹操、建業の孫権と天下三分を成したことになる。

益州制圧に乗り出して早二年、思わぬ苦戦を強いられていた劉備に対し、成都に篭城した劉璋は劉備軍に馬超が加わったことを知るとあっけなく降伏を申し渡した。

劉備は、劉璋の助命を保証し、荊州へその身を移させた。

無傷の成都を得た劉備は、十五万に膨れ上がったといわれる軍備の再編に着手した。

六万兵の本隊に張飛、趙雲、黄忠、魏延、李厳を、第一軍に荊州の関羽、第二軍に益州北部の馬超、第三軍に荊州宜都の孟達を任命した。

## 絶望の剣 錦馬超、劉備麾下に

### 互角に刃を交わした張飛が推挙

韓遂の裏切りにより、潼関で夏侯淵に敗北を喫した馬超が、益州を制圧せんとする劉備軍へ加わることとなった。

かつては関中十部軍を率い、曹操に一族のほとんどを殺害された馬超だが、生き残った千五百の兵を気遣っての帰順といわれる。

一時、馬超は漢中の五斗米道に身を寄せていたが、張魯から要請された劉璋討伐を理由に益州へ入ったところで、豪傑で知られる張飛と激しい一騎打ちを交わした。

だが、男気のある張飛が馬超の帰順を強く推した模様。

なお、馬超の娘として知られる馬綝（ばりん）は、実は袁術の娘で、首から下げているのは、孫堅が発見したといわれる伝国の玉璽だという。

## 荊州で、蜀呉対立か

【荊州＝二一五年】益州を劉備が制したことで、荊州の領土問題をめぐって孫権と劉備の間で使者のやり取りが起こっている。

荊州全土を返還せよとする孫権側に対し、劉備側は長江以南を、周瑜が江陵を攻めている間に奪った自領と主張している。

# 呉蜀同盟決裂の危機

## 領土返還問題で対峙

【荊州＝二一五年】荊州の領土返還問題がこじれ、遂に呉の孫権と蜀の劉備の間で衝突が発生。全面抗争になる寸前、劉備側が長沙、湘東、桂陽の三郡返還に応じた。

荊州の領土返還問題で、孫権は、三度、関羽の元へ使者を送ったものの、一貫して関羽は、周瑜軍が駐屯していた長江北岸なら返還に応じるとする姿勢を崩さず、らちが明かないとみた孫権は、諸葛瑾を直接成都の劉備へ送った。

しかし、話し合いはつかず、孫権は十万の兵を派遣、甘寧ら五万兵を荊州入りさせた。

これに対し、関羽も本隊三万を率い、本陣を組む一方で援軍を要請。張飛二万が駆けつける手筈も整っていた。

甘寧の兵が益陽付近に陣取ると、関羽が三百騎を従え、甘寧の三千騎に突っ込み、一泡吹かす光景も見られた。

蹴散らされた甘寧は、十里(約四キロ)ほど下がって、大軍でも迎えるかのような方陣を組むほどの混乱ぶりであった。

事態が急変したのは、両者の対峙が一週間に及んだ頃で、成都より長沙、湘東、桂陽の三郡返還に応じたとの知らせが届いた。

劉備が孫権に折れた背景には、曹操の漢中侵攻があるが、同盟関係にある呉と蜀が対立した陰には、曹操の謀略が働いた、とみる筋もいる。

# 曹操、漢中を掌握

## 五斗米道が武装解除

【益州漢中郡＝二一五年】長年、漢中山岳部を拠点に独立国を築かんとしていた五斗米道の張魯が、侵攻して来た曹操に降伏を申し出た。

「五斗米道の軍備は劉璋の弾圧に対してのもの」というのが、降伏の理由。

曹操は、五斗米道軍の解散を命じたが、五斗米道そのものの存続は容認した。

これにより、曹操は益州を制した劉備の喉元に刃を立てた形になった。

事実上、五斗米道軍を指揮していた張衛は、高豹(こうほう)ら四百名を引き連れて出奔していた。

# 孫権、平然と曹操に臣下の礼

## 合肥、濡須口で惨敗

## あわや首級を

【揚州＝二一七年】衝突を繰り返していた呉の孫権が、魏の曹操に臣下の礼を申し出た。

孫権は合肥で張遼に惨敗し、首級さえ奪われかけ、さらに四十万ともいわれる大軍で濡須口まで押された。一時、周瑜が遺したといわれる致死軍で曹操の本陣まで奇襲したものの、それが仇となって魏軍の全面攻撃を受けていた。

致死軍は山越族からなる奇襲部隊で、魏軍を撹乱しながら無傷で消え去ったという。

臣下の証として魏に年貢を納めることを誓った孫権だが、停戦のための一時的な工作とみる見方が強い。

# トピック

漢中へ攻めたてた曹操軍の数は十万。五斗米道軍六万五千といえど、陽平関の砦を守るは、わずか二千。張衛は、戦う意志を失いかけていた。

大胆にも援軍に現れたのは、劉備の麾下に加わったはずの馬超であった。かつて、曹操の謀略に打ち砕かれたおり、張衛に助けられた借りを返すためである。

馬超は、人形で二万の兵に見せかける一方、曹操軍を砦の間近まで引きつけ、何層にも築かれた石積みを一段ずつ崩させた。ひるんだ敵陣に張衛率いる騎馬隊五千を突っ込ませ、曹操軍を潰走させた。

馬超は緒戦を見届けると去っていたが、曹操は馬超の名を聞くなり警備を厳重に備え、一晩まんじりともせず明かしたという。

# 魏蜀　漢中争奪激化

【益州漢中郡＝二一九年】陽平関に拠っていた劉備軍が、天蕩山、定軍山の魏軍を討ち、四十万の兵を従えた曹操の親征軍と対峙、見事、曹操を撃退した。

## 蜀軍、夏侯淵の首をあげる

曹操自ら行軍した五斗米道平定の後、蜀の劉備は、漢中に四陣を設けた魏軍の隙をぬって、陽平関を落としていた。定軍山を守る夏侯淵をじわじわと締め上げる形で、劉備は荊州の関羽を除く今回の総力戦に乗り出した。

まず、黄忠、厳顔を先陣に天蕩山の張郃を潰走させると、挿旗山を張飛に、天蕩山の西を趙雲に守備させた。

峻険な定軍山は難攻不落と思われたが、諸葛亮の徹底調査により二つの岩の突起が落石をかわすことが判明。黄忠は遮蔽物を立てて陣取り、居たたまれずに攻め出した夏侯淵の首級を見事討ち取った。

## 魏軍、兵站路を断たれ撤退

漢中入りした曹操は、定軍山に本営を移した劉備を攻めるが、砦まで達しそうになると張飛、趙雲の騎馬隊による妨害を受け、苦戦となった。

大軍を維持する頼みの兵糧も、諸葛亮が配置した、馬超、張衛らの山岳部隊に斜谷道、子午道の桟道を数度に渡って乱された。

曹操の親征には、雍州や涼州からも多くの兵がかり出されていたが、山中に現れた「錦馬超」の名を聞くと、ほとんどの兵が逃亡するほどの狼狽ぶりをみせた。

結局、曹操は大軍を引くこととなった。

一端には、曹操が軍議で口にした「鶏肋（けいろく）」の意を取り違えた楊脩が、帰還を全軍に伝えたいきさつがあるという。

曹操は、「捨て難いが役にも立たない」という意味を、蜀軍に対して妙案すら呈することができない幕僚たちに揶揄したとのことだが、無用な配慮をした楊脩は、即刻斬首となった。

## 桟道整備が戦線の決めて

【益州漢中郡】五斗米道軍を平定した魏の曹操は、険阻な山岳地という天然の要塞である漢中への兵站路として、斜谷道、子午道の桟道整備を急務としている。

桟道は、道なき断崖絶壁に杭や柱を打ち込み、板を渡した測道で、最も長いところでは渡り切るのに三日も歩み続けるほど。

秦嶺山脈を越えて遠征しなければならなかった魏軍の夏侯淵は、古く傷んだ桟道を補修しながらの漢中入りとなった。

また、大軍で知られる魏軍だけに、大量の兵糧を運ぶ兵站路の整備こそ、戦の勝敗を決する要といえよう。

## 関羽の実子、張飛へ武者修行

【荊州江陵】蜀の将軍関羽が、実子である関興（かんこう）を益州の張飛へ武者修行に送った。

関興は、廖化の下で校尉を務めていたが、剣術の腕前を上げた、との評価を受け、関羽が直々に腕を試した後、益州行きを言い渡した。

今回の武者修行は、音に聞こえる英傑の息子に恥じない腕前に鍛え上げる、というよりも、血のつながった息子を戦場でやすやすと死なせたくない、という関羽の親心が込められている模様。

なお、関羽には、関興の他に養子の関平と、実子で三男に当たる幼少の関索がいる。

**魯粛**（ろしゅく＝一七二年～二一七年）臨淮郡東城県出身。字は子敬。財ある家に育ち、周瑜から兵糧を乞われたのが縁で、交友を始める。袁術が魯粛を登庸しようとしたが早々に見切りをつけ、周瑜を慕って身を寄せた。

孫権の家臣となったのも周瑜の推挙によるもので、赤壁の戦いでは周瑜と並んで曹操との決戦を主張し、大勝利を得た。

周瑜なき後もその遺言により、軍の指揮を取るが、呉と蜀の荊州領土問題の際にも和平に努めた。

# 孤高の英傑、乱世の最後を飾る

# 関羽 雪原に死す

荊州

## 呉の孫権が裏切る

### 青竜偃月刀 最期まで屈せず

【荊州=二一九年】劉備の臣下で、義兄弟の縁を結んでいた関羽（字は雲長）が、同盟を結んでいたはずの呉軍に攻められ、無念の死を遂げた。

北征し長安を目指す劉備に連合して、関羽にも荊州北部の撹乱命令が届いた。

樊城の曹仁二万、于禁三万、徐晃三万の援軍に、関羽は三万の兵で対峙した。

十日以上降り続いた雨に漢水が決壊し、樊城は水没。于禁軍も関羽に降伏するや、宛城など荊州北部の豪族らが呼応して魏に対する叛乱が起きた。周辺の砦も関平の別働隊が潰して回るなど、戦況は関羽に向いているかに見えた。

しかし、呉軍が江陵、公安に侵攻。士仁、麋芳などが呉に通じており、江陵、公安は無血開城された。

房陵、上庸を押さえた孟達も援軍を出さず、江陵へ向かった王甫が、埋伏していた徐晃の魏軍に撃破されるに至って、関羽軍以外の参軍は出奔する有り様。

関羽らが逃げ込んだ時には江陵麦城の防衛設備はことごとく破壊され、兵糧も無きに等しい状態であった。

麾下の兵を無意味に戦死させることを潔しとしない関羽は、わずかな兵糧を持たせ、自軍を解散。

関平、郭真ら側近八名からなる全軍十名で、雪原の戦場を駆け、絶命を果たした。

関羽は、河東郡解県出身。若くして文武に秀で、盗賊から馬を守ったことで劉備と知り合い、やがて張飛とともに義兄弟の縁を結んだ。

義に篤く、常に公正を尊ぶ人望は、荊州新野を奪った孫権らが、改めて関羽の名声の根強さを思い知ったほど。

赤壁の戦い以後、篤き信任ゆえに益州制圧へ向かった劉備から遠方の荊州を任されるが、遂に劉備と戦場を共に馳せることはなかった。

不穏な動きをみせていた孫権は、曹丕らと通じていた。

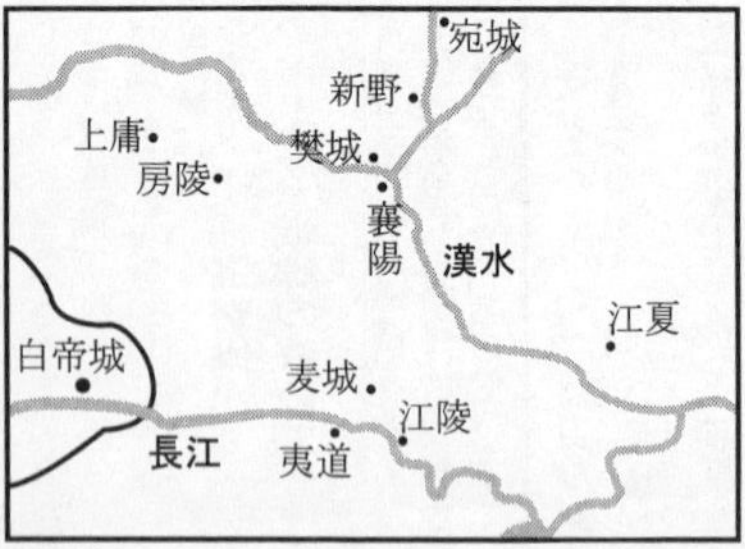


樊城の戦い

## 劉備、漢中王を称す

【益州=二一九年】四十万で攻めてきた魏軍を破った蜀の劉備が、漢中王を称することとなった。

漢王室再興を掲げる劉備が、帝の次位を称するにあたっては、曹操の魏王に対抗するため。元来、王位は帝と同姓の血筋しか名乗ることが許されていない。

三国志通信

発行：角川春樹事務所
「三国志」十の巻 付録
1998年6月18日 発行
編集 すぎたカズト
制作 第三眼工房

■劉備、成都へ帰還
■魏王曹操、覇道半ばに倒れる
■魏蜀、帝位合戦に
■蜀の豪傑、張飛死す

# 劉備、成都へ帰還

## 関羽惨死に北進は一時中止

【益州漢中郡＝二一九年】漢中を制圧した蜀の劉備が、義兄弟である関羽前将軍の悲報を知るや、北進を撤退し成都へ戻った。蜀のほぼ全軍が、劉備に準じて帰還した。

### 蜀陣営に衝撃走る　諸葛亮は再戦略を検討

全勢力をあげて北進に賭けていた蜀軍が、同盟を結んでいた呉軍に荊州を奪われたことで急遽、成都へ帰還した。

特に蜀の英傑として名高い関羽（字は雲長、諡号を壮繆公＝そうぼくこう）の死は、義兄弟の契りを結んでいた劉備と張飛をはじめ、蜀全軍に衝撃を走らせた。

今回の戦略で自軍からの背信を出してしまった背景には、天才軍師諸葛亮の完璧過ぎる戦略があげられる。結果的に呉の孫権へ蜀の増大を恐れさせ、魏の曹丕、司馬懿が仕掛けた離間の計に乗せてしまった。しかし、荊州の一件で連携した呉魏は、早くも合肥で緊張が高まっている。

現時点において蜀は、孫権の裏切り行為を心情的には許せずとも、大国魏に対抗するために呉との同盟は必至とする見方が強い。

諸葛亮は、益州北部を魏延と厳顔の二万、馬超の一万で守備する一方、蜀軍の軍備再編成にかかった。目下、蜀軍はすぐに孫権討伐へは動かず、民政に力を注ぎ、機が熟すのを待つ模様。

### 打倒孫権に劉備増兵　関興も嘆くより今は調練

第一陣で成都へ帰還した張飛は劉備を訪ね、孫権討伐を誓い合った。

劉備は麾下兵を四万、張飛は三万に増兵し、孫権討伐を目指し鬼のような調練を始めた。

趙雲の配下に置かれていた関羽の息子関興も、孫権討伐に加えてもらえるように申し出たが、張飛より「今は嘆くより、躰を動かせ。討伐軍へ加われるかは、調練次第だ」と激励された。

漢王朝復活を志す一方で、関羽の復讐戦を厭わぬ劉備に諸葛亮も従うほかない。

**呂蒙**（りょもう＝一七八～二一九年）汝南郡出身。字は子明。黄祖討伐で先鋒を務める。

若い頃は武勇ばかりで無学であったが、孫権に諭され兵法・史書を学び、魯粛に「呉下の阿蒙に非ず」と言わしめた。

呉軍の荊州奪回では、病の流言を流して蜀軍を油断させ、遂に関羽を討ち取るが、病は重く回復せずに終わった。

**黄忠**（こうちゅう＝？～二二〇年）南陽郡出身。字は漢升。元来は荊州刺史劉表の下で中郎将の職にあったが、荊州を攻め取った魏軍を経て、劉備に従った。漢中攻略の際は、定軍山で夏侯淵を討つ。老齢に似合わず勇猛で知られ、劉備に仕えてから討虜将軍、征西将軍、後将軍と昇格。しかし、戦場の疲労から北進後は病に伏せていた。諡号は剛侯。

# 乱世の巨星、魏王曹操 覇道半ばに墜つ

## 王位は、曹丕が継承

【司州洛陽＝二二〇年】黄巾賊討伐の一校尉から帝の地位を脅かすまでに昇り詰めた稀代の奸雄、魏王曹操（諡号を武王）が燃焼仕切ったように死去した。

洛陽の建始殿で曹操は卒倒しかけ、床に伏せる日々が続いていたが、臨終の際にも明確に遺言を伝えた。

曹操の葬儀は遺言により簡素に行われ、各地の将軍たちも任地を離れることなく、埋葬を済ませた後、直ちに喪を明けさせた。曹操は武人らしく剣のみ副葬させ、また長らく警護を担当して来た許褚に殉死を禁じた。

曹操は字を孟徳といい、沛国譙県にて宦官の家系に生まれた。若くから博学で「孫子」の注釈本を記し、晩年まで詩を愛した。

黄巾の乱では騎都尉として功を立てるが、帝を擁護した董卓と対立し、時の洛陽を出奔。袁紹を盟主に檄を飛ばして連合軍をまとめる。

不可能と思われた青州の黄巾賊百万兵を根気よく懐柔し青州兵として採り入れ、献帝を擁護すると都を許昌へ移した。

赤壁で三十万兵で臨んだもの孫権・劉備連合軍に大敗を喫するが、丞相の地位から魏公、魏王にまで昇り詰め、帝に禅譲を迫れるほどであった。また屯田制を実施、人事の登庸も徳より才能を重視した。

日頃から偏頭痛を訴えていた曹操は、神医華佗（かた）の弟子爰京に鍼を打たせていたが、このところ首筋の血行がひどく滞っていた。

蜀が漢中から引き上げたことで、三国は互いに相対峙し、一種身動きの取れぬ状況に陥っていた。

寡兵の頃より戦を渡り歩いて来た曹操には、かえってこの休息期が長年の疲れを噴出させる要因であったかのようだ。

## 孫権より関羽の首級届く

【司州洛陽＝二二〇年】曹操の病床に先立って、孫権より関羽の首級が曹操の下へ届き、離間の計をめぐらせた曹丕と司馬懿が敵将の首ながら諸侯に準じる葬儀を行っていた。

孫権は臣下の礼を利用して関羽殺しの首謀を魏へなすり付けしようとし、魏としては盛大な葬儀を執り行うことで遺憾の意を表明するなど、関羽殺害の罪を互いに転化しようとする試みがあるようだ。

関羽を討った呂蒙の病死に続き、曹操も急逝したことから、巷では関羽の祟りと恐れられている。

**糜竺**（びじく＝？～二二〇年）東海郡出身。字は子仲。安漢将軍。徐州刺史の陶謙に仕えていたが、徐州を譲り受けた劉備に採り入れられる。妹は、劉備へ輿入れした糜夫人。

関羽惨死の一件で弟糜芳の背信を恥じる余り、自ら後手に縛り軍議の場へ乱入し斬首を申し出るほど激憤した。その後、病に伏せていた。

**程昱**（ていいく＝一四一～二二〇年）東郡出身。字は仲徳。人材を広く求めていた曹操に登庸された。馬超戦では、雍州と涼州の諜略を担当。鄴にて静かに死去した。

**夏侯惇**（かこうとん＝？～二二〇年）沛国出身。字は元譲。挙兵の頃より曹操に従い、篤く信任を受けた。呂布との決戦で左目を矢で射抜かれるが、「親にもらった目玉」だからと食べたとされ伝説化された。清廉潔白で、軍民に尽くした。曹操の死後、大将軍の位を封じられたが魏王を追うように病死した。

# 曹丕・劉備、帝位合戦へ

魏の支配圏

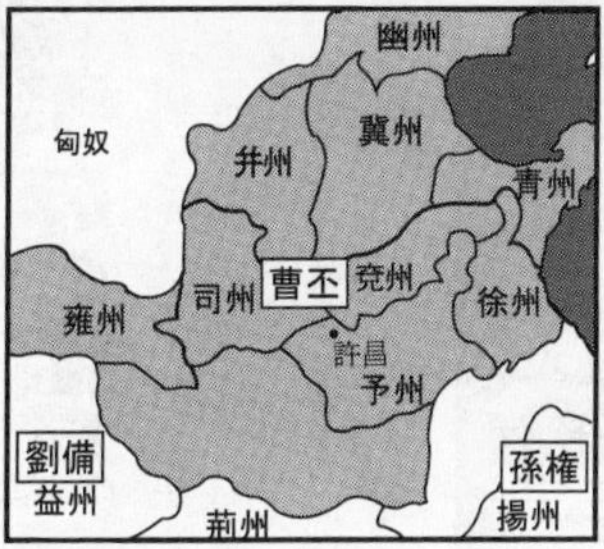


## 漢王朝、遂に終焉

### 劉協は山陽公に

【洛陽＝二二〇年】漢王室最後の帝劉協（りゅうきょう）は、武王曹操を継承したばかりの魏王曹丕に帝位を禅譲し山陽公へ下った。ここに四百年続いた漢王朝の歴史は幕を閉じた。

## 曹丕の権力改革、着々と進む

魏帝に即いた曹丕は元号を黄初と改め、洛陽に新たな宮殿を造営し、許昌（旧許都）にあった朝廷機能を洛陽の建始殿へ移した。

側近も固められ、武帝曹操より受け継いだ近衛隊長に許褚、張郃、若手の曹真、郭淮（かくわい）、文官では陳羣（ちんぐん）が篤く登庸された。

曹丕の権力改革は着々と進んでおり、対立する曹植派の丁儀（ていぎ）は謀反を画策していたとし一族郎党が死罪となった。引き続き夏侯一族ら古株の将軍を徐々に粛清する方向と思われる。

今回、曹丕が帝位を望んだのは、父曹操の帝に対する苦汁を長年に渡って見知っていたからであろう。

山陽公へ落とされた劉協は霊帝の第二皇子で、実母王美人は何皇后に毒殺された。九歳にして董卓に擁されて即位し、董卓の死後、曹操の庇護下へ入った。実質的な権限は与えられず、側近に促されて再三陰謀を企てたとされる。

山陽公劉協の待遇は曹植と同じ食邑一万戸、地位的には諸侯の上に位置し、劉協の娘姉妹は曹丕の側室へ入れられた。

魏王まで名乗った曹操が帝位に就かなかったのは、三国統一後でなければ帝の地位が単なる肩書きに終わると考えていたためと思われる。

なお、今のところ孫権が帝位を表明する様子はない。

**簡雍**（かんよう＝？～二二〇年）涿郡出身。字は憲和。若い頃から劉備とは交友があり、劉璋降伏の際には使者となった。憂いを秘めた人柄はどこか人を和らげ、流浪の身であった馬超も心を動かされて「（簡雍が）死ぬまでは」と蜀入りした。酒好きで、晩年は病に伏せながらも酒を呑み続けていた。

## 劉備も蜀漢の帝に

### 帝位乱立の有名無実化狙う

【成都＝二二一年】魏帝曹丕に対抗すべく、漢中王劉備も帝に昇った。国名を蜀漢、元号は章武。漢王室再興を掲げ、魏を滅ぼした後、漢王朝の帝を改めて立てると宣言した。

劉備は涿郡涿県の貧しい家に生まれ育ったが、漢の中山靖王劉勝の血を引く。故関羽、張飛と出逢い、黄巾賊討伐に乗り出し、武勇を馳せた。

長く劉備は寡兵を渡り歩く義勇軍であったが、益州を譲られ台頭し、漢中を制すと漢中王を名乗った。

今回の劉備即位はあくまで魏帝に対抗するものとされ、即位の儀に参じた将軍も趙雲のみ。依然として呉魏への臨戦態勢を崩していない。

# 劉備、弔いの出兵

# 張飛、毒殺

【成都＝二二一年】孫権討伐の出兵を目前に閬中に駐屯していた蜀漢の張飛車騎将軍が、揚州致死軍の手によって毒殺された。関羽に引き続き、呉の謀略により張飛を失った蜀帝劉備は、いよいよ孫権へ報復戦に乗り出した。

### ■魔手

致死軍は張飛の館に下女や下男として潜入し、酒に毒を混ぜたり、夜襲をかけるなど何度か暗殺を試みていた。

しかし、いくら酔っても肉体的には覚醒した豪傑張飛は暗殺の手をことごとく撃退、副官の陳礼も特に警戒を強めるようなことはなかった。

すでに最愛の妻董香を虐殺され、酒浸りの日々を送っていた張飛に毒を盛ったのは、致死軍の指揮を取る路恂の姉、路幽。呉の将軍周瑜の忘れ形見路輔（ろほ）の母親でもあった。

揚州致死軍は、呉の支配下にある山越族による山岳戦専門のゲリラ部隊で、故程普が組織した。部族安定のため、路輔を揚州内の郡太守に立てようと、張昭と取り引きに応じ、張飛暗殺を請け負ったとされる。

### ■豪傑

毒殺された張飛は、劉備と同じ涿郡出身。字は翼徳。関羽と共に劉備に従い、流浪を重ねた。蜀漢が建国されると、車騎将軍に封じられた。諡号は桓侯（かんこう）。

張飛は豪傑で知られ、関羽と共に一万の兵に匹敵する武将と恐れられた。孫権討伐に向けて過酷な調練を重ねた張飛軍は、わずか三千騎で一万二千兵を持つ十七の豪族を討ち、三日の行程を二日で移動するほどの精鋭揃い。

しかし、漢中総力戦でも蜀の勢いが孫権の恐れを煽り関羽の死を招いたように、今回の報復戦でも張飛三万兵、特に一万の騎馬隊は呉に絶対の畏怖を呉陣営に与え、かえって暗殺を招く結果となった。

### ■報復戦

【巴郡】張飛の悲報を受けた劉備は、荊州侵攻を強行。張飛軍三万を指揮した陳礼の先鋒隊が白帝に本営を敷き、四万兵を従えた劉備もすぐに成都を発った。

張飛に命を預けた山岳民の族長沙摩柯（しゃまか）が先導し、陳礼は巫城をせん滅、秭帰城も一気に奪取した。

## 董香襲われ、張苞も惨殺

【成都】綿竹から移されて来た張飛の愛馬招揺の子を訪ね、成都郊外の牧場で行楽していた張飛の妻董香、長子張苞（ちょうほう）らが、揚州致死軍の路恂らによって殺害された。

かねてから成都には益州の商人に扮した不穏な集団が潜入しており、劉備や諸葛亮の暗殺を懸念し、応累の手の者が動きを追っていた。

現場へ駆けつけた張飛は瞬時に一味を皆殺しにしたが、時遅く董香は虫の息で、防衛した張苞、応累らはすでに絶命していた。

当初、路恂らは董香の拉致が目的であったようだが、武勇が立つ董香だけに激しい争いとなった模様。

なお、致死軍の指揮官路恂は張飛の蛇矛を受け、胴を両断された。

## 甄氏が自害

【鄴＝二二一年】魏帝曹丕の正室甄（しん）氏が自害した。側室を多く持つ曹丕との愛憎の縺れによるものと思われ、甄氏は、河北一の美女と謳われ、袁紹の次子で冀州刺史袁煕の元妻。鄴を攻めた曹丕が一番に捕らえ正室へ迎えた。皇后の座は未決であった。

# 劉備、報復戦で破竹の勢い

三国志通信

発行：角川春樹事務所
「三国志」十一の巻付録
1998年8月18日発行
編集 すぎたカズト
制作 第三眼工房

■劉備、一気に秭帰まで
■呉の陸遜、蜀軍を撃退
■曹丕親征軍、濡須口から敗走
■蜀帝劉備、病床の果て崩御す

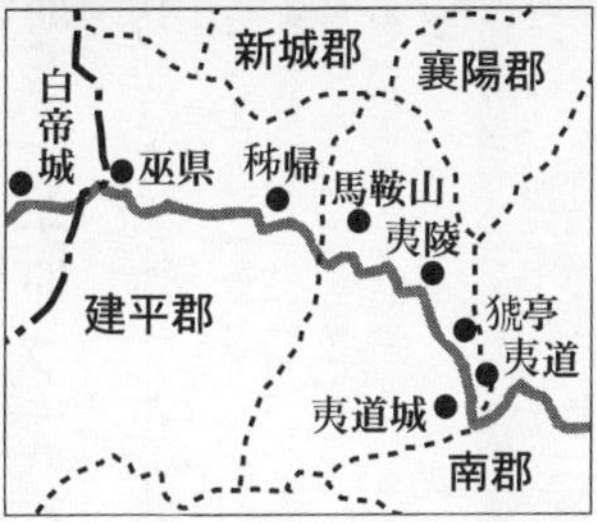


## 張飛の闘魂乗り移り
## 「張」の牙旗、秭帰に立つ

【荊州南郡＝二二二年】関羽、張飛と続けざまに呉の謀殺を受けた蜀の劉備軍が、いよいよ報復戦を開始。関羽の霊を弔う白亜の喪章に、亡き張飛の牙旗を掲げた陳礼の騎馬隊が破竹の勢いで秭帰まで制した。

白帝から秭帰入りした劉備の本隊は三万。先鋒の張飛軍三万に、荊州武陵の少数民族二万も参軍している。白帝には趙雲が後詰めに入る予定。夷陵、夷道で迎え討つ呉軍は十五万兵。しかし、戦力では互角の決戦となる。

呉の孫権は、天下取りの野望も傾け、関羽の報復戦を挑まんとする蜀の劉備に恐れをなし、主力の張飛を致死軍によって暗殺したものの、逆に火に油を注いだ形勢となった。

## 錦馬超、死す
## 山岳地では今も馬超生存説が

【成都】かつて関中十部軍を率い、錦馬超と名を馳せた蜀の馬超将軍が死亡した。

扶風郡茂陵県出身。字を孟起といい、諡号は威侯。羌族の血を引き、涼州・雍州の異民族からの信望が篤い。

父、馬騰を始め、一族を魏の先帝曹操に虐殺された。永らく関中を暴れ回り、あわや曹操の首をというところまで攻めるが、参謀賈詡の策により同盟の韓遂と決別、敗走を余儀なくされた。

一時、漢中の五斗米道に身を寄せていたが、張魯から要請された劉璋討伐を理由に益州へ入り、蜀の劉備に加わった。劉璋が益州を明け渡したのも曹操と決戦した馬超の名に尻込みしたからといわれ、荊州にいた関羽が「どちらが格が上か」と諸葛亮に問いただした逸話がある。

五虎大将左将軍から驃騎将軍に昇格したものの、このところ病が続いていた。馬超は、「一族の中で残った馬岱をよろしく」との遺書を劉備へ遺したとされるが、その臨終に関しては不明な点が多く、馬超を慕っていた袁術の娘、袁綝も白水関から姿を消している。

一方、賊徒二千余の死体が山深い谷に晒されていたことから、「錦馬超は乱世が及ばない山中の羌族の村へ隠居した」との噂が広まっており、涼州・雍州では今なお錦馬超の伝説が息づいている。

# 陸遜、耐えに耐えての反撃

## 対峙した劉備軍を見事撃退

【荊州南郡＝二二二年】夷陵、夷道に百里（約四十キロ）を隔てた防衛線を敷いていた呉の陸遜は、見事蜀軍を誘い込み、騎馬隊と本隊を分断すると火攻めで本陣を奇襲。劉備軍に大打撃を与えて潰走させた。

呉蜀共に、夷陵、夷道のどちらで決戦に臨むか意見の分かれるところであった。

地形的に見て、夷道を抜かれた場合、蜀が誇る張飛軍の騎馬隊が一気に武昌まで攻め込む懸念があった。

呉の将軍陸遜は考えに考え抜き、夷道に背水の陣を敷くと、血の小便が出るほど、待つことを耐えた。

馬鞍山に拠った劉備の陣営が火に弱いことを知った陸遜は、勝負に出た。夷陵の前衛に当たっていた凌統さえも退かせ、先鋒の騎馬隊を誘い込む。今までの快進撃に酔っていた陳礼は、夷道まで一気に抜く気で罠に落ちた。

騎馬隊と本隊を分断された蜀軍が呉の大船団上陸に備え退いたところを、夜陰に乗じて背後に回っていた朱然、徐盛の六万兵が側面から火攻めで奇襲。

潰走した蜀軍は、山中に埋伏していた致死軍を含む五千兵の呉軍に討たれた。

乱世を駆け続けてきた劉備が、若輩の陸遜に惨敗したことは、武将も世代交代へ差し掛かっているのだろう。

### 劉備、無念　白髪の敗走

大敗を喫した蜀軍はその半数を失い、馬良、陳礼、沙摩柯（しゃまか）、関羽の息子である関興らの戦死が伝えられた。

白帝城へ逃げ帰る途中、趙雲に救援された劉備の頭髪は一夜にして白髪になっていたほどだという。

今回の荊州攻めにあたり、船を使って兵を送る策が馬良より進言されていたが、最強を誇る呉の水軍を恐れた劉備はこの案を退けていた。

成都に残っていた諸葛亮も、結果的に陸遜が用いた一旦退いて敵を誘い込む策を考えていたというが、現場で指揮が出来ないことから進言をためらっていた模様。

また諸葛亮は、関羽、張飛の弔合戦に逸る劉備を止めきれなかった一方で、劉備が夷道を突破した場合、白帝で後詰めに当たっていた趙雲に雍州を攻めさせる奇策を用意していたという。

この作戦が実を結んでいれば、魏は合肥、雍州、荊州北部と三面展開しなければならず、大軍を誇るといえども相当困難な局面を強いられたと思われる。

**馬良**（ばりょう＝一八七〜二二二年）襄陽郡宜城県出身。字は季常。同じく蜀に仕えた馬謖の兄。その年齢にも似合わず白い眉を持ち、五人兄弟の中でも特に優れていたため、「白眉最も良し」と謳われた。

劉備に従い、関羽と荊州に赴任する。民政に手腕を発揮した文官だが、関羽・張飛の報復戦となった夷陵の戦いでは、軍師を兼任。陸遜の奇策を受け死亡した。

# 曹丕、江南へ親征

## 呉、またしても臨戦態勢

【揚州淮南＝二二二年】臣下の礼を取りながらも太子の孫登を差し出そうとしない孫権に業を煮やし、魏帝曹丕が大軍を率いて親征に出た。

そもそも蜀と同盟関係にある一方で、魏に臣下の礼を取っていた孫権のこと、当初から有名無実の臣従とされ、蜀との争いが過ぎれば再び合肥に兵を集めていた。

今回従軍するのは曹仁を始めとする曹氏一族が多く、曹丕は自ら出陣することによって親征とし、負けた場合、軍の中で強い勢力を持つ曹仁らを一掃する目的もある、といわれている。

# 魏帝曹丕、呉を侮る

## 勢いに乗った陸遜に蹴散らされ

## 三十万の大軍虚しく

【揚州淮南＝二二三年】濡須口へ三十万の大軍を率いて親征に出ていた魏の曹丕が、蜀に打ち勝って勢いに乗っている呉の陸遜に惨敗した。

魏帝曹丕自ら率いる親征軍は、三十万の大軍。濡須口、洞口、南郡へ陣を敷いたが、狙いは濡須口であった。

これを迎える呉の陸遜は、蜀の劉備を打ち破って勢いに乗っており、兵力は十万と劣るものの、はじめから魏軍に恐れを抱いていない様子。決戦の場となる濡須城を朱桓(しゅかん)の三万兵に預けた。

膠着が三ヶ月続くと、魏の曹仁は下流にある羨渓を襲撃すると流言を流し始めた。これに乗る形で二万五千兵が城外へ出たため、曹仁ら十万が攻撃。わずか五千が篭もるのみとなった濡須城は、すぐにも落とせそうなものだった。

しかし、朱桓は城門まで魏軍を引きつけると反撃に出た。

これには陸遜の一万五千も慌てて本陣から駆けつけるが、羨渓へ向かったと見せかけた遊軍が魏軍を背後から突き、魏軍は分散した。

曹丕のいる本陣も致死軍が奇襲し、張遼が曹丕をかばう形で矢を受けて負傷した。

呉はまたしても大軍を率いながら、撤退となった。

大軍を蹴散らした呉軍の圧勝は、勢いに乗っているだけでなく、陸遜など若い将軍がよく育っていることがあげられる。

濡須城を守った朱桓も、先の劉備戦で蜀の本陣を偵察するなどの功労で将軍に昇格したばかりの若さであった。

これに倣い、魏も蜀も若い武将の育成が望まれる。

濡須口の戦い

**張遼**(ちょうりょう＝一六五～二二二年)雁門郡馬邑県出身。字は文遠、諡号を剛侯。元は丁原、そして呂布の武将であったが、呂布を失うと曹操へ従った。合肥の重鎮として永らく呉に睨みを効かし、曹丕が即位すると晋陽侯となる。曹丕が濡須口へ親征した際、陸遜軍に矢を受けて負傷。傷がたたっての死亡とされる。

**曹仁**(そうじん＝一六八～二二三年)沛国譙県出身。字を子孝、諡号は忠侯。若い頃は粗暴で無頼者であったが、厳格な武将に大成した。魏の先帝曹操の従弟で、鎮南将軍として江陵に赴任。関羽が樊城を水攻めした時も、沈着冷静に援軍を待った。曹丕の即位後は、車騎将軍などを務める。濡須口親征では敗北を喫した。

# 劉備、敗北の果て病に倒れる

## 諸葛亮は国力回復へ尽力

【益州巴東郡＝二二三年】呉の陸遜に惨敗し、白帝城へ逃げ戻った蜀の劉備は、その後病に伏せたまま、白帝の城郭、永安にて療養生活を続けていると伝えられる。

日に一度、白帝城から指揮官である王平が報告に訪い、長江の流れについて短い話を交わすのが習わしとなっているという。

劉備の病状を気遣って、諸葛亮は成都にとどまっているが、新兵の調練を兼ねて趙雲や馬を届けに来た成玄固らなど見舞いに訪ねるものも多いようだ。

諸葛亮は失った国力の回復に努めており、南方へ遠征は必至と思われる。

# 蜀帝劉備玄徳、絶命

## 天下は遠く、関羽、張飛の後を追い

【益州巴東郡＝二二三年】関羽、張飛の弔合戦を仕掛け、夷道で大敗を喫した蜀漢の帝、劉備が白帝の城郭、永安にて死去した。諡号は昭烈皇帝。

劉備（字は玄徳）は、涿郡涿県出身で、漢の中山靖王劉勝の血を引く貧しい家に育ち、草鞋や筵を織って生計を立てていた。関羽、張飛と知り合い、黄巾賊討伐に挙兵。永く義勇軍として流浪するが、陶謙から徐州を譲られる。

徳の将軍と呼ばれ、多くの豪傑英才が劉備を慕って集まった。

その後も、曹操、袁紹、劉表に身を寄せながら、漢王室復興の名の下に天下統一へ向かった。諸葛亮を軍師として招き、赤壁では呉と連合して曹操を撃退。益州を制し、漢中王を名乗る。

魏の曹丕が魏帝に就くと、劉備も蜀漢の帝に。

しかし、関羽、張飛と続けざまに孫権の謀略に義兄弟を失うと、私怨から呉を攻め、逆に大敗。病床に伏せた後、再起することはなかった。

成都から諸葛亮が、駆けつけるまで、爰京（えんきょう）という流浪の医師が鍼を打ち、劉備の延命に努めたという。この爰京は、曹操によって斬首された名医華佗（かだ）の愛弟子であり、曹操の持病の頭痛にも鍼を打っていた。

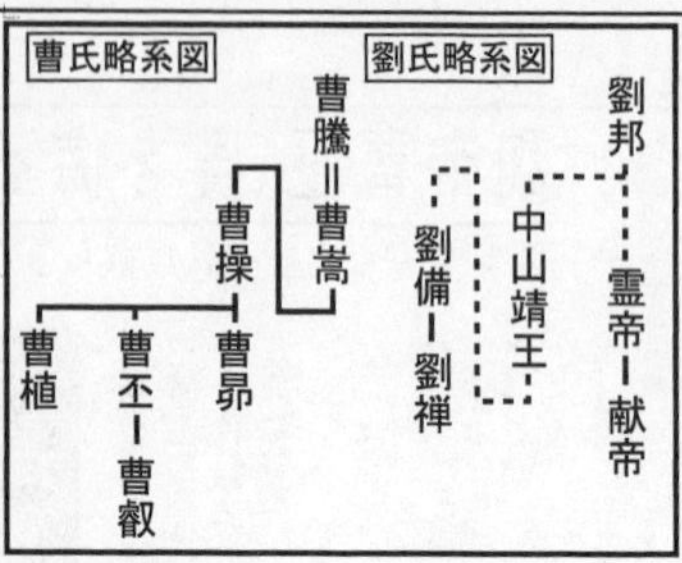

劉氏・曹氏系図

## 世継ぎには劉禅を 諸葛亮が全権を補佐

劉備は臨終に際して、永安の重臣すべてを呼び、遺言を遺した。

それによると、世継ぎとして皇太子の劉禅を即位させ、諸葛亮には蜀の全権を委任し、呉との和睦にあたり、漢王室再興の道を歩むことなどが含まれていたという。

その後、劉備の遺体は成都へ運ばれ、三日間の喪が発せられた。呉の孫権からも弔問の使者が送られた。

皇太子の劉禅は、数えで弱冠十七歳。字は公嗣。温厚な性格の持ち主であるが、帝としての器は疑問で、劉備も一時は蜀を諸葛亮へ譲るつもりであったという。

**韓当**（かんとう＝？〜二二三年）遼西郡令支県出身。字は義公。昭武将軍、西城侯。孫堅、孫策、孫権と呉の孫氏三代に仕える。弓や馬を得意とし、周瑜、呂蒙、陸遜などと共に従軍し、若い将軍の育成にも貢献した。蜀の劉備が関羽、張飛の弔合戦として夷陵、夷道を攻めた時は、陸遜を支え、蜀軍を撃退に導いた。

**甘寧**（かんねい＝？〜二二三年）巴郡臨江県出身。字は興覇。賊徒転じて劉表の武将となったが、孫権の黄祖討伐に際して呉に降った。その後は、赤壁の戦い、濡須の戦いなどで功績をあげる。呉に降った後は孫権に貢献していたが、黄祖の下で淩統の父を討っていたため、淩統とは折り合いが悪かった。

# 三国志通信

発行：角川春樹事務所
「三国志」十二の巻付録
1998年9月18日発行
編集　すぎたカズト
制作　第三眼工房

■曹丕親征軍、呉の偽城に撤退
■諸葛亮、南中を平定
■蜀軍、北伐より敗走
■呉の孫権が帝位に就く

## 魏征夷軍、呉に欺かれ撤退

### 広陵に数百里の偽城を築城

【広陵＝二二四年】三十万の大軍を率い、呉へ親征に向かった魏帝曹丕が、広陵に築かれた偽の長城に為すべもなく兵を退け、三ヶ月の行軍も徒労に終わった。

建業にほど近い広陵へ魏帝曹丕率いる三十万の大軍が達した時、長江沿いには数百里に及ぶ長城が一夜にして築かれていた。その上、増水した長江には、呉の誇る水軍が守りを固めていたため、曹丕は戦意を失い刃を交わすことさえなく撤退したという。

なお、広陵に築かれた長城が、板やすだれを被せた即席の偽装工作だったと知ったのは、許昌まで戻ってからだったという。

曹丕は、先帝曹操の時代から間者に使っていた五錮の集団に広陵の偵察に当たらせていたが、長城の偽装工作は見抜けないでいた。

この失態に、仏教徒からなる五錮の者たちへの責任として、河北の寺社が焼き討ちされる模様。

だが、戦そのものの失態は、自ら親征した曹丕にあるとされる。曹丕は、民政改革には有能であるが、戦略家としては曹操に数段劣る、と見られていた。今回の親征失敗で、その評価が裏付けられることとなった。

### 背に腹は代えられず　呉蜀、和睦への動き

【荊州南郡＝二二四年】このところ同盟関係が悪化していた呉と蜀であるが、魏の増大を懸念し、呉と蜀の間で和平の使者が行き来し始めている。

しかし、したたかな孫権のこと、劉備の葬儀にも使者を送るなど和睦の構えを見せる一方で、交州から南中の叛乱を煽っていると伝えられる。

## 蜀軍、いよいよ南征へ

### 諸葛亮自ら国力回復への出陣

【南中】呉への侵攻と先帝劉備を失った蜀が、数年前より叛乱が起こっていた南中へ遠征に出かけた。

南中は広大で金、銀、鉄、塩を産出する豊かな土地ながら、少数民族が混在し、かねてから平定が難しかった地域である。

諸葛亮は度重なる戦線のため弱まっていた蜀の国力を一気に挽回すべく、自らの出陣を表明。随軍には、まだ経験の浅い馬忠、張嶷、李恢を選んだ。南中には、朱褒、雍闓、高定の三勢力があるが、孟獲という若い賊頭が人望を集めているという。

**賈詡**（かく＝生没年不明）武威郡出身。字は文和、謚号を粛侯。最初、董卓に仕えたが、李傕・郭汜を経て、張繍に従う。偽の降伏により曹操暗殺を企てるが、逆に曹操の目に留まり、執金吾に任じられた。袁紹の要請で曹操討伐に援兵した劉表を、妖婦鄒氏の怪死をもって撤退させるなど謀略に長け、馬超・韓遂へも離間の計を仕掛けた。

# 諸葛亮、南中を平定

## 城を攻めず、孟獲の心を七度攻める

### 一万の南中兵を得て帰還

【益州＝二二五年】南中叛乱の鎮撫へ遠征していた蜀の諸葛亮が、豪族の頭目、孟獲を七度破って心服させ、南中を見事平定した。これにより、南中は孟獲の治める自治領になる模様。

南中へ遠征した蜀軍は三方に分かれ、東路軍の馬忠が朱褒を、中路軍の李恢は少数民族を懐柔しながら進み、対立勢力の雍闓を倒した高定を諸葛亮・張嶷の西路軍がすみやかに破った。

諸葛亮の思惑通り、南中の兵力は人望の厚い孟獲に集まることとなった。

はじめに兵法を心得た孟獲は四万の兵で鶴翼と魚鱗の陣を敷き、戦いに臨んだ。対する蜀の西路軍は一万と、孟獲に勝算はあった。

これに諸葛亮は一千を背後へ回し、九千の兵で鶴翼の陣を配置。歴戦の蜀軍は、たちまち孟獲を破った。

しかし、諸葛亮は孟獲を放ち、滇池に滞陣。孟獲はまたも兵を集め、蜀軍を攻撃。蜀の先帝劉備が死の床で考案した連弩に悩まされた孟獲は七度敗れると、諸葛亮に心服し、蜀への帰順を誓った。

これで、南中から税と徴兵が出されることから、諸葛亮は北進への備えに入った。

# 魏帝曹丕、病に倒れる

## 度重なる親征失敗の果て

【許都＝二二六年】二代魏帝曹丕が、病のため崩御された。二年連続で呉の広陵へ大軍を率いて親征したが、二度とも失敗に終わり、長らく微熱が続いていた。後継には曹叡（そうえい）が指名され、司馬懿、曹真、曹休、陳羣が補佐することとなった。

### 因縁の地、広陵でまたも撤退

二度に渡る広陵親征が祟ったのか、このところ曹丕は微熱や高熱が続く病に悩まされていた。

前年の偽城工作によって呉軍に欺かれた雪辱を晴らすべく、曹丕は再度広陵へ親征を強行するものの、長江は異常寒波を受け、またも戦わずして撤退の憂き目となった。

異常寒波は長江一帯の水路を凍結させるほどで、物資の補給に難儀した行軍から凍死者が数千人に達したという。

また退却中、呉軍の奇襲を受け、本陣が大混乱に陥り、曹丕は心労を深めた。

曹丕が再度の親征に踏み切った背景には、蜀の諸葛亮が予想以上に早く南中を平定したことがあげられる。

親征中は司馬懿が洛陽を守り、曹丕の帰朝後は、蜀の北進を懸念して荊州魏軍の総指揮を任されていた。

### 世継ぎは曹叡 司馬懿らが補佐へ

崩御した魏帝曹丕は譙県出身。字を子桓、諡号は文帝。

先帝曹操が弟の曹植を寵愛していたため、太子に立てられたのは三十を過ぎてから。帝位を継承すると、何かと曹植を疎んじた。

民政の改革には上策で九品中正制を施行したが、濡須口や広陵など大軍を用いた戦は下策と評された。

帝位を継承することとなったのは二十一歳の曹叡。曹叡の母親は、河北一の美女と謳われ、袁熙の元妻の甄氏。曹丕が偏愛の果てに自決させたといわれる。

# 諸葛亮、悲願の北伐で祁山を落とす

## 漢王室再興を賭け、出師の表を

【漢中＝二二七年】すみやかに南中を平定し、国力を回復した蜀の諸葛亮は、七万の精鋭軍を率いて魏討伐の北進へ討って出た。出陣に臨んで、遺言ともいうべき出師の表を蜀帝劉禅へ奉った。

この度、南中を平定し北進の時を得た諸葛亮は北伐に臨み、蜀帝劉禅と遠征軍七万を前に出師の表を読み上げた。

内容は、諸葛亮の遺言めいたものでもあり、臣下や君主の道を説き、三国統一によって漢王室再興という先帝劉備の悲願達成を誓ったもので、全軍が涙を浮かべながら北伐へ臨むこととなった。

北伐軍は十四名の将軍が率いる五千単位の兵に、魏延、馬岱、廖化軍などが加わり十一万に及ぶ。

斜谷道を進んだ趙雲は三万ながら魏軍本隊を引きつけ、撹乱する作戦。その間、本隊九万は楽々と祁山を落とし本陣を敷いた。

一千ほどで篭城していた姜維が魏軍から投降、諸葛亮に認められ蜀に帰順することとなった。

一方、魏も対蜀戦に三十万の大軍を投入しながらも埒が明かないため、魏帝曹叡自ら長安へ布陣。蜀軍本隊への先鋒に歴戦の張郃が、後詰めに司馬懿があたる模様。

# 司馬懿、挙兵寸前の孟達を奇襲

## 諸葛亮との内通が発覚

【新城郡＝二二八年】かねてから孟達の寝返りを予測していた魏の司馬懿が、諸葛亮と内通した孟達を奇襲し、その首を落とした。

通常、八日はかかるところを秘かに五千の替え馬を用意していた司馬懿は、五日で宛から上庸へ達し、寝返り工作を行っていた諸葛亮を驚かせた。

孟達は字を子慶といい、扶風郡に生まれた。はじめ劉璋の臣下であったが、劉備が益州入りするとこれに従った。関羽が麦城を落とされた時、孟達は援軍を拒み、その後、魏へ寝返った。

曹丕から重きを置かれているかに見えた孟達だが、寝返ることで伸びて来た性格上、蜀の北伐に際し、司馬懿から真っ先にその裏切りが予測されていた。

# 北伐大敗に諸葛亮が降格

## 軍令違反の馬謖を泣く泣く斬首に

【街亭＝二二八年】出師の表を奉っての出陣ながら、思わぬ敗因に撤退した諸葛亮は丞相から右将軍へ降格を申し出た。

また、軍令違反により北伐の敗因を作った馬謖に対し、泣く泣く斬首を命じた。

諸葛亮の作戦では、馬岱に涼州の豪族を一斉蜂起させる一方で、街亭で魏軍二十万を停滞させ、趙雲・魏延の合流軍に曹叡のいる長安を一気に攻めさせる計画であった。

その街亭へは、愛弟子馬謖を派遣。十日間街道の守備を命じた。しかし、兵法に長じた馬謖は、諸葛亮の軍令と副将王平の助言を無視して、山上に陣を築いた。

迎撃に出た魏の張郃は、曹操の頃からの戦歴豊富な武将。馬謖の浅はかな戦法を見抜くとすぐに水源を断ち、三日で馬謖を敗走させた。

馬謖の失策を知ると、諸葛亮はすぐに趙雲・魏延の両軍をも退却させた。司馬懿と張郃の全軍に阻まれ、全滅にもなり兼ねない状況となった。

街亭を失ったことで長安に抜ける道を失い、蜀の北伐は失敗に終わった。これにより、蜀は魏を討つ絶好の機会を逃したともいわれる。

# 孫権、ついに皇帝

## 念願の合肥奪った勢いで

【揚州建業＝二二九年】念願の合肥を得た呉の孫権が皇帝を名乗ることとなった。魏の曹叡、蜀の劉禅に続く第三の皇帝となり、事実上、帝の権威は有名無実となった。

天下三分が続く中で、呉の孫権も臣下から帝位即位が度々寄せられていたが、長江に守られた揚州安泰を望む孫権はこれを固辞し続けていた。念願の合肥を得たことで皇帝即位に踏み切ったといわれる。なお、皇太子は孫登。

孫権の即位に伴い、都も建業へ遷都され、盛大な祝宴が催されたが、これには依然同盟関係にある蜀からも使者が訪れた。

孫権の即位に歯車を回した合肥戦線は、膠着が続いていたが、前年、陸遜が落としていた。

### 陸遜、曹休を破り合肥を押さえる

魏軍は長年、合肥を守備していた賢将の張遼が死亡したため、曹叡の叔父にあたる曹休が指揮を執っていた。

陸遜はまず決戦を仕掛けるにあたり、周魴を魏へ偽降させたが、曹休は信用せずに逆に十万の兵で石亭を攻めた。

これに、陸遜は四万兵で対峙。徐盛の騎馬隊が先鋒を務め、朱桓が中軍にあたった。勢いに乗じた陸遜は曹休を破って念願の合肥を奪った。

曹休は、洛陽へ逃げ帰ったものの、憤死したと伝えられる。

しかし、魏はすぐに寿春勢力を南下させ、合肥新城を築城し、満寵に守備させた。これにより、また合肥戦線は膠着状態となっている。

**趙雲**（ちょううん＝？～二二九年）常山郡真定県出身。字は子竜。諡号を順平侯。元公孫瓚の臣下。流浪していた劉備に惚れ込み、従軍を乞う。長坂の戦いで曹操から劉備が敗走した際、現蜀帝劉禅（幼名阿斗）を救出した。劉備が成都を得ると、翊軍将軍に、後に蜀の五虎大将に数えられた。関羽、張飛亡き後も蜀の中心的な将軍として劉備から篤く慕われていたが、孫権討伐には反対を表明していた。

# 諸葛亮、執念の北伐

## ようやく陰平、武都を手中に

【益州＝二二九年】諸葛亮の長安奇襲作戦を警戒した魏の司馬懿は、副官の郝昭に陳倉へ緩衝となる城を築城させていた。

陳倉城を攻めるにあたり、諸葛亮は雲梯、井闌、衝車などの攻城兵器を用意。一万二千の新兵を調練がてら出兵させ、箕谷道を補修しながら本格的な北伐へ備えるという作戦に出た。兵力は三万数千といわれる。

魏軍総大将にあたる曹真は、洛陽から二十万の遊軍を派遣。諸葛亮は魏軍を疲弊させる目的からも陳倉入り寸前までねばっての退却を見せた。

年が明けると、諸葛亮は陳式に命じ、武都、陰平の二郡を奪うと同時に文官を送り込んで二郡を併合してしまった。

国力を誇る魏であるが、合肥戦線や陳倉などの行軍に加え、魏帝曹叡が洛陽に宮殿を二つ同時に建設するなど、このところ国力消耗が激しい。

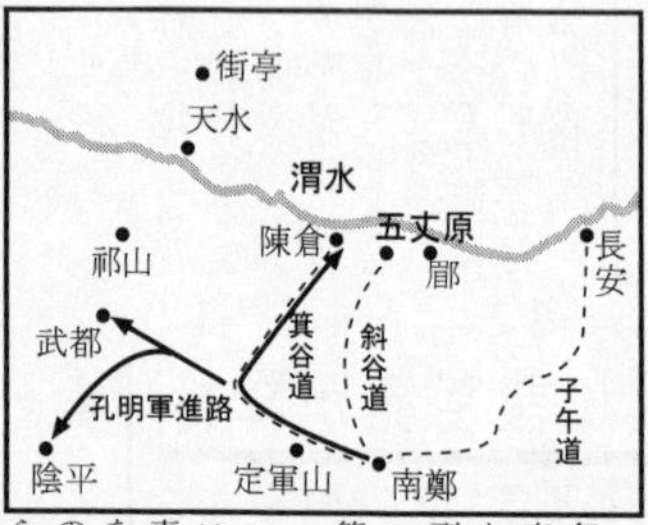

孔明の北伐

# 魏軍が漢中へ侵攻

三国志通信
発行：角川春樹事務所
「三国志」十三の巻付録
1998年10月28日発行
編集 すぎたカズト
制作 第三眼工房

■魏軍、漢中へ侵攻
■諸葛亮が第四次北伐で戦果
■魏呉決戦、曹叡が孫権を撃退
■諸葛亮、五丈原に死す

## 曹真、大将軍の威信を賭け
### 曹操五十万の征蜀以来

【漢中＝二三〇年】蜀の諸葛亮が魏の領土である武都、陰平の二郡を併合したことに対し、魏の三代目皇帝曹叡は漢中への侵攻を許した。総大将は曹真、副将に司馬懿。全軍で三十万の遠征となった。

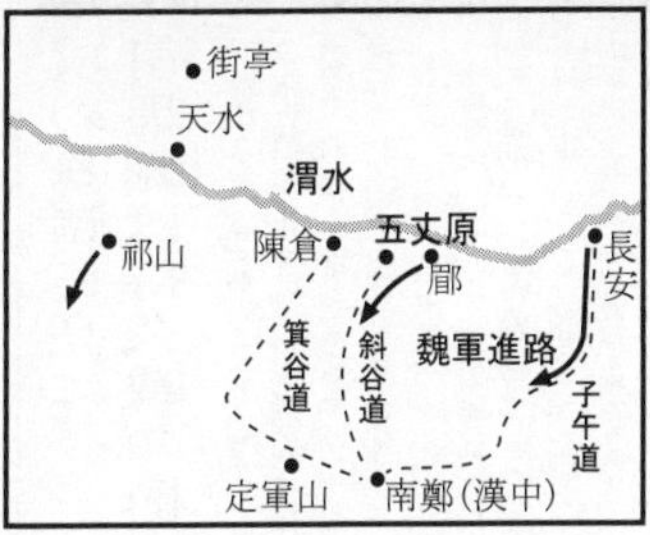


漢中は峻険な山脈に囲まれた天然の要害。かつて、曹操が五十万の大軍を率いても攻めきれずに終わった土地である。

今回の出陣に際しても軍議でも意見が分かれていた。しかし、魏軍総大将にあたる曹真が無理押しする形での出兵となった。

子午道を進む曹真の本隊は二十万、先鋒は夏侯淵の長子である夏侯覇が務める。副将となる司馬懿が斜谷道を八万兵で、箕谷道を陽動軍の二万兵が遠征に向かった。いずれも、桟道を補修しながらの行軍となる。

本隊先鋒の夏侯覇の一族は、軍内の派閥を嫌った先帝曹丕により地方へ追いやられていたが、曹叡の代になって曹真に慕われ中央へ返り咲いての参軍となった。

## 曹真、長雨に征蜀断念

【漢中＝二三〇年】曹操五十万の大軍を撤退させたこともあるだけに、曹真三十万の遠征を聞いても、蜀軍内部に乱れが生じる気配はなかった。

蜀の丞相、諸葛亮は、子午道を進む曹真本隊に姜維、陳式を配置。姜維は趙雲の麾下だった五千兵を指揮し野戦に優れ、攻城戦に長けた陳式との組み合わせである。

魏軍が現れると、姜維が夏侯覇の陣営を挑発し、陳式が夜襲を仕掛け、夏侯覇の兵を疲弊させる作戦に出た。一時、夏侯覇の大薙刀と姜維の槍の、運命的ともいえる一騎打ちがあった。

しかし、陳式が夏侯覇が築いた陣営を攻城兵器で落とした後は、長雨により戦線は膠着状態となり、司馬懿の進言で撤退となった。

漢中はこの三年で、蜀軍の一大兵站基地に成長しており、魏軍の侵攻により漢中が荒らされる懸念があったが、今回は大軍を要した魏軍の消耗に終わった。

また、諸葛亮は桟道や山道での兵糧補給のため、簡易な輜重である木牛や流馬を考案。細い桟道でも輸送を可能にしていた。

# 蜀の北伐に魏軍撹乱

## 攻める諸葛亮に 司馬懿は持久戦の構え

【祁山＝二三一年】蜀の諸葛亮が、魏軍三十五万を相手に第四次北伐を決行。魏軍総師の司馬懿は為す術もなく、領土を侵されながらも、ひたすら陣中に閉じこもり蜀軍の兵糧切れを待つ他なかった。

諸葛亮は、全軍十二万、先鋒に王平、別動隊二万を擁しての北伐に臨んだ。雍州攻略の要は、魏軍の兵糧庫略奪にあり、姜維と陳式が祁山を確保すると、周辺の麦を刈り取ってしまう作戦に出た。

迎え撃つ魏軍の総大将は、曹真が病を理由に退いたため、軍権を得た司馬懿。渭水を渡ったところで蜀軍と対峙した。膠着を避けた蜀軍は戦闘態勢の鶴翼の陣のまま退却。諸葛亮の手の内見たさに司馬懿は、蜀軍を祁山の手前まで追うが、これまでの対戦経験から諸葛亮を破れないと判断した司馬懿は、堅く陣を組んで持久戦へ持ち込んだ。

蜀軍は魏軍の兵糧補給を妨害し続けるなど、挑発を繰り返した。両軍の決戦は一度だけで、張郃が蜀軍の弱点部分へ全軍で仕掛けた。

しかし、これを読んだ諸葛亮は自ら騎馬で迎撃。さらに姜維が精鋭の騎馬隊で魏軍の本陣を突き、あわや司馬懿の首級を、という場面も。

対する魏軍も夏侯覇が騎馬隊を指揮したが、蜀軍は拒馬槍でこれを駆逐した。かつて曹操が呂布の騎馬隊を打ち破った戦法であった。

諸葛亮を警戒した司馬懿は、不戦法を選び戦線を膠着させた。やがて、蜀軍は長雨により兵糧が途絶え退却を余儀なくされた。

今回の北伐による魏軍の損害は兵五万、馬三千頭。三十五万兵に十二万兵で対峙した蜀軍の犠牲は約千五百兵で、蜀軍の大勝利といえよう。

## 曹叡、またも宮殿を

【許昌＝二三二年】魏の曹叡が、許昌にも大宮殿を造営した。これには大国といえども、度重なる蜀の北伐に三十万規模の大軍を毎年出兵しており、魏の財政は圧迫する一方である。

三代目皇帝の曹叡は、曹操譲りの鋭い軍才を見せる反面、ひどくむら気で戦に興味を失うと道楽に走る傾向が見られ、側近の陳羣や司馬懿の諫言も耳に入らない様子。

## 孫権、魏の満寵に大敗喫す

【合肥＝二三三年】かねてから戦線が膠着し、常に不穏な状況にあった合肥へ、孫権が出兵。六安にも攻撃を仕掛けた。

対する魏軍の将軍は満寵。水上から見守る孫権が上陸する機会を狙い、兵を埋伏させていた。

孫権はそれを知らずに上陸し、魏軍の攻撃を受け、やむなく撤退。多大なる損害を受けた。

今回の出兵で孫権は、合肥を落としたものの、魏はすぐに合肥新城を築いたため、寿春まで攻めるつもりでいたが、予想に反して大敗した。

**曹真**（そうしん＝？～二三一年）字を子丹。沛国譙県出身。曹操の甥。董卓征伐の際、父が戦死したため、曹操に養育される。曹操、曹丕、曹叡と仕え、二二七年、大都督に就き、魏軍第一の権力を掌握。蜀討伐を強行するが、長雨のため戦果を得られなかった。

**張郃**（ちょうこう＝？～二三一年）字を儁乂（しゅんがい）。河間郡出身。はじめ袁紹の配下にあったが、官渡の戦いで魏の曹操に降る。蜀の第一次北伐において、馬謖を倒す。

**曹植**（そうしょく＝一九二～二三二年）字は子建、諡号を思（し）。沛国譙県出身。曹操の三男にあたり、曹丕と魏の後継を争った。文才に秀で、曹操に愛された分、曹丕から嫌われ迫害を受けた。「七歩の詩」の他、「野田黄雀行」、「烙神賦」などを記した。

# 諸葛亮、第五次北伐を決行

## 五丈原にて、またも対峙

## 司馬懿は戦線膠着を狙う

## 魏軍三十五万、為す術もなく蜀軍に怯える

【雍州＝二三四年】三国統一を叫ぶ蜀の諸葛亮が、三年の雌伏を経て、またも北伐を開始。魏軍総大将の司馬懿は、陣を堅く閉ざしたままの不戦法を取り、両軍の対峙は長期化する模様。

今回で蜀軍の北伐は五度目となる。度重なる出兵をまかなうため、大胆な改革で蜀の国力を回復させた。そのような意味でも、魏にとって諸葛亮の不屈の精神と才覚は不気味ですらあった。

曹叡もその点は納得しており、司馬懿の戦法は、諸葛亮を止める、ただそれだけであった。

蜀の北伐軍は十四万の中軍。雍州入りすると、すぐに三万兵が屯田にかかった。秋の収穫を期待しての兵糧作りである。

迎撃に向かった司馬懿は本陣を築き、堅く閉ざした。蜀軍の疲弊をひたすら待つ魏軍の陽動のため、諸葛亮は姜維らの五万兵を長安に向けて出陣させた。

さすがに司馬懿もこれには諸葛亮の麾下三万を十万兵で追撃に出た。

しかし、背後から王平と魏延の攻撃を受け、本陣も陳式の攻城部隊に攻められ撹乱された。三十五万の大軍が、十万ほどの中軍に潰走させられる結果となった。

戦線が膠着して五ヶ月。自国の領土を侵され、平然と屯田まで行なわれた上、挑発する目的で諸葛亮より女物の衣が司馬懿に送りつけられるに及び、若手将軍たちから出撃を唱える声が高まった。

一時は司馬懿も押さえきれなくなったものの、辛毗が届けた勅命という形で不戦法を押し切ろうとした。

## 公孫淵が孫権と対立

【遼東郡＝二三三年】大国魏の中にあって、呉の孫権に書簡を送り、友好の意を告げていた公孫淵が、呉からの使者を斬り捨て、その首級を曹叡に献上していた。

公孫淵は独自の動きを見せて、独立の気配さえ感じさせる要注意人物とされる。董卓の治世に遼東太守となった公孫度の孫にあたり、伯父の公孫恭を貶めて太守となったほど。

諸葛亮の北伐に魏が振り回され、呉の孫権も魏を攻めるなど乱世が続く中、高句麗に隣接する辺境の地であるため、魏の統制を甘く見ているようだ。

今回の背後には、蜀の間者も遼東に入り込んで画策していたともいわれる。

## 曹叡、孫権を撃退す

【合肥＝二三四年】蜀と軍事的に同盟のある呉の孫権が、またも魏へ侵攻を開始。これに対し、魏の曹叡は速やかに遠征軍を自ら率いて出兵し、孫権を撃破した。

これまで蜀の諸葛亮も魏に対する出兵要請の書簡を孫権に度々送っていたが、呉と蜀の同盟は有名無実の色合いが強く、利にめざとい孫権はなかなか動こうとはしなかった。

今回孫権は、北伐中の蜀軍と苦戦しているだけでなく、烏丸や鮮卑などの動きもあり、出兵した模様。しかし、魏帝曹叡自らの親征となり、士気高揚の魏軍にまたも敗北を喫した。

宮殿造営ではひんしゅくを買っていた曹叡だが、機敏な出兵は「まるで曹操を見るようだ」と評された。

# 諸葛亮、五丈原に死す

## 漢王室再興の悲願散る

### 司馬懿は最後まで不戦法を

【雍州＝二三四年】魏を倒し、三国統一の夢に賭けていた蜀の丞相、諸葛亮が、魏軍と戦線を対峙していた五丈原で急逝した。享年、五十四歳。諸葛亮はこのところ食欲もなく、死因は度重なる北伐による激務から来る過労と思われる。遺書として、後継者や撤退方法が指示されていた。

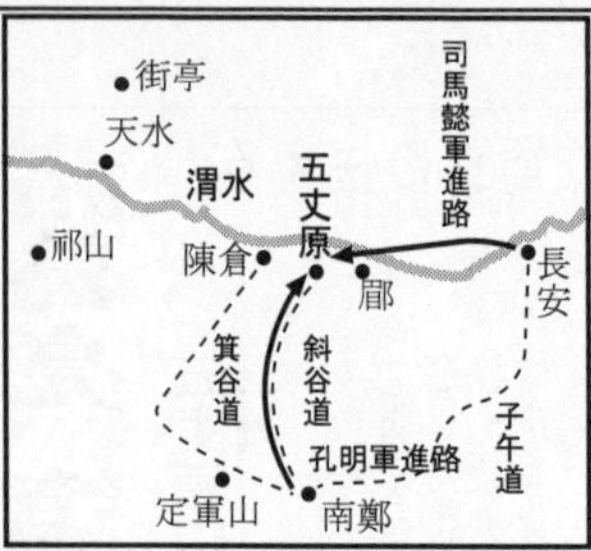

五丈原の戦い

諸葛亮の字は孔明。琅邪郡出身。南陽郡の臥龍崗に蟄居していた時、「臥竜」と称された評判を聞いた劉備に三度乞われ、軍師となる。この出会いは「三顧の礼」と伝えられる故事となった。

漢王室復興を志す劉備に、諸葛亮は天下三分の計を提言。一介の流浪軍から蜀漢の帝にまで導いた劉備の死後も、その遺志を継ぎ、度重なる北伐を繰り返した。

諸葛亮は軍略のみならず、民政にも力を注ぎ、またいくつもの兵器、民具を考案した。

■その後の英傑たち

**魏延**（ぎえん＝？～二三四年）字を文長。義陽郡出身。劉表に仕えていたが、益州を得た劉備に従う。劉禅の治世には南征、北伐と貢献するが、諸葛亮とは最後まで相容れなかった。五丈原で諸葛亮が倒れると、馬が合わなかった楊儀らと対立。反逆者として馬岱に討ち取られた。

**曹叡**（そうえい＝二〇五～二三九年）字は元仲、諡号を明帝。沛国譙県出身。曹丕の死後、帝位を継承。曹操譲りの軍略を見せるが、宮殿の造営に入れ込むなどして魏の財政を傾ける。公孫淵討伐から司馬懿が帰還すると崩御した。

**司馬懿**（しばい＝一七九～二五一年）字を仲達。河内郡出身。曹丕に取り入られ、曹叡の代で軍権を得る。諸葛亮と数度に渡って対峙するが奇策を警戒するあまり、「死せる孔明、生ける仲達を走らす」と謳われた。後に曹家を見切り、謀反を起こして自ら帝位に就く。諡号は宣帝。

**孫権**（そんけん＝一八二～二五二年）呉の皇帝。字を仲謀。呉郡出身。孫堅の次子で、兄孫策を継ぐ。魏の曹丕、蜀の劉備に続き帝を名乗るが、三国統一の野望は薄く富国主義だった。蜀と同盟を結ぶ一方、平然と魏に臣下の礼をとる性格。後継者に恵まれず、内政が乱れた。諡号は大皇帝。

**姜維**（きょうい＝二〇二～二六四年）字を伯約。天水郡出身。元は魏軍にいたが、北伐した蜀に投降。諸葛亮の死後は、漢王室再興の遺志を継ぐ。後年、軍権を得ると北伐を繰り返すが、いずれも失敗。

**夏侯覇**（かこうは＝？～？年）魏の大将、夏侯淵の次子。はじめ蜀軍に父の敵討ちを抱くが、司馬懿の謀反により蜀へ投降。かつて一騎打ちを交わした姜維と共に魏を攻めた。

**劉禅**（りゅうぜん＝二〇七～二七一年）蜀の劉備の息子。字を公嗣。幼名は阿斗。二二三年、劉備の崩御により帝位を継承するが、軍事に才覚がなく、天下統一の野望も持たず、酒色に溺れた。晩年は、魏の支配下で、安楽公として享楽の人生を閉じる。

# あとがきに代えて――その後の三国志

「北方三国志」は、五丈原《ごじょうげん》にて志半《こころざしなか》ばで倒れた諸葛亮《しょかつりょう》の死をもって全十三巻を完結している。それは、さながら大木を一刀両断する馬超《ばちょう》の剣のような幕切《まくぎ》れでもある。

諸葛亮《しょかつりょう》の死後は、蜀《しょく》・魏《ぎ》・呉《ご》の三国のいずれも衰亡《すいぼう》の道を辿《たど》り、同時に「三国志」の屋《や》台骨《たいぼね》とも言える豪傑《ごうけつ》の姿はなく、登場する人物もどこか小粒で、物語としての魅力にも欠けてゆく。その意味でも、諸葛亮《しょかつりょう》の死は筆を置くにふさわしい終焉《しゅうえん》であると言えよう。

ここでは、「北方三国志」で初めて「三国志」の世界に触れた読者のためにも、その後の三国衰亡について触れておきたい。

まず諸葛亮《しょかつりょう》を失った蜀《しょく》であるが、五丈原《ごじょうげん》の戦いでは魏軍《ぎぐん》の追撃《ついげき》を鮮やかに躱《かわ》して撤退《てったい》している。諸葛亮《しょかつりょう》が撤退《てったい》方法と今後の策を事細かに書き遺していたために事無《ことな》きを得たのだが、それにより追撃《ついげき》に出た司馬懿《しばい》を逆に追い返したことから、「死せる孔明《こうめい》、生ける仲達《ちゅうたつ》を走らす」と言われた。

反面、蜀《しょく》の内部は脆《もろ》くもなり、魏延《ぎえん》が楊儀《ようぎ》と対立し、一波乱起こして馬岱《ばたい》に斬られている。諸葛亮《しょかつりょう》の補佐役だった費禕《ひい》が大将軍《だいしょうぐん》となるが姜維《きょうい》を疎《うと》んじるなど、志《こころざし》でまとまっていた劉備《りゅうび》、諸葛亮《しょかつりょう》存命時の蜀《しょく》とは大きく隔《へだ》たっている。この費禕《ひい》は、宴席の最中に魏から降った郭循《かくじゅん》に刺殺される。

その後、蜀《しょく》は漢王朝再興の志《こころざし》を継承した姜維《きょうい》が北伐《ほくばつ》を繰り返すものの、進軍の隙《すき》をぬって魏軍《ぎぐん》に成都《せいと》を攻め込まれるや、肝心の劉禅《りゅうぜん》があっさり降伏してしまう。これには姜維《きょうい》も悔やみ切れなかったようで、魏軍《ぎぐん》の鍾会《しょうかい》を巻き込んで反旗を仕掛けるが虚《むな》しく散っている。

三国鼎立《ていりつ》が続く中、呉《ご》からの使者を切り返した遼東太守《りょうとうたいしゅ》、公孫淵《こうそんえん》が魏《ぎ》から分離独立し、燕国《えんこく》を樹立《じゅりつ》し、天下四分の形勢となった。しかし、わずか一年で司馬懿《しばい》に破られている。

魏《ぎ》は、曹叡《そうえい》が夭逝《ようせい》。嫡男《ちゃくなん》を遺さなかったため、養子の曹芳《そうほう》が継承するが、曹叡《そうえい》の贔屓《ひいき》であった曹爽《そうそう》が実権を手にする。しかし、司馬懿《しばい》がクーデターを暴いて曹爽《そうそう》を追い込み、逆に曹芳《そうほう》を降格させ曹髦《そうぼう》を四代目魏帝《ぎてい》に据《す》えるなど魏《ぎ》を欲しいままにした。そして、司馬懿《しばい》の孫にあたる司馬炎《しばえん》が曹芳《そうほう》に帝位《ていい》を禅譲《ぜんじょう》させ、晋国《しんこく》を樹立《じゅりつ》。ここに曹操覇道《そうそうはどう》の夢も潰《つい》えた。因果応報《いんがおうほう》と言うが、魏《ぎ》の滅亡《めつぼう》は漢《かん》の衰亡《すいぼう》に酷似《こくじ》している。

さて、呉《ご》であるが、孫権《そんけん》は七十一歳と三国統治者の中で最も長く生きた。しかし、後継者問題で躓《つまず》き、国を失っている。皇太子《こうたいし》であった長子孫登《そんとう》の死により、孫和《そんか》・孫覇《そんは》の後継争いに発展。この二人は処断され、世継ぎはわずか十歳の末子孫亮《そんりょう》に決まるが、その後も二転三転し、愚帝孫皓《そんこう》の時、晋《しん》に攻め込まれて天下平定を与えた。

いずれにせよ、乱世《らんせ》を疾駆《しっく》した群雄たちの末裔《まつえい》には歯切れの悪い想いが残る。

我が国でも江戸末期から明治維新にかけて多くの傑物が輩出《はいしゅつ》したが、やはり時代の変わり目にはいそうもない英雄豪傑が割拠《かっきょ》するもので、「三国志」の魅力は、史実を踏まえながらそうした豪傑たちの武勇が楽しめることであろう。

## ■参考文献

「三国志」全十三巻　北方謙三　角川春樹事務所
「三国志」Ⅰ・Ⅱ・Ⅲ　今鷹真・井波律子・小南一郎／訳　筑摩書房
「三国志演義大事典」　沈伯俊・譚良嘯／編著　潮出版社
「三国演義写真図鑑」　クラブ三国迷・神保龍太／編著　アスペクト
「三国志軍事ガイド」　篠田耕一　新紀元社
「三国志武将画伝」　立間祥介監修　小学館
「真実の三国志」　大澤良貴　宝島社
「中国古代甲冑図鑑」　劉永華　アスペクト
「中国名詩選」　松枝茂夫／編纂　岩波書店
「三国志新聞」　三国志新聞編纂委員会／編　日本文芸社
「三国時代スペシャル」　ログイン＆アスペクト編集部／編著　アスペクト
「戦略戦術兵器事典１【中国古代編】」　学研
「歴史群像シリーズ17・三国志上巻」　学研
「歴史群像シリーズ18・三国志下巻」　学研
「歴史群像シリーズ28・群雄三国志」　学研
（順不同）

## ■編集スタッフ

編集協力　正木誠一
インタビューア　すぎたカズト
カメラマン　小倉正裕
ライター　すぎたカズト
　大澤良貴（第二章）
図解作成　たちばなまさき

時代小説文庫
き 3-14

三《さん》国《ごく》志《し》読《とく》本《ほん》 北方三国志別巻《きたかたさんごくしべっかん》

監修 北方謙三《きたかたけんぞう》

2002年6月18日第　一　刷発行
2022年5月28日第二十四刷発行

発行者 角川春樹

発行所 株式会社 角川春樹事務所
〒102-0074 東京都千代田区九段南2-1-30 イタリア文化会館

電話 03(3263)5247[編集]　03(3263)5881[営業]

印刷・製本 中央精版印刷株式会社

フォーマット・デザイン 芦澤泰偉＋三輪佳織
シンボルマーク 芦澤泰偉

本書の無断複製(コピー、スキャン、デジタル化等)並びに無断複製物の譲渡及び配信は、著作権法上での例外を除き禁じられています。

また、本書を代行業者等の第三者に依頼して複製する行為は、たとえ個人や家庭内の利用であっても一切認められておりません。

定価はカバーに表示してあります。落丁・乱丁はお取り替えいたします。


ISBN4-89456-979-5 C0195 ©2002 Kenzô Kitakata Kazuto Sugita Printed in Japan

http://www.kadokawaharuki.co.jp/[営業]
fanmail@kadokawaharuki.co.jp[編集]　ご意見・ご感想をお寄せください。

時代小説文庫

## 北方謙三
# 三国志 一の巻 天狼の星

時は、後漢末の中国。政が乱れ賊の蔓延《はびこ》る世に、信義を貫く者があった。姓は劉、名は備、字《あざな》は玄徳。その男と出会い、共に覇道を歩む決意をする関羽と張飛。黄巾賊が全土で蜂起するなか、劉備らはその闘いへ身を投じて行く。官軍として、黄巾軍討伐にあたる曹操。義勇兵に身を置き野望を馳せる孫堅。覇業を志す者たちが起ち、出会い、乱世に風を興す。激しくも哀切な興亡ドラマを雄渾華麗に謳いあげる、北方〈三国志〉第一巻。

（全13巻）

## 北方謙三
# 三国志 二の巻 参旗の星

繁栄を極めたかつての都は、焦土と化した。長安に遷都した董卓の暴虐は一層激しさを増していく。主の横暴をよそに、病に伏せる妻に痛心する呂布。その機に乗じ、政事への野望を目論む王允は、董卓の信頼厚い呂布と妻に姦計をめぐらす。一方、兗州を制し、百万の青州黄巾軍に僅か三万の兵で挑む曹操。父・孫堅の遺志を胸に秘め、覇業を目指す孫策。そして、関羽、張飛とともに予州で機を伺う劉備。秋《とき》の風が波瀾を起こす、北方〈三国志〉第二巻。

（全13巻）

時代小説文庫

北方謙三

## 三国志 三の巻 玄戈の星

混迷深める乱世に、ひときわ異彩を放つ豪傑・呂布《りょふ》。劉備が自ら手放した徐州を制した呂布は、急速に力を付けていく。圧倒的な袁術《えんじゅつ》軍十五万の侵攻に対し、僅か五万の軍勢で退けてみせ、群雄たちを怖れさす。呂布の脅威に晒され、屈辱を胸に秘めながらも曹操を頼り、客将となる道を選ぶ劉備。公孫瓚《こうそんさん》を孤立させ、河北四州統一を目指す袁紹《えんしょう》。そして、曹操は、万全の大軍を擁して宿敵呂布に闘いを挑む。戦乱を駈けぬける男たちの生き様を描く、北方〈三国志〉第三巻。

（全13巻）

北方謙三

## 三国志 四の巻 列肆の星

宿敵・呂布《りょふ》を倒した曹操は、中原での勢力を揺るぎないものとした。兵力を拡大した曹操に、河北四州を統一した袁紹《えんしょう》の三十万の軍と決戦の時が迫る。だが、朝廷内での造反、さらには帝の信頼厚い劉備の存在が、曹操を悩ます。袁術軍の北上に乗じ、ついに曹操に反旗を翻す劉備。父の仇敵黄祖《こうそ》を討つべく、江夏《こうか》を攻める孫策と周瑜。あらゆる謀略を巡らせ、圧倒的な兵力で曹操を追いつめる袁紹。戦国の両雄が激突する官渡《かんと》の戦いを描く、北方〈三国志〉待望の第四巻。

（全13巻）

時代小説文庫

北方謙三

## 三国志 五の巻 八魁の星

強大な袁紹《えんしょう》軍を官渡の戦いで退けた曹操は、ついに河北四州の制圧に乗り出した。軍勢を立て直した袁紹との再戦にも勝利し、曹操軍は敵の本陣である黎陽《れいよう》を目指す。袁紹の死、さらには袁家の内紛が、曹操に追い風となる。暗殺された孫策の遺志を継ぎ、周瑜《しゅうゆ》とともに江夏《こうか》を攻める決意をする孫権。張飛との戦いに敗れ、飛躍を目指し放浪を続ける張衛。そして荊州《けいしゅう》の劉備は、放浪の軍師・徐庶《じょしょ》と出会い、曹操軍の精鋭と対峙する。北方〈三国志〉待望の第五巻。

（全13巻）

北方謙三

## 三国志 六の巻 陣車の星

曹操の烏丸《うがん》へ北伐が成功し、荊州が南征に怯えるなか、劉備は、新たなる軍師を求めて隆中《りゅうちゅう》を訪れる。諸葛亮孔明《しょかつりょうこうめい》——〝臥竜《がりょう》〟と呼ばれ静謐の竹林に独りで暮らす青年に、熱く自らの志を語る劉備。その邂逅《かいこう》は、動乱の大地に一筋の光を放つ。周瑜が築き上げた水軍を率い、ついに仇敵・黄祖討伐に向かう孫権。父を超え、涼州にその武勇を轟かせる馬超。そして、曹操は三十万の最大軍勢で荊州と劉備を追いつめる。北方〈三国志〉風雲の第六巻。

（全13巻）

時代小説文庫

北方謙三

## 三国志 七の巻 諸王の星

解き放たれた〝臥竜《がりょう》〟は、その姿を乱世に現した。劉備の軍師として揚州との同盟を図る諸葛亮《しょかつりょう》は、孫権との謁見に向かった。孫権に対し、曹操と劉備軍の交戦を告げる諸葛亮。その言動に揚州は揺れ動く。一方、孫堅、孫策に仕え、覇道のみを見つめてきた周瑜《しゅうゆ》は、ついに孫権の心を動かし、開戦を宣言させる。巨大なる曹操軍三十万に対して、勝機は見出せるのか。周瑜、諸葛亮、希代の智将が、誇りを賭けて挑む『赤壁の戦い』を描く、北方〈三国志〉白熱の七巻。

（全13巻）

北方謙三

## 三国志 八の巻 水府の星

赤壁の戦いで大勝を収めた周瑜は、自ら唱えた天下二分に向け、益州への侵攻を決意する。孫権と劉備との同盟成立で、その機が訪れたのだ。だが、周瑜に取り憑いた病は、刻々とその身体を蝕んでいく。一方、涼州で勢力を拡大し、関中十部軍を率いて、父と一族を殺した曹操に復讐の刃を向ける馬超。謀略を巡らせ、その馬超を追い詰める曹操。そして劉備は、孔明とともに、天下三分の実現のため、遥かなる益州を目指す。北方〈三国志〉激動の第八巻。

（全13巻）

時代小説文庫

北方謙三
## 三国志 九の巻 軍市の星

強大な曹操の謀略に敗れ、絶望の剣を抱えた馬超は、五斗米道軍の張衛の許に身を寄せる。劉璋《りゅうしょう》の影に怯える教祖・張魯《ちょうろ》の言に従い、滞留の礼を尽くすべく成都へと向かう馬超。その先には、運命の邂逅が彼を待ち受ける。一方、孫権軍を合肥《がっぴ》で破り、益州の劉備を討つべく漢中の侵略を目論む曹操。益州に立ち、孔明とともに曹操を迎え撃つ劉備。そして、関羽は、劉備の北征を援護すべく、荊州の大地にその名を刻む。北方〈三国志〉震撼の第九巻。

（全13巻）

北方謙三
## 三国志 十の巻 帝座の星

関羽雲長死す。その報は蜀に計り知れぬ衝撃を与えた。呉の裏切りに対し、自らを責める孔明。義兄弟を失い、成都へと帰還した劉備と張飛は、苛烈な調練を繰り返し、荊州侵攻、孫権討伐を決意する。一方、魏王に昇り、帝を脅かす存在となった曹操は、後継を曹丕に譲り、刻々と迫る死に対峙する。司馬懿とともに魏内の謀反勢力を駆逐する曹丕。劉備の荊州侵略に備え、蜀へのあらゆる謀略を巡らす孫権。英雄たちの見果てぬ夢が戦を呼ぶ、北方〈三国志〉波瀾の第十巻。

（全13巻）

時代小説文庫

北方謙三
# 三国志 十一の巻 鬼宿の星

張飛は死なず。呉への報復戦を劉備自ら率いる蜀軍は、関羽を弔う白亜の喪章、張飛の牙旗を掲げ、破竹の勢いで秭帰《しき》を制した。勢いに乗る蜀軍に対し、孫権より軍権を委ねられた陸遜は、自軍の反対を押し切り、夷陵《いりょう》にて計略の秋《とき》を待つ。一方、自らの生きるべき道を模索し、蜀を離れゆく馬超。呉の臣従に対し、不信感を募らせる魏帝・曹丕。そして孔明は、呉蜀の決戦の果てに、遺された志を継ぐ。北方〈三国志〉衝撃の第十一巻。

（全13巻）

北方謙三
# 三国志 十二の巻 霹靂の星

英雄は去り行く。劉備の遺志を受け継いだ諸葛亮は、一年で疲弊した蜀の国力を回復させせた。蜀に残された道を進むべく、孔明は、自ら豪族たちの蔓延《はびこ》る南中の平定を目指す。一方、大軍を率いて呉に大敗した魏帝曹丕は、周囲の反対を押し切り、再び広陵への親征を強行する。だが、度重なる敗戦は彼の身体をも蝕んでいく。魏の侵攻を悉く退け、さらなる飛躍の機を伺う陸遜。孔明の乾坤一擲の北伐策に、その武勇を賭ける趙雲。遺された志に光は射すのか。北方〈三国志〉慟哭の第十二巻。

（全13巻）

時代小説文庫

北方謙三
# 三国志 十三の巻 極北の星

志を継ぐ者の炎は消えず。曹真を大将軍とする三十万の魏軍の進攻に対し、諸葛亮孔明率いる蜀軍は、迎撃の陣を南鄭《なんてい》に構えた。先鋒を退け、緒戦を制した蜀軍だったが、長雨に両軍撤退を余儀なくされる。蜀の存亡を賭け、魏への侵攻に『漢』の旗を掲げる孔明。長安を死守すべく、魏の運命を背負う司馬懿《しばい》。そして、時代を生き抜いた馬超、爰京《えんきょう》は、戦いの果てに何を見るのか。壮大な叙事詩の幕が厳かに降りる。北方〈三国志〉堂々の完結。

（巻末エッセイ・飯田 亮）

北方謙三 監修
# 三国志読本 北方三国志別巻

文庫オリジナル

圧倒的な支持を得て遂に完結した、北方版三国志。熱烈な読者の要望に応えて、新たに収録した北方謙三ロングインタビューと、単行本のみの付録となっていた『三国志通信』を完全再録し、詳細な人物辞典、より三国志を愉しむための解説記事を満載したハンドブック。三国志全十三巻と共に、貴兄の書架へ。

時代小説文庫

## 北方謙三
# 三国志の英傑たち
文庫オリジナル

三国志は、紀元二世紀末から三世紀にかけて、後漢の末期から晋王朝ができるまでの約百年間を舞台に、そこに群雄割拠した実在の英傑たちの歴史であり、同時に歴史物語である。幾多の男たちが、それぞれの夢を追い求め、やがて死んでいく滅びの物語にファンは多い。この本では、乱世を生きた英傑たちの姿や魅力を、ぼくなりの見方を加えながら語っていきたい——。北方謙三が語る『三国志』の醍醐味を纏めた待望の一冊。

## 北方謙三
# 史記 武帝紀(一)

匈奴の侵攻に脅かされた前漢時代。武帝劉徹の寵愛を受ける衛子夫の弟・衛青は、大長公主(先帝の姉)の嫉妬により、拉致され、拷問を受けていたが、仲間の助けを得て、巧みな作戦でその場を切り抜けるのだった。後日、屋敷からの脱出を帝に認められた衛青は、軍人として生きる道を与えられる。奴僕として生きてきた男に訪れた千載一遇の機会。匈奴との熾烈な戦いを宿命づけられた男は、時代に新たな風を起こす。北方版『史記』、待望の文庫化。(解説・鶴間和幸)

時代小説文庫

北方謙三

史記 武帝紀（二）

中国前漢の時代。若き武帝・劉徹は、匈奴の脅威に対し、侵攻することで活路を見出そうとしていた。戦果を挙げ、その武才を揮う衛青は、騎馬隊を率いて匈奴を打ち破り、念願の河南を奪還することに成功する。一方、劉徹の命で西域を旅する張騫は、匈奴の地で囚われの身になっていた――。若き眼差しで国を旅する司馬遷。そして、類希なる武才で頭角を現わす霍去病。激動の時代が今、動きはじめる。北方版『史記』、待望の第二巻。

（解説・細谷正充）

北方謙三

史記 武帝紀（三）

中国・前漢の時代。武帝・劉徹の下、奴僕同然の身から大将軍へと昇りつめた衛青の活躍により、漢軍は河南の地に跋扈する匈奴を放逐する。さらに、その甥にあたる若き霍去病の猛攻で、匈奴に壊滅的な打撃を与えるのだった。一方、虎視眈々と反攻の期を待つ、匈奴の武将・頭屠。漢飛将軍と称えられながら、悲運に抗いきれぬ李広。英傑去りしとき、新たなる武才の輝きが増す――。風雲の第三巻。

（解説・西上心太）

時代小説文庫

北方謙三
## 史記 武帝紀（四）

前漢の中国。匈奴より河南を奪還し、さらに西域へ勢力を伸ばそうと目論む武帝・劉徹は、その矢先に霍去病を病で失う。喪失感から心に闇を抱える劉徹。一方、若き才が芽吹く。泰山封禅に参列できず憤死した父の遺志を継ぐ司馬遷。名将・李広の孫にして、大将軍の衛青がその才を認めるほどの成長を見せる李陵。そして、李陵の友・蘇武は文官となり、劉徹より賜りし短剣を胸に匈奴へ向かう——。激動の第四巻。

（解説・池上冬樹）

北方謙三
## 史記 武帝紀（五）

前漢の中国。大きな戦果をあげてきた大将軍・衛青を喪った漢軍は、新たな巣于の下で勢いに乗る匈奴に反攻を許す。匈奴軍の要となった頭屠の活躍により、漢の主力部隊である李広利軍三万は潰走した。一方、わずか五千の歩兵を率いて匈奴の精鋭部隊が待つ地に向かい、善戦する李陵。匈奴の地で囚われ、独り北辺の地に生きる蘇武。そして司馬遷は、悲憤を越え、時代に流されようとする運命を冷徹な筆でつづり続ける——。慟哭の第五巻。

（解説・吉野仁）

時代小説文庫

北方謙三

# 史記 武帝紀（六）

前漢の中国。武帝・劉徹の下、匈奴との激しい戦いが繰り返され、力尽き降伏した李陵は、軍人として匈奴で生きることを誓う。一方、匈奴で囚われの身となり北の地に流された蘇武は、狼とともに極寒を生き抜き、自らの生きる理由を問うのだった。彼らの故国では、老いへの不安を募らせる劉徹の姿を、司馬遷が冷徹に記す。そして、匈奴の最精鋭兵を指揮する頭屠が漢軍を追い込むなか、李陵と蘇武は、宿星が導きし再会を果たす。佳境の第六巻。

（解説・末國善己）

北方謙三

# 史記 武帝紀（七）

前漢の中国。老いを自覚する武帝・劉徹は不安を抱いていた。宮中に蔓延る巫蠱の噂。嫌疑をかけられた皇太子は、謀反の末に自死を遂げる。国内の混乱をよそに、匈奴との最後の戦いが迫っていた。敗北を続ける将軍・李広利は、敵将の首を執拗に狙う。一方、匈奴に降り右校王となった李陵は最後の戦に向かう。亡き父の遺志を継ぎ、『太史公書』を書き上げる司馬遷。そして極寒の地に生きる蘇武は、友と永遠の絆を紡ぐ——。感涙の完結。

（巻末エッセイ・小松弘明）